乡愁·税缘·国是

易运和 著

群众出版社·北京

图书在版编目（CIP）数据

乡愁·税缘·国是 / 易运和著 . —北京：群众出版社，2017.5
ISBN 978-7-5014-5684-0

Ⅰ.①税… Ⅱ.①易… Ⅲ.①中国文学—当代文学—作品综合集②汉字—法书—作品集—中国—现代 Ⅳ.①I217.2②J292.28

中国版本图书馆CIP数据核字（2017）第087598号

乡愁·税缘·国是

易运和 著

出版发行：	群众出版社
地　　址：	北京市丰台区方庄芳星园三区15号楼
邮政编码：	100078
经　　销：	新华书店
印　　刷：	北京普瑞德印刷厂
版　　次：	2017年5月第1版
印　　次：	2017年5月第1次
印　　张：	21.75
开　　本：	787毫米×1092毫米　1/16
字　　数：	300千字
书　　号：	ISBN 978-7-5014-5684-0
定　　价：	69.00元
网　　址：	www.qzcbs.com
电子邮箱：	qzcbs@sohu.com

营销中心电话：010-83903254
读者服务部电话（门市）：010-83903257
警官读者俱乐部电话（网购、邮购）：010-83903253
文艺分社电话：010-83903973

本社图书出现印装质量问题，由本社负责退换
版权所有　侵权必究

目 录

序

随　笔

勃兴税收法治文化　建设法治中国 / 3

用文艺为十八大欢歌 / 10

中国梦——民族复兴之梦 / 14

《私营企业所得税暂行条例》出台前后 / 17

我同人民军队的情缘 / 22

全过程参与一件破天荒的大事 / 26

个人所得税改革依然是热门话题 / 30

我为税报写短评 / 36

我亲历的一次申报纳税 / 39

抗日救亡的宣言 / 42

党恩深似海 / 46

耳闻目睹之中印差异 / 50

真情的流淌 / 59

过大年闹元宵 / 61

漫　谈

捍卫国家安全匹夫有责 / 65

在中南海的税收专题汇报 / 71

书画展是纪念抗战胜利70周年的好方式 / 75

共筑祖国统一大业之梦 / 77

解读毛泽东诗词纪念伟人诞辰120周年 / 81

书画的魅力与社会主义文化强国建设 / 84

传承中华优秀传统文化是对伟人的最好纪念 / 87

老龄产业要做到尽善尽美 / 90

澜湾一号要做成养老工程精品典范 / 93

老有所居是老年产业的主要目标 / 96

诚信文化对税法实施的影响 / 99

感　悟

(一) 感恩论语 / 105

(二) 格言 / 105

(三) "微话税收" 六则 / 105

(四) 税收楹联 / 107

(五) 为第三届全国税收宣传短信大赛征文所撰短信 / 107

诗

史之鉴 / 111

大阅兵的精气神 / 113

盛会十八大 / 119

向纳税人致敬 / 121

税务人的家国情怀 / 126

铁证如山 / 130

重大历史关头组诗 / 134

献给党的九秩华诞 / 136

党的生日颂歌道情 / 139

闻蛟龙号顺利完成深潜五千米欣喜有感 / 140

贺天宫一号和神舟十号圆满完成对接 / 141

贺嫦娥玉兔登月探月成功（三首） / 142

目 录

读碧君散文有感 / 144

喜峰口感赋 / 146

永久的祭奠 永恒的致敬 / 148

沉痛九一八 / 151

缅怀邓公 / 154

上元感赋 / 156

诗二首 / 157

驶向深蓝 / 159

访朱家角古镇 / 162

圆中国梦 华龄人的心声 / 163

大雪景一新 / 165

乡土乡愁 / 166

赠榴园斋主 / 167

雄鹰镇飞贼 / 169

谑世界末日 / 170

谒黄帝陵 / 172

观壶口瀑布 / 173

谒列宁墓 / 174

参观毛主席故居 / 175

韶山革命陈列馆 / 176

西柏坡党中央驻地 / 177

七届二中全会会址 / 178

吊周总理逝世 / 179

渔村作客 / 180

遇少年时朦胧恋人感慨 / 181

焦作红石硖秀水 / 182

庄河泉岩观水 / 183

参观枣庄榴园 / 184

九寨仙境（三首）/ 185

登聊城光岳楼 / 187

圣彼得堡风雪游夏宫 / 188

登华山感悟 / 189

登北高峰 / 190

挥汗访胜 / 192

惊魂向长安 / 193

清明感赋 / 194

双节感赋 / 195

观书展之悟 / 197

志神七飞船成功发射 / 198

龙市朱毛会师广场 / 199

参观八一南昌起义博物馆 / 200

宴同窗有感 / 201

北京奥运赞 / 202

百年圆梦 / 203

道路颂 / 204

重九 / 206

何惧风吹草动 / 207

可怕的污染重灾 / 209

乡愁在这里寄存 / 212

光辉的九五华诞 / 217

南海仲裁闹剧 / 222

永远不忘却 / 224

世所罕闻长征 / 226

词

水调歌头·喜迎十八大 / 229

永遇乐·国庆 / 230

临江仙·期百岁大庆 / 231

采桑子·再上井冈山 / 232

采桑子·八角楼的灯光 / 233

目 录

迷仙引·有感汶川大地震的抗震救灾 / 234
钗头凤·赞残奥运动员 / 235
水调歌头·悠悠国仇家恨 / 236
南乡子·何处话军工 / 237
卜算子·黄山与徽文化 / 238
踏莎行·曹妃甸之变迁 / 239
临江仙·贺《国脉风采》编辑出版 / 240
水调歌头·吊朱德元帅 / 241
踏莎行·游尚博尔城堡 / 242
春光好·参观滴血教堂 / 243
临江仙·维也纳多瑙河夕照 / 244
浪淘沙·记在奥地利的一次游湖活动 / 245
鹧鸪天·斥两国论 / 246
破阵子·观"神舟"号飞船发射 / 247
水调歌头·伊瓜树大瀑布印象 / 248
西江月·参观避暑山庄 / 249
水调歌头·以十八大精神圆中国梦 / 250
贺中国女排亚锦赛中夺冠封后 / 251
浪淘沙·国庆重阳双节庆 / 253
卜算子·高歌一曲中国梦 / 254
行香子·河杨湖柳 / 255
沁园春·贺女排奥运夺冠成三届奥冠王 / 256
菩萨蛮·重九抒怀 / 257

书　法

跋

序

依稀记得，大约是进入五岁那年暮春的一天黄昏，父亲神色颇为庄重地把一支铅笔和一杆羊毫小楷给了我，并当场示范了写字要保持的坐姿和执笔方法，特别是毛笔执笔要领。之后，他又嘱我以后每天要在他钉好的一个个小本上习字，并说刚开始可以随意写些笔画较简的汉字，诸如一二三四甲乙丙丁牛羊猪狗之类。自那时起迄今已七十余载，有两件事我始终坚持不懈：一是每天的阅读；二是除特殊原因（这种情况极少），没中断过每天的习字为文。

由于有用硬笔或毛笔书写汉字的兴趣，又有填词写诗作文的爱好，在七十多年的时光里，从我手上流淌出的汉字、阿拉伯字和外文字母的涓涓细流，变成了学生时期的各种作业和实验报告；参加工作后的企业管理规章、经营方案和统计报表与文字分析；进入国家机关工作后的税制改革的各类调研考察报告、方案论证、税收条例、细则和政策规定；还有为大专院校和系统内税务干部培训编写的教案教材；以及发表于各种报刊的学术或政策评论、专论、专栏文章等；从公务员岗位退休后，由个人支配的时间更充裕些，则是从未中断的日记，参加各类征文、大赛、大展的诗词散文和书法作品，参加各种书展的漫谈，等等。因较热心各类公益活动，也收获了颇多的一等奖、金奖、银奖、特等奖、特别奖等奖项和荣誉。当然，所有这些离不开党组织的培养教育和同仁同道同志朋友的帮助鼓励。

这次结集付梓的这些随笔、漫谈、感悟和诗词、书法作品，主要是退休后这一阶段的收获。我原想用《正能量闲情》这个书名，但是，曾编辑过荣获"五个一工程奖"、"茅盾文学奖"等优秀作品的资深责任编辑、我的一位忘年之交也是老乡和家门的易孟林，建议给集子冠以《乡愁·税缘·国是》之名。这个书名确实既切合内容又极鲜明，周围朋友也都说好，便如此这般敲定。

在这个集子即将面世之际，我想对广大中老年朋友说句心里话，每个人都会老，每个人要做好进入老年和面对老年的心理准备；更何况以习近平同志为核心的党中央对老同志对老年事业产业极为关注和高度重视，我们的老年生活应该和可以过得幸福开心。习总书记明确指出：老干部是党执政兴国的重要资源，是推进中国特色社会主义伟大事业的重要力量。希望广大老干部珍惜光荣历史，不忘革命初心，永葆政治本色，继续做全面从严治党的坚定支持者和模范践行者，讲好中国故事，弘扬中国精神，传播好中国声音，积极为实现"两个一百年"奋斗目标和中华民族伟大复兴的中国梦贡献智慧和力量。老年朋友不应辜负党中央的期望和重托。在老有所居老有所医的前提下，要努力做到老有所学、老有所为、老有所乐。

但这一切的前提是必须有健康的身心。而要拥有健康的身心就要根据每个人的具体情况，选择自己有兴趣又有益身心健康的强身健脑的内容和方式，长期坚持下去。这不但可以更多地参与到社会活动中去，且可更多地增进与他人交流切磋，保持和增进同亲友邻居同学老乡的情谊，更能起到对自身的养性怡情强身健脑之功效，其中的妙处可以讲说不完道不尽。

最后，由于时间仓促，谬误难免，敬请大家不吝批评指正。

随 笔

勃兴税收法治文化　建设法治中国

探讨研究法治文化与法治中国问题，是为了繁荣社会主义法治文化。繁荣社会主义法治文化的目标之一，是为了使法治精神和规则意识深度渗透到政府管理和公民自我约束之中，为尽早建成社会主义法治中国，实现依法治国、依法执政、依法行政起到应有的推进作用。在中共十八届四中全会刚通过《关于全面推进依法治国若干重大问题的决定》不久，中国法学会法治文学研究会把2014年的年会主题确定为法治文化与法治中国，体现了坚决贯彻十八届四中全会精神，要在全面推进依法治国的进程中，努力发挥自身优势，有所作为、有所贡献的主观能动性，是非常适时、非常必要、非常重要的。作为这个社团的一员，我愿意在社团的领导组织下，努力发一分光与热。

税法是国家法律的有机组成部分。税收队伍是国家一支重要执法力量。广大纳税人既是国家税收的贡献者，也是国家财政支出所形成的社会公共产品和公共服务的享受者。所有这些要素，是税收法治文化取之不竭、用之不尽的广博原料。所以，税收法治文化是社会主义法治文化的一个重要方面。探讨研究法治文化与法治中国的问题，思谋繁荣社会主义法治文化的问题，不应忽略这个重要方面。今天，我想根据我国税收和税收法治文化的现状，结合自己几十年所从事的税收实际工作、税收理论研究和多次亲身参与重大税制改革的实践，谈点如何勃兴税收法治文化问题，以求教于各位专家学者。

一、改革开放以来，随着我国经济社会的高速发展，随着我国GDP的大幅增长，我国税制进行了重大改革，税收队伍迅速扩大，税收实现了惊人增长。反过来，又促进了我国基础设施的大规模建设，科学技术的大幅提升，国防建设的飞速发展和人民生活水平、民生福祉的根本性改善。

改革开放初始的1978年，我国GDP只有3645亿元，税收只有区区462亿元。那时从中央到基层政府，都没有独立设置的税务机构。当然，更没有专门从事税收理论研究的机构和人员。实行改革开放后，为适应经济社会发展和对外开放交往的需要，我国税制经历了利改税，对内对外不同的两套税制，同不完全的地方财政和中央财政分灶吃饭相适应的分税制等几次重大改革。

这些重大改革同经济体制改革促进了经济高速发展，GDP大幅增长一样，也促进了税收的高速增长。我国税收总量由1978年的462亿元到1999年突破1万亿元用了21年时间（1999年达10314亿元）。由1万亿元翻一番达到2万亿元只用4年时间（2003年达20466亿元）。由2万亿元再翻一番达到4万亿元也是用4年时间（2007年达49451亿元）。由4万亿元又翻一番达到8万亿元仍是4年时间。而税收突破10万亿元只用2年时间。与承担的收入任务相适应，税务机构从下至上不断完善，税收人员相应增加。

税收的高速增长使国库大大充实，财政支出大幅增长。所以，才有的长江集防洪、发电、调节水量、保障灌溉、航运于一体的大坝的兴建，才有居世界第一的高速公路网和世界第一的高速铁路营运里程，才有南水北调工程的兴建，才有全国各大中城市地铁从无到有营运里程还在不断延伸，才有自助知识产权的宇航工程深海探测、科学考察工程的不断进展，才有国防建设跨越式发展提升，也才有人民生活水平的不断提高和人民享用公共产品和公共服务的不断改善。

改革开放以来我国经多次重大税制改革，金税工程建设为税收现代插上了信息化翅膀，更有税收大幅度增长等，有力支撑经济快速发展和人民生活水平的空前提高，令全世界瞩目惊叹。这也大大增加了在对外交往的影响力和在国际舞台的话语权。这是值得大书特书的一笔的。

二、同税收大改革大发展大增长形成强烈反差的是，税收法治文化的繁荣姗姗来迟，不但对已往取得的成就未起到应有的促进作用，更没有为进入税收发展新常态做好应有的准备。这是研讨法治文化和法治中国问题必须引起重视的。

中外文明史都充分证明，一个国家或地区经济社会高度发展的历史时期，都曾出现过文化繁荣的盛世。改革开放30多年来，我国经济社会高速发展，我国现在已成为世界第二大经济体。但是这30多年失落的也不少。诸如环境的污染、生态的破坏、诚信的缺乏、道德的沦丧等等。这同并未出现与经济社会发展相适应的文化大繁荣不无关系。法治文化也是如此。税收法治文化的状况更为突出。迄今为止，甚至对税收的宣传也只是停留在对税收法规的解释，对一些案例的剖析。近几年虽然加入了较多的纳税服务的内容，也仍然是一般化的套路多，缺乏打动人心的创意。即使在现在流行的大量所谓文化快餐中，也鲜见有税收方面的内容。至于对纳税人和税务人员有巨大吸引和影响力的文学力作和其他形式的文艺表现形式，以本人的孤陋寡闻，至今未曾见闻。

在党中央作出了全面推进依法治国的重大部署后，法治文化应该担当起责任，在依法治国的推进中起到摇旗呐喊的擂鼓助威的作用。所以，眼下应利用十八届四中全会通过全面推进依法治国的东风，乘势而上，把法治文化与法治中国这个题目的大文章做好。这于税收法治文化，正是一个勃兴的大好时机。对于随着税收发展新常态的到来，会出现一个税收法治文化勃然兴起的繁荣景象，我们抱有充分的信心。

三、随着经济社会发展人们收入的多元化，随着世界经济的全球化，税收不但会更多进入人们的生活，也会更深刻影响经济全球化。所以，探讨勃兴税收法治文化，应多视角全面认识税收，更多了解税收的过去与现状，更好把握税收的未来。

一是"观今宜鉴古"，应从历史的发展视角观照税收。中华民族是一个有数千年历史的古国，又是一个有着三十多年改革开放成功经验的发展中大国。古老的中国税收也是一个古老的概念。在中国历史发展进程中，不同历史发展时期有不同的经济社会发展水平，有不同的税赋改革。这些改革反映了当时经济发展的需要，是由一些有影响政治人物提出和推行的，其中在历史曾打下深深烙印的诸如"量吏禄、度官用，以赋于民""盐铁酒专卖""租庸调""青苗法""一条鞭法"等，都曾对当时的社会经济发展，对国计民生产生过很大影响，甚至导致朝廷的党争和朝代的更替。这些治税思想理念和具体办法的推行，其中的成败得失经验教训，对我们今天都有一定的参考借鉴价值。我们的改革开放仍在不断扩大和深化，税制改革也是如此。如何在新的国际国内发展形势下，使税制改革更有利于经济社会可持续发展，更有利于社会的公平公正，更有利于满足人民对公共产品和社会福祉的更多享受，更有利于环境的保护、生态的改善，既要向社会人民向纳税人做充分调查论证，也要向古人吸取智慧。

二是"税收是人们社会生活的部分"，应从全社会的视角观察税收。西方国家有这样一个说法，只有死亡和税收是每个人必须面对和逃脱不了的。这说明无论是什么国家和地区，税收都对其生存生活有程度不同的影响，所以说税收是人们社会生活的一部分并非夸张。这是因为，税收不但是一个国家（地区）发展水平和富裕程度的重要标志，一个国家税制先进，征管水平又高，则通过税收聚集国库的真金白银必然丰厚。税收还是观照一个国家的镜子，从中可折射其上层建筑与经济基础是否相适应，国民收入分配比例是否合适，由收入所决定的社会阶层构成是否合理，以及人民对公共产品和民生福祉享受水平等。所以，税收并不只是税收部门把税款征收入库那样简单，它本身一头牵着数以亿计的纳税人，一头牵着税收人员与国家金库，它必然为社会广泛关注。特别是当今社会，既有经济全球化的大背景，也有随着科技进步，人们的社会分工更加细化，社会成员收入呈现多元化、多渠道、多形式的特点，承担税款征收的部门，必须有多部门的协作配合，从各个方面获取大量信息，才能以比较高的效率和以比较低的税收成本，完成税款的征收。

三是"包容互济共赢",从经济全球化的视角审视税收。经济全球化深入发展的结果是,经济贸易交往的国家与地区概念日益淡化;而科学技术迅速发展使数字经济成为现实;这样,企业已冲破了实体限制,无需设立实体经营场所便可开拓市场。随之而来的是企业收入来源流动性越来越大。更由于无形资产和可移动投资收入轻易地跨境流动,使得通过税收筹划达到避税几乎随心所欲。所以反避税成为各国所面临的共同问题。正如在经济全球化背景下所发生的经济危机和金融危机,各国都难于幸免一样,对国际避税的有效对策是大家都采取"包容互济共赢"的合作态度。这就是说,在制定税收规则时,必须考虑到对他国的影响;如果只考虑本国或本地区利益最大化,就可能导致税源的错误分配。由于损害他国(地区)的利益,最终会影响全球经济的发展,也终将殃及自身。此外,为了有效应对国际避税,任何国家都要获取其他国家(地区)的相关信息,尤其是金融信息。所以习近平主席在今年 G20 峰会提出了加强国际税收合作共同打击国际避税逃税的倡议。作为负责任大国,根据习主席的提议,我国在国际税收合作方面承担着重任,因此眼下要抓紧做好以下工作。一要积极参与 BEPS(税基侵蚀和利润转移)后续行动计划。二要全力做好 2015 年和 2016 年 G20 峰会涉税议题准备。三要做好承办 2016 年税收征管论坛的各项准备。四要全力推进《多边税收征管互助公约》和金融账户涉税信息自动交换标准的制定与执行。五要启动对发展中国家和低收入国家加强税收征管的援助。在经济全球化背景下,互相间的融合确已到达你中有我我中有你的状况,为避免一损俱损,选择"包容共济共赢",是最为明智的。

四是"共生共存共荣",从征纳双方的角度体味税收,讲好税收故事。纳税人与收税人,偷税与反偷税,是伴随税收的产生而产生的。在我国几千年的封建社会,纳税与征税,偷税与反偷税是两个完全对立的利益主体,两者之间矛盾冲突极为尖锐,抗税赋、避徭役在各个朝代都有发生,甚至由此而引发大规模农民起义。但是,新中国成立以后,税收发生了本质变化,取之于民用之于民,是新中国税收的本质特征。所以,税收的征纳关系也发生了根本变化。创业投资生产经营的纳税人，他们不但满足了人民日益增长的物质文化需求，不但吸纳社会劳动力的就业，还向国家纳税、并享受通过国家财政支出形成的公共产品和社会福祉。代表国家行使征税的税务部门把税款征集入库，通过财政支出形成包括道路、交通、机场、码头、通讯、动力、社会治安等公共产品和公共服务，形成较好的投资环境，有利于生产经营者的扩大投资。至于国家通过一些税收减免等税收优惠政策，更是让生产经营者直接受益。所以，征纳双方的关系是"共生共存共荣"的关系。至于发生的偷逃税行为，以及税务部门的反偷逃税，不是征纳关系的主要方面，更不是纳税人中的普遍存在。正因为如此，才会有把为纳税人服务作为税收部门工作的一个重要内容的定位。只有正确认识社会主义新中国的税收本质，只有准确全面把握这种税收本质下的征纳关系，才能讲好税收故事。

讲好税收故事，勃兴税收法治文化，是要使税收法治文化发挥好应有的作用：税收法治文化应大力宣扬富强民主文明和谐的国家理念；税收法治文化应准确描绘自由平等公正法治的壮美图景；税收法治文化应给力于褒扬爱国敬业诚信友善的道德情怀。税收法治文化有这样崇高的时代使命和光荣的责任担当，是大有可为，值得我们付出更大努力的。

习近平同志提出："要讲清楚每个国家和民族的历史传统、文化积淀、基本国情不同，其发展道路必然有着自己的特色；讲清楚中华文化积淀着中华民族最深沉的精神追求是中华民族生生不息、发展壮大的丰厚滋养；讲清楚中华优秀传统文化是中华民族的突出优势，是我们最深厚的文化软实力；讲清楚中国特色社会主义植根于中华文化沃土、反映中国人民意愿、适应中国和时代发展进步要求，有着深厚历史渊源和广泛现实基础。"这"四个讲清楚"，闪耀着历史唯物主义和辩证唯物主义的光芒，不但阐述了道路探寻、精神追求、历史文化之间的内在关系，也为文化工作者指明了方向，也应该是探讨法治文化问题，创作法治文艺作品、评价法治文艺作品所应遵循的。法治文化是植根于古老中华大地沃土的，是优秀的中华文化的组成部分，有着强大的生命力。在讲好中国故事，实现中国梦的伟大历史使命中，法治文化应该有自己的定位、自己的特点、自己的作为。当然,也就必然会有自己的贡献和地位。

(本文入选中国法学会法制文学研究会2014年学术论文,后编入《中国法治文化读本系列》丛书)

用文艺为十八大欢歌

作为在新中国红旗下成长起来的有着四十多年党龄的一名党员，作为一名退休的国家机关工作人员，对党的十八大的召开我充满期待和特别关注；对十八大勾画的在新的历史条件下全面建成小康社会、加快推进社会主义现代化、夺取中国特色社会主义新胜利的蓝图，充满信心和喜悦；对宣传贯彻落实十八大精神充满激情和力量。由于一贯有舞文弄墨的爱好，又担任我局老干部合唱团的团长，我早就做好了要以文艺为载体，以尽可能生动活泼的形式宣传十八大精神的打算，努力为圆"中国梦"贡献自己一份菲薄的力量。

早在热切期盼十八大召开的2012年上半年，我们合唱团就抓紧排练喜迎十八大的合唱歌曲节目，把《没有共产党就没有新中国》《我的北京我的家》《今宵如此美丽》等曲目排演得非常熟练，演唱起来充满激情。我还填了首"水调歌头·喜迎十八大"的词。在词中我写道："神州吉星照，党昌国运隆。改革开放国策，山河沐春风。一国两制构想，港澳接踵回归，金瓯渐圆整。东方巨龙翔，华夏日繁荣。风骤变，地若裂，山欲倾。金融魍魉，美肇欧继肆横行。我自从容应对，着力调整结构，发展独争雄。喜迎十八大，赤旗舞东风。"我把这首词同一些亲友同道和老同志进行切磋交流，得到他们的一致肯定。这首词还发表在中组部老干部局主办的《晚枫苑》刊期2012年第3期"喜迎十八大"栏目里。

　　2012年9月在总局机关党委举办的迎十八大理论培训班的学习研讨中，我认真学习有关文件、中央领导同志的重要讲话和大量辅导材料。在小组交流学习心得时我认真准备发言稿，发言受到大家的肯定，又被推选到大会交流。我发言的题目是《维护社会稳定捍卫国家安全坚定实现中华民族的伟大复兴》，在这篇发言中，我根据自己的学习领会，结合亲身经历感受，把新中国成立后，我国在维护社会稳定、捍卫国家安全方面，划分为经历了新中国成立初期、"文化大革命"特殊时期和当前的改革开放新时期三个不同阶段；并分析了三个阶段的不同形势、不同特点、不同的斗争对象和采用的不同斗争策略手段，特别强调当前在维护社会稳定和捍卫国家安全方面形势复杂、任务艰巨，斗争面临严峻的局面，必须在党中央坚强领导下，凝心聚力，灵活巧妙运用斗争策略，务必确保取得胜利，方能实现中华民族的伟大复兴。这篇发言引起了大家的共鸣，受到了大家的肯定。

　　理论学习班结束后，一些朋友出于对日本右翼势力的义愤，出于对我国维护领土主权的关注，决定创办"钓鱼岛"诗刊，约我为诗刊题写刊名。我立即欣然接受很快题写了刊名，并写了歌颂我国第一艘航母入列《走向深蓝》的长诗，还写了怒斥美日勾结妄图抢占我国钓鱼岛的《冷战思维》《稳钓恶鳌》格律诗。在这几首诗中，我写下了这样的诗句："彩旗招展，军乐喧天，航母入列，仪式庄严。浴着晓雾，迎着朝阳，乘着东风，犁开巨浪，中国航母，从这起航。军旗高扬，披着盛妆，雄壮威武，意气昂扬，水兵健儿，挺立甲板，钢筋铁骨，心红眼亮，沐雨栉风，浑身是胆。人民子弟兵，为祖国守护。中国海军，为世界和平巡航。""浊浪排空太平洋，战略调整闹腾忙。围堵遏制枉费力，东夺南抢太张狂。有理有利我气定，无耻无赖它心慌。冷战思维实可恶，逆忤潮流无下场。""中华儿女志气豪，安排金钩钓恶鳌。最恼霸主浑搅局，可恨走狗狂吠嚣。领土片石不可让，主权半寸岂可抛。晚清北洋屈辱恨，一洗扬眉在今朝。"这些诗都发表在《钓鱼岛》诗刊的创刊号上，对宣传维护社会稳定，捍卫国家安全，为十八大胜利召开营造良好氛围方面，也起到了些微作用。

全党全国关注、举世瞩目的十八大胜利召开后，我注意收听收看广播电视节目，认真学习文件资料，又创作出了《盛会十八大》《这十年》的诗。除了在老同志聚会时同大家交流之外，前者也发表在中组部老干部局主办的《晚枫苑》期刊的"旗帜"栏目里，后者则在庆祝十八大胜利召开局机关组织的文艺演出会上作为诗朗诵节目进行了朗诵，都受到了大家的肯定。

为热烈庆祝十八大胜利闭幕，总局机关党委决定，以我们老干部合唱团为主，并请山西省和太原市国税局老干部合唱团精选部分节目参加举办一次文艺演出。由于我们早已精心准备大合唱、小合唱、独唱和诗词朗诵等节目，加之有山西省和太原市国税老干部合唱团的参加，文艺演出获得了成功，受到局领导和各司（办）同志的肯定。其中诗朗诵《这十年》是我创作的。诗中写道："回望走过的十个年头，人民心中有数，改革开放发展，攻坚克难不曾停留。在建设小康的征程上，硕果累累喜获丰收……展望未来征途，宏图已经绘就，建设美丽中国，凝心聚力团结奋斗，复兴伟大中华，江山如画，万代千秋！"《盛会十八大》的诗中有这样的句子："瑞雪舞长空，祥云御东风，华灯放异彩，大地红彤彤。九州意气发，党群共欢欣，盛会十八大，群贤聚京城。指针大政事，集思议透深……凝聚党民心，接力续长征，继往开新局，承前拓后程。党的传家宝，弘扬赖新英。代代传承好，神州日欣荣。中华振兴日，万众唱大风。"这些诗，既是发自内心的情感表达，也是我对十八大胜利召开重大意义和深远影响的认识。我认为通过同大家的交流切磋，通过报刊的发表，对宣传十八大精神也能起到作用。

在准备和组织实施文艺演出的过程中，我们合唱团同山西省、太原市国税局老干部合唱团进行了多方面的切磋和广泛的沟通交流，为表达其间的欣喜、友谊和感谢，我还创作了不少书法作品和诗文。书法作品有"乘风破浪继往开来""空谈误国实干兴邦""凝心聚力共圆中国梦""树老有余韵年高多雅情""书画怡情性歌舞畅心身"等。把这些书法作品赠送给了山西省和太原市国税局老干办和合唱团。还创作了一首长篇朗诵诗《中国梦》。诗中写道："大千世界，林林总总，万象社会，人以群分，就是做梦，各有不同，形形色色，五味杂陈。中华民族历史悠久，华夏文明宽广厚重。在五千多年历史长河中，我们曾有过各种梦境。当下国人最大的梦想，是中华民族的伟大复兴。这个伟大的梦，必定会在我们不懈的追求中成真。迈步新征程的人们，让我们勇于创新奋力攀登！"中央领导同志最近在对老干部工作的批示中指出："党和国家的事业是在一代代人接续奋斗中不断取得胜利的，广大老干部为我国革命、建设和改革开放作出了巨大贡献，是党和国家的宝贵财富，是中国特色社会主义的坚定拥护者，是我们党执政兴国的重要资源和全面建成小康社会的重要力量。"党中央对老同志一贯尊重爱护。作为老同志，要为党和人民事业充分发挥余热，要为圆"中国梦"贡献力所能及的力量。这就要坚持活到老学到老，陶冶精神，愉悦身心，永葆革命青春。我退休已十三年，十三年来，我感到诗词书画、琴棋歌舞、养生健体都是退休生活中不可或缺的组成部分，每人根据自己的兴趣爱好选择其中一些项目，长期坚持，对于陶冶情性，愉悦身心，强健体魄大有益处。这不但可以增进同他人的沟通交流，还可以在参与社会慈善事业，宣传党的方针政策，服务社会公益事业方面发挥作用。

  当前，全党全国各族人民正在党中央坚强领导下，学习宣传贯彻落实十八大精神，为实现中华民族的伟大复兴团结奋斗。我想用本人为十八大胜利闭幕而填的一首《水调歌头》作为本文的结尾："盛会十八大，意义殊远深。中国特色道路，信心今倍增。旗帜指引方向，目标建成小康，扬鞭催征程。党心民心顺，众志必成城。世情变，国情异，党情新。改革攻坚更涉深，复兴伟大中华，立地顶天东方，美梦看成真。新中国成立百周年，神州唱大风。"

（原载国家税务总局《我与十八大专题征文》）

中国梦——民族复兴之梦

在世界东方的古老的神州大地,有着亿万子孙的伟大的华夏民族,理应感到自豪!

各兄弟民族团结和睦,善良的人民智慧勤劳。疆土辽阔广袤,物产丰茂富饶。历史幽深久远,文明不朽骄傲。信仰磐石般坚定,理想圣洁崇高。胸怀宽广博大,精神坚忍不挠。姿态和善安详,影响弥久日牢。

在舜天禹甸这片热土上,世代子孙日出而作,日落而息,繁衍传承,千秋不辍。总是遵循季节的变换规律,春耕夏种秋收冬藏,喜悦收获,幸福享受。虽然也曾面对不测的天灾,无情的瘟疫,可怖的战乱,无常的气候,屡遭大自然的嘲弄打击;也经历过吃不饱,穿不暖,风餐露宿,流离失所,甚至生离死别,家亡国破,饱尝各种厄难的摧残折磨。但是,不屈的炎黄子孙,坚强的华夏儿女不灰心,不丧气,不怨天尤人,不自暴自弃,不弯腰屈膝,仍挺直腰板,顽强搏斗,让华夏文明恒昌,炎黄血脉永续。

中国人历来尊崇一个"和"字。一贯倡导谦和,温和、和美、和睦、和谐。信奉和为贵,和而不同,和衷共济,和气生财,和睦相处。在中华民族长达数千年的历史长河中,中国人始终忠诚守护自己美丽的家园，从未侵略和掠夺他人。历来采取发展边境贸易政策，向境外输出商品，互通有无；还把中国先进文化、科技向域外传播。只有在外敌入侵，国人才团结一致御敌。一旦休战和平，又铸剑为犁，重修友好。中国一贯是爱好和平的泱泱大国。

在历史上，中国是世界性经济强国，鼎盛时期中国国内生产总值占全世界三分之一，是全球举足轻重的外贸大国。中国的四大发明，中国的先进文化，中国领先世界的丝绸、瓷器等商品，不但推动了全球的发展，丰富了很多国家和地区人民的生活，还大大推动了世界航海航运的发展，对活跃国际间的交往作出过重大贡献。但是，进入近现代以来，中华民族屡遭厄运，陷入深重苦难，受列强欺凌，遭强盗掠夺，以致山河破碎，生灵涂炭，主权沦丧，甚至面临亡国灭种的险境。先贤先烈的在天之灵不安，血性男儿痛心疾首，为复兴大中华，尊崇先贤遗训，毅然奋起。于是，"苦其心志""自强不息""闻鸡起舞""中流击楫""待从头收拾旧山河，朝天阙""天下兴亡，匹夫有责""苟利国家生死以，岂因祸福避趋之"。抛头颅、洒热血前赴后继的英勇斗争，终于砸碎封建帝制，推翻独裁统治，推倒割据军阀，严惩卖国贼子，推倒三座大山，迎来新中国的曙光，为中华民族的伟大复兴开辟了道路，奠定了基础。

虽然"文革"浩劫中断了奋进步伐，迟滞了民族复兴的时间。但是，经过总结正反两方面的经验教训，果断拨乱反正，终于雨过天晴，又迎来了改革开放的新春。坚持实事求是，解放思想，经过摸着石头过河的艰苦探索，终于找到了适合我国具体国情的中国特色社会主义道路。道路一经确定，前程一片光明，三十余年的改革开放，综合国力大幅提升。国家经济总量，已位列全球第二名。特别是党的十八大胜利召开，明确提出复兴中华民族的宏伟目标：建党百周年之时，实现国内生产总值和城乡人均收入比2010年翻一番，全面建成了小康社会；新中国成立百周年之日，建成富强民主文明的社会主义现代化国家。这是一个美妙而伟大的中国梦。

中国梦，是中国富强繁荣之梦，是华夏各兄弟民族兴旺发达之梦，是神州千门万户安居乐业之梦，是炎黄子孙自信尊严之梦。共筑这样一个旷古未有的梦，必须有各兄弟民族的共识，有每一个家庭的认同，有全体中华儿女的担当和奋斗。而且，在共筑这个梦的征程中，绝非尽是平坦大道，也不会总是风和日丽。但是，现在我们有了中国特色道路理论和制度的充分自信，有了这样千载难逢的机遇和条件，就能万众一心朝着既定目标前进。让我们以无限的喜悦自豪，迎接富强、文明、和谐、美丽的中国，以淡定、从容、尊严、庄重姿态屹立于世界民族之林。

中国梦，自古未有，全球无双！

中国梦，绚丽、伟大、光荣！

（本文获《我与中国梦》征文金奖）

《私营企业所得税暂行条例》出台前后

（2015年4月）

　　《中共中央关于全面深化改革若干重大问题的决定》总结评价性指出："党的十一届三中全会召开三十五年来，我们党以巨大的政治勇气，锐意推进经济体制、政治体制、文化体制、社会体制、生态文明体制和党的建设制度改革，不断扩大开放，决心之大、变革之深、影响之广前所未有，成就举世瞩目。"还进一步英明论断："实践永无止境，解放思想永无止境，改革开放永无止境。面对新形势新任务，全面建成小康社会，进而建成富强民主文明和谐的社会主义现代化国家，实现中华民族伟大复兴的中国梦，必须在新的历史起点上全面深化改革，不断增强中国特色社会主义道路自信、理论自信、制度自信。"这充分说明党的十八大产生的新一届中央领导集体，对三十五年来的改革既高度评价、充分肯定，更对全面深化改革充满自信和激情，决心带领全党和全国各族人民高举中国特色社会主义伟大旗帜，锐意改革，坚决实现中华民族伟大复兴的中国梦。

　　要在已经取得成就的基础上更稳步前进，回顾既往改革的历程，总结过去改革的经验教训，弘扬改革创新精神非常必要。这里，将本人在改革开放的初期全过程参与我国第一部私营企业所得税法规及其财务会计制度的调研、论证、起草和执行做一回顾，以更深刻具体认识我国三十多年改革开放的伟大意义。

改革开放以后，在探索中国特色社会主义道路上，我们党坚持解放思想，实事求是，做了很多破天荒的大事。我认为，对私营经济采取的政策可算其中之一。

对待私营经济，党内历来有不同认识。新中国成立以后，在对私改造中，基本上消灭了私有经济成分。六十年代困难时期，曾稍微放宽了政策，私有经济在某些方面有所发展。"文革"中割资本主义尾巴，彻底铲除了私有经济生长的土壤。改革开放后对这个问题仍有过激烈争论，但通过实践逐步得到解决。我因工作关系，曾亲身参加了对私营经济税收法规制定的全过程，从中感受到了这件破天荒的大事，我们党与时俱进的英明决策。

改革开放的大气候，使得一度"断子绝孙"的私有经济又艰难破土而出。对此，党内产生了不同认识和声音。其中有一种声音是"社会主义搞的是公有制，不能允许私营经济存在发展，必须坚决取缔"。

党中央对此持慎重态度。经过反复考虑，小平同志提出，并经中央政治局讨论通过，决定暂取"看一看"的态度。

1983年，党中央在《当前农村经济政策若干问题》的文件中，提出对私营经济"不宜提倡、不要公开宣传，也不要急于取缔"。实际上对私营经济采取了保护政策。

1984年10月22日，小平同志对中顾委的讲话中说："前些时候那个雇工问题，相当震动呀，大家担心得不得了。我们的意见是放两年再看。那个能影响我们的大局吗？……伤害了社会主义吗？"

1987年4月16日，小平同志在《会见香港特别行政区基本法起草委员会的讲话》中又说：关于雇工问题"开始我说看两年，两年到了，我说再看看"。

因为对私营经济没有急于取缔，才使得私营经济得以逐步发展起来。而且，由于私营经济有旺盛的生命力，继续发展壮大已成必然趋势，因此不能只是看，而必须明确相关的政策规定。

刚开始，政策只能是框架式的粗线条。1987年6月22日，中共中央发布的《把农村改革引向深入》文件中，初步明确了对某些为了扩大经营规模，雇工超过以前所下发的《当前农村经济改革若干问题》所限定人数的私人企业，"也应当允许存在"，采取"加强管理，兴利抑弊，逐步引导的方针"。

明确了这样的方针后，私营经济迅速发展，但同时也产生了一些问题。问题出在私营企业主产生的种种忧虑，特别表现在不愿继续扩大生产规模和过度的个人消费上，尤其是一些不健康的消费上。1987年10月14日，新华社向中央有关部门报送的一份调查材料反映：温州这个有经商传统的城市，私营经济有了迅速发展。但近来发生了一些发人深省的现象，一些较大的私营企业主患"百万恐惧症"，他们忧虑生产经营规模扩大到百万元就成了"百万富翁"，就可能再次成为改造对象。因此，这些私营企业主不愿再扩大生产规模，而是将资本用于建造豪华住宅，甚至斥巨资修造坟墓……这份调查材料引起了中央领导的注意，当天即在材料上批示："迫切需要拟订私营企业管理条例，以便有所遵循，而私营企业也可以放心依法经营。"这样，制定对私营经济的政策法规提上了议事日程。

按当时全国人民代表大会的决定，制定私营经济政策法规属于条件不完全成熟带有试验性质的授权国务院。国务院明确由陈俊生秘书长负责此事。从1987年10月到1988年1月，陈秘书长先后几次召集工商行政、财政、税务、民政和银行等部门开会，研究最迫切需要制定的法规和具体负责的部门以及完成的时间进度问题。最后明确，工商管理方面的法规由国家工商局负责，税收方面的法规税务部门负责。由于陈秘书长召开的几次会议都是我参加，这样，制定税收方面的法规具体落到了我身上。

领受任务后，我抓紧工作，很快起草完了《私营企业所得税暂行条例》（草案）。税务总局在局里进行讨论后就上报到了财政部。财政部未作修改，很快又上报到国务院。国务院审议时，把这个暂行条例中的一个方面内容，即引导私营企业主把经营利润主要用于扩大再生产，限制其个人消费，对用于个人消费部分，应按照40%的比例税率征收个人收入调节税进行了分离，将这部分内容单独形成了一个《征收私营企业投资者个人收入调节的规定》。这样调整后，结构更为合理，也更具操作性。做这样的修改后，国务院很快于1988年6月25日公布了《私营企业所得税暂行条例》。

税务总局上报了《私营企业所得税暂行条例》（草案）后，决定立即抓紧起草《施行细则》。我又领受了这一任务。我决定到当时私营经济发展较快的福建省，边调查私营企业的基本情况，边起草《施行细则》及其他相关文件。由于任务紧急，我们用了半个月时间就完成工作任务。《施行细则》经局领导审定后，就上报到了财政部。财政部于1988年11月17日下发了《施行细则》。从国务院秘书长陈俊生召集各单位讨论制定私营经济相关法规，到税收法规下发执行，仅仅一年左右时间，在当时那种特定情况下，这样的工作效率是必须的，确实是时不我待。

按正常的职责分工，制定完《施行细则》税务部门就完成了应做的工作。但此时财政部要求税务总局继续完成制定私营企业财务制度和会计制度的工作。我又承担了这项任务。

《私营企业所得税暂行条例》和《施行细则》颁发后，我们仅用了不到一年的时间，就完成了《私营企业财务管理办法》和《私营企业会计制度》的制定工作。至此，私营企业的税收、财务、会计各项法规全部颁行。使得国家对私营经济的管理有了整套法规和规章，私营经济的发展管理完全纳入了法治轨道。

通过全过程参与制定私营经济税收法规和财务会计规章制度，我深深感受到，改革开放以后，我们党努力弘扬了解放思想、实事求是的优良传统和作风，认准了发展是硬道理毫不动摇，坚持与时俱进。所以，我国私营经济有了长足发展。现在的私营经济不但投资的地域遍布全国各地的各个产业行业，而且经营规模也越来越大，并且已经开始有步骤地走向国际市场。在对外贸易中，私营经济已开始成为主要力量。可见对外开放政策对我国的经济发展起到了很大的促进作用。所以，中国特色社会主义道路越走越宽广，中华民族复兴充满希望。现在我国已成为世界第二大经济体，综合国力大大提升。只要全国各族人民紧密团结在党的周围，秉持科学发展观，为构建和谐社会而努力奋斗，我们的前程似锦，充满活力和希望。

现在，党的十八届三中全会做出了全面深化改革的重大决定，我国各项改革正稳步推进，只要全国各族人民紧密团结在党的周围凝心聚力，努力奋斗，我们党所确立的实现中华民族伟大复兴的两个百年目标就一定能够达成，中华民族就一定会以雄姿屹立于世界东方。只要憧憬如花似锦的壮丽前程，我就抑制不住心潮澎湃。我为自己能生于这样一个伟大的时代，又有幸亲身参加了这场伟大变革而自豪，更为我们民族的伟大复兴而充满幸福和无比骄傲！

（获"讲好中国故事"征文一等奖）

我同人民军队的情缘

党领导的中国人民革命所取得的伟大胜利,党领导的中国特色社会主义事业所取得的辉煌成就,有多种机遇、因素和条件。其中,由党所缔造、绝对听从党的指挥的人民军队,始终保持同人民群众水乳交融、鱼水情深的子弟兵本色,敢于同一切敌对势力作坚决斗争,捍卫国家领土主权完整,为了人民群众利益不惜流血牺牲,是其中一个重要方面。我一生同人民军队有着特殊情缘,在全党和全国各族人民热烈庆祝党的九十华诞的时候,我又不由得回忆起这一切……

1949年,在新中国成立的那一年,我当时还是一名初级小学的学生,但已第一次接触到了解放军,亲身感受到解放军指战员的和蔼可亲,并有机会经历了他们为我治疗伤病。

这一年的夏天,以百万雄师横渡长江的中国人民解放军,在以摧枯拉朽之势追击溃败的国民党军残余时,在老百姓毫无知晓的情况下,突然迅疾进入我的家乡湖南。解放军所到之处,为老百姓挑水,扫地,向老乡借东西写借条,买东西按市价付钱。他们官兵平等,对老百姓态度和气,让老百姓见到了军纪严明的人民军队。但这时的我,因一次同堂兄的玩耍中左脚五个指头被砍伤了,所以只能拄着拐棍艰难行走,正在受着伤病的煎熬。

有一天，一名解放军战士到我家借东西，见我这种状况，在问明了情况之后，决定背我去团部找卫生员治疗。到了团部驻地，卫生员对我的伤口进行彻底清洗消毒，又涂上了疗伤的药，并让我同他们一起吃了晚饭。解放军的这些言行在我幼小的心灵留下了极深刻的印象，我从此对解放军有了特别的亲近感。

说来也巧，走出校门后，我参加工作的单位是我国规模最大也最完整的火炮制造厂（从钢冶炼到机械加工，从控制仪表到总装，直到最后靶场试射，全部在这个拥有2万多名职工的大型工厂完成）。生产的武器就是直接装备解放军的。我从事的是工厂管理工作，所以工作中经常要同解放军打交道。因为解放军在工厂设有军事代表机构，负责质量把关和检验，也负责审查生产成本。所以，工作中我们经常要交流情况，协商解决有关问题。

在"文革"中，这个厂也曾一度受冲击被搞乱了，甚至陷入停产瘫痪状况。为了部队的装备，为了国防的安全，党和国家决定对工厂实行全面的军事管制。由中国人民解放军炮兵司令部所属各院校人员组成的军管会进驻工厂后，很快就恢复了生产。我被安排到当时的生产指挥部工作，经常同军管会各方面成员一起抓生产准备，抓生产进度，解决生产中的薄弱环节，确保生产任务的完成。在近年六年的共同工作中，由于我在工作中的表现，我先后荣立一等功和三等功多次，并成为了一名光荣的共产党员。从此时刻提醒自己，要按一名党员的要求，始终同党中央保持一致，努力为党工作，全心全意为人民服务。

1985年，我由工厂调入国家机关从事税收工作，在工作中又有同解放军总部的同志一起进行调研、磋商制定相关政策的经历。第一次是香港回归前夕。由于香港回归后我国要体现对香港行使主权必须派驻军队。当时香港工薪水平和消费水平比内地要高很多。我们的驻港部队由于驻地生活水平高，工资也相应高很多。对驻港部队人员的工资所得是否征税，必须制定相关政策。在制定过程中，我翻阅了大量国外资料，从中了解到，国外有对派驻境外军人收入有免税和征税两种做法。在同解放军总后勤部有关部门领导协商时，我们一致认为，相比发达国家，我国军人无论按人均开支还是人均收入水平都是很低的，对派驻香港军人的收入给予免税更为合理，也符合国际上很多国家的做法，因此提出了给予免税的意见。报经国务院审定时，也维持了这个规定。这样，使军队、地方和驻港部队都很满意。

还有就是在1999年，对农垦兵团和武警部队所办的主要为内部服务，但也有一部分产品或服务外销给地方的企事业单位，对这部分收入是否免税，需要进行调查研究和明确相关政策。为此我同武警总部和农垦兵团的同志一道，曾深入到新疆石河子、喀什和黑龙江哈密等地实地调查研究。在掌握大量的实际情况后，在研究中，我们认为，从确保边疆的安全和武警部队肩负的任务考虑，对这部分收入给予免税是必要的，报经国务院审定后，也执行了免税的政策。

另外，1999年国庆前夕，我还同解放军总政和总后有关部门领导，一起到总政文工团、海政文工团和二炮文工团进行调研座谈，一方面调查军队文艺团体是否应享受税收的有关优惠政策，另一方面也了解我们税收征管中特别是纳税服务方面存在的问题。在调研中，部队同志反映部队文艺团体和演艺人员同地方有很大不同，他们主要是为部队服务，对其有每年必须为基层部队演多少场的硬指标。部队演艺人员一律不许做商业性广告。因此，他们基本没有商业演出收入和广告收入。参加座谈会的宋祖英、李丹阳、张华敏、李琼等几位部队歌手还反映，有时候，我们有的税务人员服务态度不太好，甚至表现出一种盛气凌人的神气。经过座谈调研，最后也制定了对部队文艺团体收入给予免税的政策。对于他们反映的税务人员纳税服务不好的意见，我特别重视，很快就向相关的税务机关进行了转达。这样，部队文艺团体享受税收优惠的政策明确了，税务机关纳税服务的态度也改进了。这也使我为密切税务部门和军队的关系以及支持部队文艺团体的发展，做了一件实实在在的工作。

总而言之，我这一生中和解放军有特别的情缘，我为之感到光荣和自豪。特别是今天，当我看到我国军队现代化日益向前发展，我国的国防日益强大，我们的人民子弟兵当人民群众需要的时候，坚决听从党的指挥及时出现在汶川和玉树地震的灾区，及时出现在舟曲泥石流灾区，火速奔赴利比亚，为我在利同胞的安全撤离空中运送，海上护航，我发自内心感到骄傲，从内心感谢党培养出这样好的人民军队。最后，将我参观南昌八一起义展览馆所写的一首诗略作修改录在下面，一并作为对党的生日颂歌：

  洪都城上义旗张，革命从此党有枪。
  掀动红色风暴浪，抗击白色恐怖澜。
  千里转战溃潮汕，万人亡命汇井冈。
  历尽劫波星火在，奠定今朝铸辉煌。

（原载《献给党的颂歌》）

全过程参与一件破天荒的大事

改革开放以后,在探索中国特色社会主义道路上,我们党坚持解放思想,实事求是,做了很多破天荒的大事。我认为,对私营经济采取的政策可算其中之一。对待私营经济,党内历来有不同认识。新中国成立以后,在对生产资料所有制改造中,基本上消灭了私有经济成分。60年代困难时期,曾稍微放宽了政策,私有经济在某些方面有所发展。"文革"中割资本主义尾巴,彻底铲除了私有经济生长的土壤。改革开放后对这个问题仍有过激烈争论,但通过实践逐步得到解决。我因工作关系,曾亲身参加了对私营经济税收法规制定的全过程,从中感受到了这件破天荒的大事,是我们党与时俱进的英明决策。

改革开放的大气候,使得一度"断子绝孙"的私有经济又艰难地破土而出。对此。党内产生了不同的认识和声音。其中有一种声音是"社会主义搞的是公有制,不能允许私营经济存在发展,必须坚决取缔"。

党中央对此持慎重态度。经过反复考虑,小平同志提出,并经中央政治局讨论通过,决定采取暂且"看一看"的态度。

1983年。党中央在《当前农村经济政策若干问题》的文件中,提出对私营经济"不宜提倡。不要公开宣传,也不要急于取缔"。实际上对私营经济采取了保护政策。

1984年10月22日，小平同志对中顾委的讲话中说："前些时候那个雇工问题，相当震动呀，大家担心得不得了。我们的意见是放两年再看。那个能影响我们的大局吗？……伤害了社会主义吗？"

1987年4月16日，小平同志在《会见香港特别行政区基本法起草委员会的讲话》中又说：关于雇工问题"开始我说看两年，两年到了，我说再看看"。

因为对私营经济没有急于取缔，才使得私营经济得以逐步发展起来。而且，由于私营经济有旺盛的生命力，继续发展壮大已成必然趋势，因此不能只是看，而必须明确相关的政策规定。

刚开始，政策只能是框架式的粗线条。1987年6月22日，中共中央发布的《把农村改革引向深入》文件中，初步明确了对某些为了扩大经营规模，雇工超过以前所下发的《当前农村经济改革若干问题》所限定人数的私人企业，"也应当允许存在"，采取"加强管理，兴利抑弊。逐步引导的方针"。

明确了这样的方针后，私营经济迅速发展，但同时也产生了一些问题。问题出在私营企业主产生的种种忧虑，特别表现在不愿继续扩大生产规模和过度的个人消费上，尤其是一些不健康的消费上。1987年10月14日，新华社向中央有关部门报送的一份调查材料反映：温州这个有经商传统的城市，私营经济有了迅速发展。但近来发生了一些发人深省的现象，一些较大的私营企业主患"百万恐惧症"，他们忧虑生产经营规模扩大到百万元就成了"百万富翁"，就可能再次成为改造对象。因此，这些私营企业主不愿再扩大生产规模，而是将资本用于建造豪华住宅，甚至斥巨资修造坟墓……这份调查材料引起了中央领导的注意，当天即在材料上批示："迫切需要拟订私营企业管理条例，以便有所遵循，而私营企业也可以放心依法经营。"这样，制定对私营经济的政策法规提上了议事日程。

按当时全国人民代表大会的决定，制定私营经济政策法规属于条件不完全成熟带有试验性质的授权国务院。国务院明确由陈俊生秘书长负责此事。从1987年10月到1988年1月，陈秘书长先后几次召集工商行政、财政、税务、民政和银行等部门开会。研究最迫切需要制定的法规和具体负责的部门以及完成的时间进度问题。最后明确，工商管理方面的法规由国家工商局负责，税收方面的法规税务部门负责。由于陈秘书长召开的几次会议我都参加，这样，制定税收方面的法规具体落到了我身上。

领受任务后，我抓紧工作，很快起草完了《私营企业所得税暂行条例》（草案）。税务总局在局里进行讨论后就上报到了财政部。财政部未作修改，很快又上报到国务院。国务院审议时，把这个暂行条例中的一个方面内容，即引导私营企业主把经营利润主要用于扩大再生产，限制其个人消费，对用于个人消费部分，应按照40%的比例税率征收个人收入调节税进行了分离，将这部分内容单独形成了一个《征收私营企业投资者个人收入调节的规定》。这样调整后，结构更为合理，也更具操作性。做了这样的修改后，国务院很快于1988年6月25日公布了《私营企业所得税暂行条例》。

税务总局上报了《私营企业所得税暂行条例》（草案）后，决定立即抓紧起草《施行细则》。我又领受了这一任务。我决定到当时私营经济发展较快的福建省，边调查私营企业的基本情况，边起草《施行细则》及其他相关文件。由于任务紧急，我们用了半个月时间就完成工作任务。《施行细则》经局领导审定后，就上报到了财政部。财政部于1988年11月17日下发了《施行细则》。从国务院秘书长陈俊生召集各单位讨论制定私营经济相关法规，到税收法规下发执行，仅仅一年左右时间，其效率可见一斑。

按正常的职责分工，制定完《施行细则》税务部门就完成了应做的工作。但此时财政部要求税务总局继续完成制定私营企业财务制度和会计制度的工作。我又承担了这项任务。

《私营企业所得税暂行条例》和《施行细则》颁发后，我们仅用了不到一年的时间，就完成了《私营企业财务管理办法》和《私营企业会计制度》的制定工作。至此，私营企业的税收、财务、会计各项法规全部颁行。

通过全过程参与制定私营经济税收法规和财务会计的规章制度，我深深感受到，改革开放以后，我们党努力弘扬了解放思想、实事求是的优良传统和作风,看准了发展是硬道理毫不动摇,坚持与时俱进。所以,我国私营经济有了长足发展。现在的私营经济不但投资的地域遍布全国各地的各个产业行业。而且经营规模也越来越大,并且已经开始有步骤地走向国际市场。在对外贸易中,私营经济已开始成为主要力量。2010年,我国外贸出口总值29727.6亿美元,增长34.7%,贸易顺差为1831亿美元。其中,私营经济出口总额4812.66亿美元,较2005年增长223%,年均增长26.4%。私营经济在出口总额中所占比重已达30.5%。此外,外商投资企业出口总额8623.06亿美元,占全部出口总额比重54.65%,国有企业出口总额只占全国出口总额15%左右。可见对外开放政策为我国的发展起到了很大的促进作用。所以,中国特色社会主义道路越走越宽广,中华民族振兴充满希望。在庆贺党的九十华诞的时候,我国已成为世界第二大经济体,综合国力大大提升。只要全国各族人民紧密团结在党的周围,秉持科学发展观,为构建和谐社会而努力奋斗,我们的前程似锦,中华民族一定会以雄姿屹立于世界的东方。

(本文获中组部庆祝建党90周年征文一等奖,后被编入《闪光的足迹》优秀作品集)

个人所得税改革依然是热门话题

近几年来,每到全国人大和全国政协开会期间,个人所得税改革都是热门话题之一。今年也不例外,个人所得税改革仍然是代表委员们议政和提案的重要内容之一,也是关注两会和我国税收改革的民众的街谈巷论的内容之一,这是毫不奇怪的。

新中国成立以来,我国个人所得税立法并开征已走过了37个年头。三十多年来,个人所得税从主要体现我国的税收管辖权和主要对外籍人员征收,到对各类纳税义务人普遍征收;从其功能,从主要体现组织收入到兼顾组织收入和调节收入分配,其收入规模不断扩大,其占全部税收收入的比重不断提高,到2016年个人所得税全年收入已达10090亿元,占全部税收收入的比重已上升到7.91%,成了名副其实的主体税种之一。而且,三十多年来我国已成为世界第二大经济体;国家已实行允许具备条件者生二胎政策;中华民族伟大复兴的第一个百年目标要全面建成小康社会。在这种情况下,世界对中国的贫富差距更为关注,国人对税收的公平公正合理合法和透明也提出了更高要求。比如一个独身公民和组成了家庭且有一个或二个要抚养的对象的公民,一个没有赡养负担的公民和一个有赡养负担的公民,其收入相当但支出水平是有较大差异的,个人所得税改革不应该忽视这方面因素。另外，党和政府已把扶贫脱贫作为实现第一个百年目标的硬指标，这意味着对缩小贫富差距要从多方面采取强有力的举措，其中也应包括税收财政方面的举措。总的看，近几年我国贫富差距已呈现逐步缩小的良性趋势，如美国康奈尔大学和中国北京大学经济学家最近联合调查显示，我国收入差距正在缩小，最能体现这一现象的基尼系数1995年为0.349，2010年曾达到0.533，但到2014年已回落到0.495。对这一良性趋势我们应感到欣慰，因为是符合社会主义核心价值观的。但决不能因此掉以轻心，还必须有多方面的举措保障这一良性趋势继续下去，其中也应包括个人所得税改革。也正是基于此，本书便将发表于2011年的《个人所得税改革依然是热门话题》收入书中。

眼下，全国人大正又一次启动修正个人所得税的法律程序。同以往历次修正个人所得税法必然引起公众热议一样，这次的修法更是引起社会各界的普遍关注。

据悉，在全国人大设立的网站中的"法律草案征求意见管理系统"，截至5月底止，公众提交的各方面意见达23.7万条之多；不少公众还以信件形式向全国人大寄送意见。这次征集到的意见数量创下全国人大单项立法之最。这充分证明，改革开放到了今天，在不断完善各种立法中，公众的参与热情空前高涨。面对这样的喜人局面，我不由得回想起我与个税结下的不解之缘。这个不解之缘，正是我曾长期从事这方面的工作，并多次参与个税改革和修正的调研、论证、起草的过程所结下的。今昔对比，也充分证明我国税收立法、修正程序日益规范和透明。

早在改革开放初期，第五届全国人大第三次会议就曾于1980年9月10日，通过了《中华人民共和国个人所得税法》的立法。但由于工资薪金所得的扣除额为800元，当时我国公民收入水平普遍很低，所以，虽已出台个人所得税法，但我国公民实际上不存在缴纳个税的可能。征税对象主要是外籍人员。到了八十年代中期，我国社会成员的收入差距开始拉开，为了防止由此可能引发的社会问题，已在酝酿要采取新的举措予以应对。

先是1986年1月7日国务院发布了《中华人民共和国城乡个体工商业户所得税暂行条例》，意在加强对个体工商户收入的税收调节。同时，还在酝酿要开征对我国公民收入进行调节的《个人收入调节税》。

在1986年7月召开的全国税务工作会议上，我领受了组织起草《个人收入调节税施行细则》的任务。这是在会议刚结束时，当时主持会议的财政部党组成员、税务总局局长金鑫向我布置一项任务，立即组织人员，抓紧起草《个人收入调节税施行细则》。这样，我就投入到了起草施行细则的工作。

当时，这项工作还是在半保密状态下进行的。我们一行人冒着酷暑，先后到上海、浙江、江苏等地，一边调查各类人员的收入状况，一边召开各种类型座谈会，一边起草施行细则。只用了半个多月时间，我们就完成了施行细则的起草工作。

回到北京后，一边向总局领导层汇报相关情况，一边讨论施行细则（草案），并根据讨论意见做了某些修改。同时，为了使公众对出台这个税的重要性和必要性有一定的了解，又同时着手起草了供各级税务部门宣传的《宣传提纲》，供媒体宣传的通稿《答记者问》，还为我们税务部门所办的两本期刊《中国税务》和《税务研究》写了评论员文章，分别是《调节个人收入水平的有力措施》和《开征个人收入调节税是经济体制改革深入发展的客观要求》。这些宣传材料和评论文章，都由我执笔完成。

这些宣传材料连同《施行细则》都一起报送财政部，财政部基本未作改动，便将《施行细则》上报国务院。国务院审定时也无大改动。于是，国务院于1986年9月25日以国发（1986）91号发布了《中华人民共和国个人收入调节税暂行条例》，财政部于1986年12月10日以（86）财税字第331号发布了《中华人民共和国个人收入调节税施行细则》。至此，同属个人所得税性质的个人所得税、个体工商户所得税、个人收入调节税都相继出台。这种模式的个人所得税在世界各国的个人所得税发展进程中是独一无二的。但是，这种三足鼎立的个人所得税是中国改革开发进程中的产物，它符合我国当时经济社会发展的实际。

当个人所得税已全面出台施行后，不但税务部门，社会上对此也颇抱期望。但执行的最初结果都是大大出乎预料。出台的第一年1987年全年个人收入调节税仅征收入库3133万元。作为具体负责这个税的我倍感压力，所以冥思苦想力图摆脱困境。在同北京市税务局协商并达成共识之后，我们决定从申报纳税试点入手。于是，选定了科研院所、高等院校和演艺明星这些收入较高的人群比较集中的海淀区进行试点。

由于当时对个人收入信息如银行存款、劳务收入等都不掌握，个人收入申报试点虽然投入了相当大的人力物力，但最后以失败告终。但个调税的征收管理是必须取得突破的。在试点失败之后，我们在探索中相继采取了如下一系列措施：

通过当时影响大的《人民日报》，定期公布各省、自治区、直辖市和计划单列市个调税的征收入库数，并配以分析评论文字，促各地把收入抓上去。

加强部门间的协作配合，由税务总局同财政、工商行政、银行、文化、广播电视等部门联合发文，要求通过部门之间的协作配合，加强代扣代缴的源头控制，以减少偷逃税收。

针对性地提出各个阶段必须达到的目标，如要求各地逐一"消灭征收空白点"，即由地（市）、县（市）、直至乡镇，要在一定时期内消灭个调税征收入库为零的"空白点"，逐步扩大个调税征收面。

同财政部协商后，对个调税的征收在一定时期内给予特殊政策，如代扣代缴给予提成手续费，对基层税务部门按征收入库数给予固定的比例提成，用以解决当时十分落后的交通、通讯工具等。

在几个大行政区之间，税务部门定期进行征管经验的交流，达到相互学习、相互促进、共同提高的目的。

在当时那种征管手段和征管水平的情况下，这些举措用法理尺度衡量虽不很合适，但却比较管用。所以，个调税征收入库数逐年大幅增长，到了1993年，即将个调税，个体工商业户所得税、个人所得税统一为新的个人所得税法之前，个调税的年收入已达16.84亿元，为开征第一年全年收入数的53.69倍。

1993年10月31日，八届全国人大常委会第四次会议对个人所得税进行了修正，结束了我国个人所得税三法鼎立的局面。到了2005年10月27日，十届全国人大常委会第十八次会议再次对个人所得税进行了修正，规定个人所得超过国务院规定数额的，或国务院规定的其他情形的，要自行申报纳税。2006年10月18日，国家税务总局主管领导召开有关专家学者参加的座谈会，讨论对全年收入超过12万元的高收入群体的自行申报纳税办法，我应邀参加了这次座谈会。

我在会上发言表示，由于我国的个人所得税基本上是分项式模式，自行申报纳税长期以来没有严格推行。现在对纳税人收入信息的掌控已今非昔比，如有银行、证券、保险等部门的有效配合，试行高收入群体自行申报纳税应有可能。但税务部门自身工作要更加扎实细化，是可期望取得成果的。

2010年，中国国际税收研究会确定的学术委员调研的课题中，有一个课题是《适应综合与分类相结合的个人所得税制征管能力的研究》。作为学术委员我参加了这个课题的研究，并撰写了《个税改革已到了付诸实施的成熟时机》《关于综合与分类相结合个税征管机制所涉及的若干问题》两篇论文。两篇论文都参加了课题结题会上的交流，并编印到了课题论文汇编中。前一篇论文还刊登在《中国税务报》2010年8月18日的"理论专刊"上。在这两篇论文中，我对个税改革进行较系统的分析：现行分项式模式个人所得税存在的主要问题；建立综合与分类相结合的个人所得税征管机制的基本条件；建立综合与分类相结合的个人所得税征管机制需要解决的主要问题等。在论述建立综合与分类相结合的个人所得税要解决的主要问题中，我强调：首先，要明确立法理念。其次，要完善法律体系。再次，特别要在完善税收征管法方面，明确对非生产经营的自然人的税务登记和纳税检查；重点抓住编定统一纳税号码，推行对现金支付的严格监管和实物收入的货币化计算；以及尽早建立财税部门同金融、保险、证券、房地产管理等部门的网络体系，加大对个人收入信息的收集和分析，以适应综合和分类相结合的个人所得税强化管理和服务的要求。

近日，国家税务总局党组理论学习中心组集体学习时提出，为适应新形势,要确定进一步完善税收征管模式,重点是不断改进和优化对纳税人的管理和服务,以促进公正执行税法和税收遵从水平的提高。有鉴于此,我认为,关注这次个人所得税法的又一次修正,不能仅仅只关心扣除额确定为3000元、5000元或更高这一点上,而应从税制模式、征管手段、征管效率以及对纳税人的服务等各方面予以关注,提出切实可行的建议或意见,才能对这次个税的修正更有助益。至于我个人,作为共和国的公民,作为纳税人的一员,我想同个税的缘分一定会继续延续下去。

(本文原载2011年《中国税务报》和《中华工商时报》)

我为税报写短评

我们通常所说的1994年那次结构性的全面的税制改革,大量的工作如税收法规的起草、审定,相关配套规章的起草、研讨,以及新税收法规出台的其他的大量准备工作,很多是在1993年完成或基本完成的。由于那次税收改革涉及面很广,我把它形象地称为"满汉全席"式的改革。那次改革由于时间短、工作量大,很多方面是边实施边修改边完善。

所得税的改革更是如此。企业所得税实现了国营、集体、私营企业所得税的归并统一。个人所得税实现了个人收入调节税和个体工商所得税的合并统一。但国务院于1993年12月31日发布的《中华人民共和国企业所得税暂行条例》,明确自1994年1月1日施行,此时的《实施细则》尚未发布,财政部是于1994年2月4日才发布《实施细则》的。为了改革后的税收法规更好地贯彻执行,加强宣传是很重要的一个方面。

对于如此重大的税收改革,作为国家税务总局的机关报《中国税务报》,自然责无旁贷。可能出于使宣传更准确更贴近税收工作实际的考虑,《中国税务报》约我为企业所得税的改革写篇评论文章。说实话,作为所得税司的一名领导,我们当时工作可谓千头万绪,正忙得晕头转向。但是我未丝毫犹豫很干脆地接受了这个任务。

我当时考虑，这篇评论一是必须抓住重点，突出这次改革的核心内容；二是文章必须短小精悍，不能浪费读者过多时间；三是尽可能用形象概括的语言，让税务系统以外的人们也一看就懂。经过这样一番思考之后，我在这篇署名为本报评论员的短评中，将这次企业所得税的改革概括为"三统一"和"三取消"。

所谓"三统一"，就是统一了税收法规，统一了计税所得标准，统一了税率。所谓"三取消"就是取消了税前还贷，取消了所得税的承包，取消了"两金"。这篇题为《企业收益课税制度改革的重要一步》仅1400多字的短评，于1994年2月16日刊登于《中国税务报》第一版。

短评见报后，很快收到了反响。当时，中国农业银行、中国轻工总会、全国供销合作总社的财务部门同志对我说，他们看到了中国税务报的那篇评论员文章。他们认为，那篇短评为他们宣传贯彻新的企业所得税法规，加强对有关人员的培训提供了依据。

在改革开放和税收事业发展的呼唤中诞生，随着改革开放深入和税收事业不断壮大而步步走向成熟的《中国税务报》，创刊已二十周年。作为我国改革开放三十年的参与者，我见证了这张税报所走过的风雨历程，同她结下至深的缘分。

受改革开放的激励，为改革开放磅礴气势和伟大成就所鼓舞，三十多年来，我笔耕不辍，在境内外50多种期刊、报纸、内参、年鉴发表了大量的诗文。但细算起来，还是在《中国税务报》发表的诗文品种多、数量大。而且，在我国税收改革的各个重要时期，我都有相关文章发表在《中国税务报》上。

这些诗文发表在我们自己的税报上，能更好地在税务系统内进行理念观点思想情感等方面的沟通，很多文章能很快听到系统内税务干部的反映；还能起到同社会各界交流的作用，使自己受益匪浅。

中国税务报自创刊以来，认真执行税务总局的办报宗旨，积极宣传国家的税收法规和政策，搭建起了税务部门同纳税人沟通的平台，在为纳税人服务方面不断尝试新的形式和方法，越来越为广大税务干部、纳税人所喜爱。我祝正值青春妙龄的她,更加焕发出时代的光华。

(本文获"我和《中国税务报》的故事"征文一等奖)

我亲历的一次申报纳税

这是我曾亲历的一次颇为曲折和不无遗憾的申报纳税。

那是1996年9月,我收到一家杂志社汇寄给我的一笔3000多元的编审费,但未代扣代缴税款。作为总局负责这一税种法规政策的我,意识到必须去自行申报纳税。

我于是在一个星期五的下午,去到离总局办公室最近的一个税务所办理有关手续。接待我的是一位刚参加工作不久的年轻女同志。听了我说明来意后,她显得一脸茫然,便找来一位年纪大些的女同志。这位女同志听了我的陈述后,也不甚明白纳税申报手续该如何办。她犹豫了一下之后说:等所长回来吧。我便在税务所坐等所长回来。

两个小时过去了,未见所长回来。因当时已定好星期天去外地出差的机票,我怕出差时间长,加之工作忙忘了此事,便问所长去什么地方了,可不可以电话联系一下。她们告诉我,所长可能去了区税务局,并告诉了我区税务局长办公室的电话。我拨通了电话,区局长听说我是总局的,说让所长马上回所里,并对我长时间等待表示了歉意。

不一会儿,所长果然回来了。他问明了情况后,让一位女同志为我计算应纳税款,但那位女同志说忘了计算方法。我在一旁提醒她,个人所得税业务手册列有计算公式。她从抽屉里拿出一本书,照书本用计算器计算出了我的应纳税款,又开了缴款单,让我去银行缴税。我见已快到下班时间了,拿起缴款单赶忙到银行交了税款。回家吃完晚饭后,我感觉计算有问题,用计算器一算,果然计算有误,让我多缴了130多元的税款。

出差回京后,我又去到税务所,说明计算有误,并当面计算给他们看。他们知道确实计算有误,又给开了张退税单,让我去银行办理退还多缴的税款。我接过退税单正要走,所长说,怎么好意思让总局领导来回跑,他让那位女同志去办;同时,他从自己的钱包里拿出那应退还的130多元钱给我说:我先垫上,等从银行办完退款手续后再给我。

在返回办公室的路上,我边走边想,这次亲历个人所得税申报纳税,给了我一些启示,也引起了我的思考。

首先,纳税人到税务部门申报纳税太麻烦。从税务部门开出缴款单再到银行缴款,来回跑。如果因税务干部工作粗心计算有误,像我这次这样,则退还多缴税款或补缴不足的税款,跑的路就更多,特别如果一个部门领导不在场,让纳税人等待,则更难以忍受。

其次,我们基层税务部门同志业务不过硬。计算个人所得税应税所得和应纳税款并不复杂,但有的税务干部不会,照着书本计算还发生错误。

再次,税务干部业务不过硬,同业务培训和业务学习有关。以前总认为,每个税种或某项税收政策出台,我们编印下发了业务手册或宣传材料,基层税务干部应能学会掌握,看来并不是那么回事。

最后,我们税务部门对纳税人的纳税辅导或纳税服务远远不够。纳税人依法履行纳税义务,其实要有相应的环境和条件,如让他们了解熟悉税务法规和政策,让他们得到充分的尊重,让他们享受应有的服务等等,创造这些环境和条件是税务部门应尽的职责。

经过这样一番思考后,我当时得出的结论是,依法自行申报纳税,说来似乎理所当然,其实不然。真正让所有纳税人自觉依法申报纳税,还有很长的路要走。

在这之后不久,在一次全国性专题会议上,我讲了这次申报纳税经历。北京市地方税务局有关同志正好也参加了会议。会后，参加会议的同志把这个情况向市地税局领导作了汇报，市地税局有位领导为此专门到了总局，就那次申报纳税暴露的问题，向总局领导检讨，也向我个人表示了歉意。自那以后，北京地税局这方面的工作确有改进。

（本文获"我与个税"征文特等奖）

抗日救亡的宣言
——对《清平乐·六盘山》的解读

1934年10月,中共中央和红一方面军被迫撤离中央革命根据地,开始了举世闻名和艰苦卓绝的长征和北上抗日的战略转移。

针对红军的这一重大的战略转变,国民党反动派立即纠集主要军力实行围追堵截,妄图置中国共产党和红军于死地。此后,红军长征途中不得不经历四渡赤水,巧渡金沙江,强渡大渡河,飞夺泸定桥,转战乌蒙山,激战嘉陵江,以及爬雪山、过草地等无数艰难险阻。作为首先长征的红一方面军,在用了近一年的时间行程已逾二万里的时候,来到了宁夏境内的六盘山。此时此地距红军将要最终到达的陕北红军革命根据地还有几千里路程,红一方面军已经过了最艰苦的时期和最险恶的征途,胜利已经在望。就是在此时此地,作为遵义会议后红军的主要领导者也是中共中央主要领导人之一的毛泽东,写下了红军长征中的最后一首词《清平乐·六盘山》。

毛泽东为什么会在此时此地写下这首长征收尾性质的词,诗人在词中所表达的情感和思想主要是什么,这首词的写作产生了什么影响,这首词于今天有什么现实意义,笔者谈点个人的解读。特别是2006年7月笔者由甘肃兰州赴平凉,所行路途有很长一段正是当年红军长征时所经过的地方,公路两旁时有纪念红军长征的碑亭塔等。这加深了笔者对毛泽东这首词写作的认识。

六盘山地处宁夏回族自治区的南部和甘肃东部，南段又称陇山。山为南北走向，长约240公里。它是陕北和陇中两高原界山。六盘山海拔2928米，因山路曲折盘旋，六盘方达山顶，故名。地处两高原交界的六盘山不但地势险要，而且山上树木葱郁，植被良好。这在西北高原是不多见的。我们2006年途经六盘山大概是下午三点钟左右，当时山的东西两侧都感觉很燥热，但车子进入六盘山后觉得顿时浑身清爽，还赶上了一阵时间虽不长但来势颇猛的好雨，更使人心旷神怡。可见六盘山已形成了自身的小气候。

红军当年到达六盘山是十月，初秋的天气气候宜人。而且，到此时此地红一方面军长征中最艰苦的时候和最凶险的行程已过去了，虽然仍未完全摆脱国民党反动派的围追堵截，但基本上已跳出了敌人精心设下的包围圈。所以，红军指战员紧绷的神经应该是可以稍稍松弛一下的，心情是比较兴奋的。特别是站在六盘山上，居高临下，极目四顾，一派苍茫，心胸会豁然开朗。作为红军最高指挥者的毛泽东当然也不例外。但是，作为伟大的军事家、战略家、爱国者和诗人的毛泽东，此时并无闲情逸致观山赏景，他此时思考得最多的是眼下红军的处境，是红军今后的行动，是红军北上抗日战略转移如何才能得到更好实施，是处于危难中的国家民族，是如何坚决抗击日本帝国主义对祖国的侵略，是如何尽早拯救沦为亡国奴的广大沦陷区的同胞……诗人在词中所表达的正是这些抗日救亡的博大情怀。

"**天高云淡，望断南飞雁**"。开头这两句是诗人对此时六盘山环境气候大写意的描写。初秋时节，作为野禽的大雁要去南方过冬了。由于这里气候环境使然，南迁的大雁从天空飞过时人们能一直望见它们从视线中消失。所以句中用了一个"断"字。当然，也是对诗人和红军指战员此刻心境的描写。摆脱了敌人的围追来到六盘山这宁静的环境中，终于能暂时喘口气的这支远征军，已有心情边休憩边观山景和仰望晴空。看到天空的大雁，必然会想起已经告别的中央革命根据地，也会想到此地离将要到达的陕北红军革命根据地已不远了，兴奋之情使他们对未来的憧憬油然而生。

"**不到长城非好汉，屈指行程二万**"。在大写意的环境、气候和心境描写之后，紧接着，诗人向红军指战员明确了下一步的目标，同时也是向全国同胞宣示了红军的决心和信心，即不到达战略转移的目的地就不是英雄好汉。而且也再一次告诫全党和红军指战员们，虽然此时此地距目标地已不远了，但决不可麻痹大意，所谓"行百里者半九十"也。剩下这几千里的路程，必须毫不懈怠，一鼓作气地走下去。

"**六盘山上高峰，红旗漫卷西风**"。历时近一年行程二万里的中央红军此时已途经10省，翻越了20座大山，其中包括5座大雪山，涉过了22条大江河，进行了380多次战役战斗。由于战斗中的伤亡和疾病饥饿的摧残，中央红军已由出发时的86000余人，减少到了7000余人。应该说，此时红军所面临的各种困难是不言而喻的。但是这些并未动摇诗人和红军指战员的决心和信心。他们的行动已经表明这支队伍是拖不垮也打不败的，所以他们眼前是一片红旗漫卷场景，是对胜利的渴望。

"**今日长缨在手，何时缚住苍龙**"。望着眼前漫卷的红旗，诗人想到的是中国共产党和红军所肩负的国家和民族的希望与重任。早在1931年"九一八"事变后，日本军国主义强占我国东北三省。虎视眈眈窥视整个中国，中华民族已到了最危险的时候，中国共产党以民族大义为重，向全国发出了武装反抗日本侵略者的号召，及时提出停止内战，重建全民族抗日统一战线的主张，并广泛动员和组织了抗日救亡运动。但是国民党蒋介石集团置民族危亡于不顾，仍顽固坚持所谓"攘外必先安内"的反动政策，仍在调集数十万大军围剿红军。党内则有张国焘推行分裂党和分裂红军的阴谋。当时的形势是极为险恶的。但就是在这种严峻的形势下，诗人仍对抗日救亡的前途充满必胜的信心。所以，在词中发出了"何时缚住苍龙"的吟咏。苍龙，按辞典的解释是东方七宿的总称。这里比喻极其凶恶的敌人即日本帝国主义。这时日本帝国主义正在阴谋进一步扩大对我国的侵略占领，并处于节节得手的时候，表面上看是非常强大凶恶的。但这种表面的现象并没有蒙蔽诗人对事物本质的把握。一方面，诗人看到了此时日本侵略者确实是凶恶强大，知道要打败这一凶恶敌人是不可能轻而易举的，是不可能在短期实现的。所以对"缚住苍龙"诗人用的是"何时"这一设问式的词句；但同时，诗人抓住了日本侵略者非正义占领的本质，肯定"缚住苍龙"是必然的，只是时间早晚的问题。这同诗人以后发表著名的《论持久战》思想上是一脉相承的。

基于以上的分析，我认为，可以把毛泽东在中央红军即将到达陕北红军革命根据地，即将完成北上抗日战略转移的前夕，在六盘山写下带有长征结尾性质的这首词，看成是一篇红军抗日救亡的檄文。檄文发出后，中国共产党和红军在到达陕北红军根据地后不久，不顾长征的减员和疲劳，毅然举行了旨在抗日的东征，表明了中国共产党和红军的抗日决心，为全国军民武装反抗日本军国主义的侵略树立了榜样。檄文发出后，中国共产党将国共两党的深仇大恨暂时搁置在一旁，力主和平解决"西安事变"，释放蒋介石，促他抗日，并促成了抗日民族统一战线的形成，壮大了全国抗战力量，为坚持持久抗日奠定了政治、经济基础。檄文发出后，中国共产党领导的八路军取得了对日作战的平型关大捷，打败了日本军国主义不可能战胜的神话，极大地增强全国人民抗战必胜的信心，并进一步巩固了抗日民族统一战线。这些都是这首词当时的重要现实意义。

今天，我国正在党的领导下，坚持科学发展观，努力构建和谐社会。但是，实践已经证明，并且还将继续证明，形形色色的世界观人生观价值观，会以各种方式影响我们广大党员和人民群众，干扰破坏我们坚持中国特色社会主义道路和共产主义理想。民族分裂主义、恐怖主义、极端个人主义、享乐至上主义等等，这些都是干扰破坏在不同时期不同地区不同对象的轮番表演。我们一些党员、党员领导干部，甚至高级领导干部，虽然有的曾立志要为建设中国特色社会主义奋斗，也曾做出过某些贡献。但是，他们经不住各种诱惑，有的充当了敌对势力的间谍，成了民族罪人，有的蜕化成为贪官污吏和腐败分子，成了可耻的罪犯。他们在建设中国特色社会主义的征程中没能成为"不到长城非好汉"的英雄，而是成了半途而废的革命的背叛者。所以，今天重温毛泽东的这首词有重要的现实意义。让我们在建设中国特色社会主义新征途中，人人成为"不到长城非好汉"的英雄。

（本文系中国毛泽东诗词研究会第四届年会论文）

党恩深似海

我生于旧社会、长在红旗下。在鲜红的队旗、团旗、党旗下，我实现了入队、入团、入党的愿望。在党的阳光雨露的沐浴下，我从读初中起，就享受当时政府设立的老革命根据地助学金（我在浏阳上中学，浏阳属老革命根据地）、人民助学金和奖学金。以后，无论是在校攻读工业管理专业，还是工作后又进修工业经济专业知识，也都是在党和政府资助关怀下完成的。

由于学习了文化知识和专业知识，我得以经考评获高级经济师职称和注册会计师资格，并曾在高等院校任兼职教授。凭借专业知识和对党对人民的感恩之情，我长期坚持学习，注重调查研究，结合工作和所承担的培训任务，先后在各种报刊发表大量论文。我主编了《中国私营经济指南》《私营企业财务知识》《私营企业会计辅导图解》《公司集团财务和纳税实务》《最新税务百科词典》和大型税收文史书籍《国脉风采》等。个人出版的专著有《执行新税制要重视的几个问题》《中国经济与税收探析》《易运和诗词集》《诗词书法集》《破碎的偶像》《税苑夕拾》《童年琐忆》等。

党不但培养了我为人民服务和为国效力的本领，还给我创造了难得的机遇，使我有了报答党、国家和人民的养育之恩的机会。从参加革命工作直至退休在家，由于有了较好的专业知识基础，工作中自我感觉能愉快胜任各项工作任务；退休后仍能发挥余热，从事自己喜爱和对社会有益的各种活动。特别在完成时间紧迫的工作任务中，我深感多学一些为人民服务和为国效力本领的重要性，在我的工作经历中，参与制定关于我国私营经济的税收法规和财务会计制度，便是这样一段难忘的记忆和佐证。

我国改革开放之初，我从国有大型企业调入国家机关从事税收工作。此时，正是我国私营经济开始逐步恢复发展时期。在此期间，因为"摸着石头过河"，对私营经济的发展当时采取的"看一看"的态度，对出台一些政策带有探索性质。正因为如此，私营企业疑虑较多。这对私营经济的健康发展产生不利影响。这方面在有经商传统的浙江温州更为明显。1987年10月14日，新华社向中央有关部门报送的一份国内动态清样写道：改革开放后温州私营企业虽有较快发展，但近来发生了一个引人深思的现象，一些规模较大的私营企业主患了"百万恐惧症"即他们忧虑，生产经营规模扩大到百万元之巨后就成了"百万富翁"，有可能再次成为被改造对象。这些私营企业主因此不愿继续扩大生产规模，而是开始将资本用于建造豪华住宅，甚至斥巨资修造坟墓……。这份调查材料引起了中央领导同志的重视，当天即在材料上批示："迫切需要拟订私营企业管理条例，以便有所遵循，而私营企业也可以放心依法经营。"这样，制定对私营经济的政策法规提上了议事日程。

由于改革开放初期出台的法规，大多带有试验和过渡性质，所以，全国人大授权国务院，在不违背全国人大所颁发的有关法规的前提下制定。制定私营经济法规属于这个类型，故由国务院承担。国务院责成秘书长陈俊生具体实施。

国务院当时制定这类法规通常都由相关主管部门提出初稿。所以，1987年10月16日上午，陈俊生秘书长主持召集工商行政管理、财政、税务、民政等部门开会，主要是明确各部门制定私营经济法规的具体分工。我代表税务总局参加了这次会议。根据各部门的职责，这次会议明确决定：国家工商行政管理局负责起草私营经济的行政管理条例，财政部和税务总局负责起草及制定私营企业的税收法规和财务会计管理制度。以我在税务总局承担的职责，这一税收法规起草就落在了我的头上。

领受任务后，我抓紧工作，很快完成了《私营企业所得税暂行条例》的起草工作。由于任务紧急，这个暂行条例（草案）只是在总局机关内部进行了讨论，并没有向社会征求意见，甚至也没向基层税务部门征求意见，于1988年初即报到了财政部。财政部没有作修改，很快便报到了国务院。但国务院审议时，把我局上报的草案中的一个方面的内容，即为引导私营企业主把经营利润用于扩大再生产，限制其个人消费，对税后利润用于个人消费部分，应依照40%的税率征收个人收入调节税，单独分离出来，另成一个《征收私营企业投资者个人收入调节税的规定》。经这样调整后，法规结构更合理，也更便于实际工作中的操作。国务院并于1988年6月25日以国务院令第5号发布了《私营企业所得税暂行条例》。

在国务院发布暂行条例后，我又采取边调研、边座谈、边起草的方法，只用了4个月左右的时间，就组织起草完成了《私营企业所得税暂行条例施行细则》。这个施行细则报到财政部后，也未作大修改，财政部即于1988年11月17日以（88）财税字第257号《关于检发＜中华人民共和国私营企业所得税暂行条例施行细则＞的通知》颁行了这个施行细则。这样，中央领导同志作出批示后，仅一年左右的时间，就完成了对私营企业的征收所得税的法规，可见当时特事特办、急事快办的效率是很高的。

按照当时的部门职责分工，《私营企业财务管理办法》《私营企业会计制度》应由财政部制定和颁发。但财政部让税务总局完成（当时的税务总局只是财政部内设的一个副部级总局）。这样我又组织起草了《私营企业财务管理办法》和《私营企业会计制度》，也只用了不到一年的时间就正式颁行。

总之，为适应私营经济发展的形势，我有幸全过程参与了私营企业税收法规和财会制度的起草和贯彻执行工作。这在改革开放前是绝对不可能的，在今后也是不可能再有的事。这样一件堪称是破天荒的大事让我赶上了,让我利用党和国家培养我所学到的专业知识顺利完成了。我感到,这是为中国私营经济的发展,为国家完善税收制度和增加财政收入做了一件实事。特别是,当我们隆重庆贺建党九十周年的时候,我国私营经济现在已有了长足的发展,其投资已遍及各个地域和产业行业,并已开始有计划有步骤地走向国际市场。根据有关统计资料,在我国对外贸易中,私营经济已逐渐成为主要力量。2010年我国外贸出口总值29727.6亿美元,增长34.7%,贸易顺差为1831亿美元,其中,私营经济出口达4812.66亿美元,占外贸出口总额的比重已达30.5%。由此可见,改革开放后,我们党与时俱进地引导了我国私营经济的发展,取得了令人振奋的成就!这也是中国私营经济献给党的九十华诞的一份丰厚的贺礼。

(原载《中国老年》期刊)

耳闻目睹之中印差异

时下,国际上一些知名学者提出了一个颇具争议性的观点,那就是:"未来属于印度"。此言一出,随即在国际上引爆中印"龙象之争"的舆论大战。国际上享有盛誉的美国投资银行高盛曾在此前发表的《迈向2050年》的一份报告中作出这样地预测:印度的经济增长率可在2010年左右超越中国,在未来50年里,它有望成为世界主要经济体中经济发展最快的国家。甚至被誉为世界现代管理之父"大师中的大师"的彼得·德鲁克也语出惊人:"美国的主宰地位已经结束,印度正在很快变成一个强国"。印度人更是闻之大受鼓舞,自我感觉中国要比印度落后20年。然而,耳听为虚。

印度是世界四大文明古国之一,出访印度考察税制情况是我由来已久的愿望。2007年9月上旬,我有幸担任中国国际税收研究会首批赴印度税收考察团的团长,率8名由税收专业成员组成的团队,对该国经济社会发展及现行税制情况做了一次短暂而有收获的考察。期间所见与所闻形成的强烈反差,使我对当今世界舆论有关"龙象之争"的话题有了更加直观的了解。

一、印度联邦税制概要

印度是南亚次大陆最大的国家,总面积290多万平方公里,国土面积居世界第七位。印度全国依地形分为西北边境高山区、中部印度河恒河平原区和南部印度半岛区。

印度全国人口现已达11.2亿，是世界第二人口大国，也是人均资源相对贫乏的多民族、多宗教、多语种的国家。

印度也是近十几年来经济社会发展较快的发展中的大国。据官方统计材料，1980—2002年，经济增长率连续保持在6%，2002—2006年，增长率上升到了7.5%。据说20年中，该国每年有1%的人口脱贫，中产阶级人数目前已占总人口的25%以上达2，5亿人（中产阶级的标准：月收入为5000—4万卢比，折合人民币为1000至8000元不等）。由于近十几年以来印度经济增长较快，且被认为仍有较大经济增长潜力的国家，故印度在国际上也被视为所谓"金砖四国"之一。

印度是联邦制国家。联邦政府通过立法、行政、财政三个方面对各邦进行控制，且由于联邦政府掌握各主要税源税种，通过对邦或州的财政返还或补贴对邦和州实施有效控制。

根据联邦财政职能，印度联邦税制主要有以下税种：公司所得税；个人所得税；消费税；关税；服务税；增值税/销售税；货物入市/入境税；研究开发特定目的税。通过这次考察，我们对印度的税制情况有了一些新的认识和收获。

在构建中央（联邦）与地方财政税收体制上，不管是发达国家还是发展中国家，都是把维护国家统一放在首位的。正因为如此，中央财政是占据绝对统治地位的，地方财政是不可能离开中央（联邦）的财政返还或补贴的，所谓构建与地方政府事权相匹配的地方税收体系以保证地方政府有充足的财权，只能是相对的。

至于印度现行税制，特别是联邦政府控制主要税种和税源的税收收入，使联邦政府得以对各邦提供大量的财政补助，虽对地方经济发展造成一定影响，但对维持国家统一和加强国防起了至关重要的作用。这也是印度这些年来不断扩大武器进口、加速军队现代化建设，直至实施航天工程、强化核武器库等一系列战略措施的重要财政保障。

印度由于是一个资源相对贫乏，劳动力就业率较低的国家，因此在吸引外资投资的优惠政策上既有区域导向、又有产业导向，同时还有鼓励外资在研发、制造、营销以及售后服务本地化的导向。就整体评价而言，印度目前经济增长主要靠高新技术和服务业来拉动，制造业除制药业和汽车零部件制造外，整体制造业仍欠发达，制造业出口在世界总额中所占份额，目前中国已超过8%，但印度却还不到1%，这也是导致其国内就业压力将难以缓解的原因之一。正因如此，印度的制造业有着很大地发展空间，特别是相对便宜的劳动力价格，对包括中国在内的外资有很大的吸引力，反之也是我国未来一段时期内一个不容忽视的强劲竞争对手。对此，我国在拓展印度市场的同时，必须居安思危采取相应的对策。

印度吸引外资的产业政策及其税收优惠有其特点，有些方面值得我们借鉴。印度虽然是发展中国家，也面临着巨大的经济社会发展的机遇和压力，但对外资并不是降格以求，无条件地一律开放吸引，凡涉及国民经济安全和涉及国防机密的有些领域，对外资有一定的最高投资限额。同时，在地域上各邦的优惠有区别，经济特区有更多的优惠，以及配以产业导向优惠、出口导向型优惠等等，都有利于对吸引外资的选择。

由此可见，我国外向型企业如果要到印度投资并最终站稳脚跟，采取研发、制造和营销的本地化的措施极为重要。到印度投资可以说既有机遇，也会面临许多的实际问题，且前期资本的投入相对较大。这就要求实施"走出去"经济发展战略的国内企业，一方面绝不能急功近利，既要作好长期投资发展的战略准备，又要有实施中短期战术的具体打算；另一方面中央政府和地方政府要采取更加务实的灵活措施，加大对外向型企业的政策扶持力度，除税收方面的优惠外，其他诸如信贷担保、财政支持等多方面的经济政策要尽可能与之配套，为外向型企业创造宽松的投资条件。还应看到，印度是位于南亚次大陆最大的国家，如果中国的投资企业在印度获得成功，对其周边地区和国家有示范作用，并为未来继续拓展其周边国际市场奠定辐射基础。

二、"龙象之争"的有关评论

麻省理工学院和哈佛大学的两名教授在美国有影响的《外交政策》杂志上发表的一篇文章引起国际上的广泛关注。他们认为：印度的经济增长前景优于中国，印度将在不久的未来迎头赶上，甚至可能超过中国。这篇文章称，中国缺乏能够在全球市场获胜的企业，但印度在信息技术和生物制药却有能同欧美大企业竞争的公司；中国在现代经济学的"硬件"方面出色，印度则拥有完善的金融制度等现代化经济的"软件"。

国际上还有一种观点认为．印度在一些重要领域的发展潜力和后劲将超越中国，印度正处在"爆炸性增长"的临界点。报道说，印度经济的乐观前景也正在改变人们对中印对比的评价，过去舆论完全一面倒认为中国模式优于印度模式的情况已不复存在。

就连国际上享有盛誉的美国投资银行高盛也曾在此前发表的《迈向2050年》的一份报告中作出这样地预测：印度的经济增长率可在2010年左右超越中国，在未来50年里，它有望成为世界主要经济体中经济发展最快的国家。甚至被誉为世界现代管理之父"大师中的大师"的彼得·德鲁克也语出惊人："我认为与中国的进步相比，印度的进步令人印象深刻得多。美国的主宰地位已经结束，印度正在很快变成一个强国"。

虽国际上对中印评论的文章观点各有不同，但是在评论的天平上，则有更多的有识之士，仍将评论的重心放在了中国一边：美国《华尔街日报》在题为"印度与中国谁是未来霸主"的评论中指出，在外国人眼中，中国是一个日益强大的经济体，也是一个不容忽视的竞争对手。从综合国力来看，印度与中国还是有较大差距；世界各国都感受到来自"中国制造"的实力；中国人在人均收入、基础设施、能源生产、粮食自给、钢铁产量、通信设施、航天造船、进出口贸易、外汇储备以及外商直接投资、成人识字率、婴儿死亡率等一系列重要指标上也表现得比印度更为出色。

2007年11月7日，《环球时报》报道：中石油公司超过1万亿美元的市值成为世界最贵企业在世界引发了强烈震动，有人吃惊于这个数字超过了绝大多数国家的国内生产总值。喜欢和中国做比较的印度媒体自然没有忘记这个机会，"假想一下，只一个中国公司的市值就与1万亿美元的印度经济相当，这种想法当天就变成了现实"，"将这个奇大无比的数字置入视野，印度股票市场的全部市值是1.6万亿美元，印度最有价值的公司信心工业有限公司市值大概是1000亿美元，与中石油相比看起来微不足道"。

三、"龙象之间"的差异比较

据权威资料显示，就融入全球经济方面来看，中国的改革要比印度的力度大得多。在20世纪80年代，印度的实际GDP年均增长5.6%；1991年到2003年，年均增长58%。中国在20世纪80年代平均增长率为9.3%；1991年至2003年平均增长率为9.7%。1991年至2003年，中国人均GDP增长85%，而同期印度的增长仅为4%。2005年印度的人均国民收入约为550美元，中国则为1150美元。从购买力来看，中国的富裕程度已经高出印度70%。中国在全球GDP的份额从2001年的11%上升至2005年的13%。在国际贸易领域，中国的成绩更加突出。中国占世界出口份额从1990年的1.9%上升至2003年的5.8%。2005年，中国的双向贸易增长36%，中国超过日本成为继美国和德国之后的世界第三贸易大国。在20世纪90年代，中国的贸易与GDP的比率上升了70%，而印度的增长为23%。印度的对外贸易虽然也有增长，但是2004年印度的双向贸易仅为1000亿美元，不到全球总量的1%。

外汇储备是反映一个国家经济发展速度、质量、规模、效益总量的硬指标。目前中国的外汇储备几乎是印度的5倍。仅2004年，中国的外汇储备就增加了2700亿美元，截至2007年10月底，外汇储备总量为14000多亿美元，而印度到2007年8月份止，外汇储备总量近2300亿美元。这一对比数字在告诉人们：中国已成为带动全球经济增长的发动机。2005年，中国对全球商品贸易增长的贡献为12%。对于巩固经济和贸易力量的中国，发达国家和发展中国家都对中国人民币和美元汇率处于人为低水平存在着异议。另一方面，世界上似乎没有人们关注印度货币卢比的比值情况。

中国几乎已经消除了贫困。世界银行驻华代表大卫·多拉尔确信中围几乎已经消除了贫困。世界银行估计，35%的印度人仍然消费不足1美元，有2.6亿的人口仍然处于贫困之中。根据世界银行的研究，

87%的中国妇女具有文化,而印度只有45%。在对外贸易和投资领域中国的成绩同样出色,没有一个国家在吸引外资方面能够超越中国,仅2004年,中国就引进外资多达600亿美元,是印度的12倍。在基础设施领域,中国的优势也同样大大超越印度。中国具有3万公里以上的高速公路,是印度的10倍;具有世界先进水平的成昆铁路、青藏铁路、磁悬浮列车;再看通讯设施,具有世界同步水平的中国通讯网络已经初步构建,无论是固定电话还是移动电话都极为普及。中国信息产业部副部长奚国华2007年11月18日表示"中国固定电话和移动电话消费总量已突破9亿";印度的电子产品供应远远不如中国。一些研究小组预测,到2010年,该产业将增长37%,这意味着印度将增加额外的800075计算机用户。但是同期,中国将有超过1.78亿的计算机用户。经过20年的改革开放和经济发展,中国人民平均要比印度人民富裕两倍。中国的繁荣得益于投资,2003年,中国9.1%的增长需要的投资占GDP的42%,9.5%的增长则需要更高的比率,这种发展速度的确是比较惊人的。

印度落后的基础设施。印度落后的基础设施是国内外投资者的巨大障碍。自从1991年改革以来,印度中央政府的税收在GDP中所占的比重实际上已经下降了1%,到2005年,从10%下降到了9%。而同期中国的税收在GDP中的比重则上升了15%至19%。中国的GDP总量与印度之比分别是印度的124%、240%,税收为中国政府提供的可用财力则是印度无法比拟的。相形之下,印度的税制缺陷则造成了国内大范围的直接逃税,由于财力不足又间接地增加了一些加重的税收。而中国随着经济的高速发展,税制改革的逐步完善和强化税收征管,大力推进依法治税工作,近年来税收持续增加,也为履行WTO承诺,降低进口关税打下了牢固的经济基础。目前中国财政收入重要来源之一的关税已经从1985年政府税收预算中的10%下降至2005年的5%。中央直属企业的所得税收入在政府税收预算中,从33%下降到了15%。一大批其他所有制企业提供的税收则迅速增长,反映出中国经济结构从多元化的合理方向发展,不仅有效地解决了绝大部分社会的就业问题,而且是经济和税收新的增长亮点。

发展决定实力，实力反映经济。在印度的考察中，虽然该国发达的软件业和服务业给我们此行留下了深刻的印象，但走在首都新德里以及孟买的街头，除有不少现代化的高楼大厦外，我们更感到在这些现代化的高楼大厦周围，却有很多极为不协调的简陋的铁皮棚、塑料布棚甚至茅草棚的出现。高楼大厦现代化的卫生设施同它周围破棚难以忍受的脏乱，形成鲜明对比。走在新德里的大马路上，你会对马路二字的由来有更多的感受。随处可见的牛会慢慢悠悠地行走在车水马龙的街头，大大小小的野狗还时不时地在马路上窜来窜去。即便一辆按规定定载5人的客运摩托车，前后左右可能挤满十几个人，晃晃悠悠的在大马路上行驶。印度的乞丐也多得令人吃惊，特别是在十字路口和观光景点附近，车子一停就有乞丐猛敲你的车窗门行乞。如果你行走在观光景点周围的路上，更是有成群的乞丐向行人伸手。这些生活在极端贫困中的人群，同上层社会富人的生活差距是不难想象的。此外，无论是在印度的城市还是农村，随处可见身强力壮的年轻人，整天在路旁闲逛或看着往来行人时发呆的神态，这是由于大量失业而出现的一种必然的社会现象。对此，如果仅用基础设施比较薄弱和落后来轻描淡写的话，是无法反映印度存在的实际问题的。真正的原因应是同土地私有甚至是土地过分集中在少数富人手中有关，而这些问题的解决也绝非短时间可以见效的。

四、中印合作　共创未来

综上所述，如果把中印两国的发展前景进行比较，则可谓仁者见仁智者见智，对于出现的分歧和差异。不外乎有以下三种有代表性的观点。

一种是看好中国的经济发展前景，认为目前中印两国之间有较大的差距，甚至在未来相当长的时间里印度也不可能赶上中国。其主要理由是中国走中国特色的社会主义道路，目前已有较为完整配套的基础设施，而且经济增长的势头仍将长期保持下去。同时，中国在吸引外资和拥有的外汇储备规模方面，都远非印度所比。

另一种观点认为，在不太长的时间内，印度将赶超中国，甚至断言在2015年印度就将成为亚洲经济的排头兵，而且一旦夺得领先地位后将在很长一段时间保住其优势。主要理由是印度是宪政民主国家，有制度方面的优势。且印度国有企业成分小，资本市场健康，金融体系完善，具有世界竞争力的企业和品牌也较中国有优势，所处的国际环境也比中国好，等等。

还有一种是对中印两国发展前景都持乐观态度。认为中印分别是世界第一和第二的人口大国，加在一起人口约占世界人口的1/3，两国每年有50多万学生从理工大学毕业，各有充足的后备人才优势。按目前经济发展速度来计算，30年后中国的生产力将超过美国，印度将超过德国。如果中印两国将各自的优势互补，其发展前景更是不可估量。

通过这次到印度的短期考察，我感到上述三种对中、印两国发展前景的估量的观点都有一定的道理。而前两种估量之所以相差很大，可能是同对两国各自的优势和存在的问题拿捏的尺度或许有一定的关系。

作为世界上四大文明古国，中印之间有着深厚的历史渊源。中印两国之间应该加强交流与合作，没有任何理由互相封闭和对抗，也不要受第三者在所谓的对比中扬此抑彼或扬彼抑此的挑拨。但愿中印两国都能坚持自己的发展目标，能像全世界绝大多数国家和人民所希望的那样，相互学习借鉴，在交流和合作中实现优势互补，为全世界经济和社会的发展做出贡献！

如果将印度作为一面镜子，还是可以看到我国现代化建设和社会发展过程中存在的一些不足之处。理性的分析，自满永远是成功的大敌，只有充分看到别人的长处和自己的短处，才能不断地进步和发展。学习、借鉴印度的成功经验，对推进中华民族全面复兴的伟大事业，全面建设小康社会，有很多积极的意义。改革开放以来中国经济迅速发展，诸多方面取得长足进步，而印度似乎变化不大，依然没有完全摆脱贫穷落后的面貌。可是，我们千万不可小瞧印度借第三次科技革命的浪潮，以软件产业为代表的高新技术产业迅猛发展，从而带动整个国民经济和社会发展高速前进的决心。

作为炎黄子孙，谁不希望自己的祖国更好、更快的发展！只有全面贯彻落实党的十七大精神，高举中国特色的社会主义伟大旗帜，按照科学发展观的要求,坚持解放思想、改革开放和发展经济不动摇,同时虚心向世界各个民族学习,取人之长,为我所用,才能在和谐世界里共谋发展。

此行之后,随行团员不免发出这样的感慨:"不到印度不知道改革开放政策的英明,到了印度更感到共产党的伟大。"

(本文原载《东方财经》和《税收参考》期刊)

真情的流淌

（代序）

　　税务系统的一位忘年之交，特地赶来北京相晤并带来一册诗词书稿，说是想让我为诗词集作序题词。作者是一名长期工作在税收战线的老税工，喜读古诗词并对我国历史人物、事件、故事情有独钟，所以退休后便尝试自己作诗填词。

　　受人之托，理应成人之美，便赶紧翻阅一遍。我总的感觉是作者邵泽元确对历史人物、事件、故事感兴趣，旅游参观时很注意这方面的了解收集，并写了不少这方面内容的诗词。他也关心国家社会的发展变化以及改革开放的成就，并在自己的诗词中流露出对祖国对社会主义的热爱和对改革开放的歌颂。他还是一位热心肠，对亲友和同志同仁的喜事好事善举业绩成就等，由衷恭贺、称颂和褒扬。所有这些正是他喜好古诗词并萌动了尝试自己创作的必然产物，更是他所见所闻所思所悟的真情流淌。更为可喜的是，邵泽元还是个颇有恒心毅力的人，他退休后在这方面长期坚持不辍，乐此不疲。所以，便有了现在编入集子中的数量颇为壮观的五百余首。仅就数量便可见作者的勤奋。更何况诚如作者自己所言，对这些诗词"揣摩推敲，反复切磋""十年如一日，铁杵磨成针，滴水穿石，愚者千虑必有一得"。这是难能可贵的。

　　当然，作者对我国古诗词的格律和押韵没有进行专门的研修，诗词中这方面的瑕疵是难免的。但瑕不掩瑜。这并不影响作者对伟大祖国和社会主义的真挚情感，也不影响他个人对精神境界和道德修养的追求，一句话，不影响诗词中所传递的正能量。何况诗词中也不乏妙句精词。这些都是作者所付出心血的见证。

　　应该提倡鼓励退休的老同志从个人的实际出发，选择诗词书画歌舞琴棋这些有利于身心健康的高雅爱好，以修身养性，陶冶精神。这于国家于社会于家庭于个人，都是大有裨益的。基于此，对邵泽元在这方面的努力谨表祝贺！

　　　　　　　（本文系税务系统朋友出版个人诗词集所作序言）

过大年闹元宵

眨眼间又是上元佳节。丁酉鸡年的春节到今日算是完全过去了。

我国传统的春节从农历上一年除夕守岁开始,到正月十五闹元宵观花灯结束,是个时间跨度最长,内容最丰富,仪式最纷繁,也最为隆重热闹的一个节日。由于这个节日是在农历上一年度结束下一年度开始的时间节点上,也是农历二十四节气的第一节令立春前后,我国大部分地区春节过后大地回春,作为农耕文化的传统国度,也意味着春节是由农闲转入农忙的一个节点,因此人们对春节赋予了一年之计在于春,对新的一年寄予期盼希望的积极内容。还按十二生肖对每一年都有不同祈祷祝福的话语,诸如闻鸡起舞,鸡年纳福,三羊开泰,虎虎生威,虎虎有生气……所以,整个春节期间传统民俗、传统文化丰富,仪式感强烈,是一次情感的充分汇聚和集中的释放。

当上一年结束下一年度开始之时,对上一年不管是风调雨顺,五谷丰登,还是灾祸频仍,年歉岁缺;不管是身心康健,幸福美满,还是病痛缠身,心绪不宁,这种种的愉快不愉快都随时序的更替成为过去。而对于即将开始的新的一年,不管是身居异国他乡的旅人,还是工作守护在高原荒野边陲的游子,还是躬耕在故乡守候在亲人身旁的人们,都会想方设法利用这传统的节日团聚欢庆,交流问候,祈祷祝福。

  这种情感的汇聚和释放会借助各种仪式，多种途径，情绪和氛围也格外炽烈浓厚。如除夕的团圆饭和守岁，破五的打春，元宵夜的观灯赏月行令猜谜；如贴春联门神，贴窗花年画；如舞龙耍狮，旱船秧歌；如走亲访友，拜年赶庙会……所有这一切，都在传承中华民族的民风习俗，传承中华民族传统文化，都在传递亲情友情恋情爱情，寄托着黎民百姓对未来的美好愿景、梦想希望。

  春节这个节日由于与神州大地气候变化节令更替相契合，与农历新旧年更替的时间节点相契合，不但有深厚的民族文化底蕴，也是正能量情感的汇聚与释放，应大力传承弘扬，也要随着社会的进步和时代的发展赋予更多新的内涵。

（2017年2月11日）

漫 谈

捍卫国家安全匹夫有责

维护社会稳定、捍卫国家安全，是任何一个执政党和政府的重要职能之一，也是一个国家或地区经济社会发展的基本前提之一。中国共产党领导中国人民经过长期艰苦奋斗，才赢得民族解放和国家独立。在经济建设时期，我们有过正反两方面的经验与教训，特别是通过改革开放的努力探索，才找到了适合我国国情的中国特色的社会主义道路，因此，对维护社会稳定和捍卫国家领土主权安全的重要性，有着清醒的认识和高度的自觉。

一、新中国成立以来，在维护社会稳定和捍卫国家领土主权安全方面经历过两次严峻挑战与考验，当前，正面临着又一个非常时期。

共和国刚一诞生，就面临维护社会稳定和捍卫国家安全的严峻考验。新中国成立之初，中国共产党人从国民党手里接过来的是一个千疮百孔的烂摊子，刚诞生的新中国面对着恢复国民经济的艰巨任务。但当时维护社会稳定和捍卫国家安全的形势异常严峻。经过八年抗战又继之四年的解放战争，当时中国是一个积贫积弱的国家，城市失业率极高，农村中众多农民丧失了赖以生存的土地，陷入饥寒交迫的绝境。帝国主义者曾幸灾乐祸地断言：中国共产党将养活不了数亿中国人。

但中国共产党人勇敢地担起了这副重担。一方面,千方百计在很短时间即恢复了交通运输,抑制了通货膨胀,迅速让城市的工厂开工,商场复市,稳定了人心。另一方面,在农村开展土地改革,使农民重新获得土地,保证了全国粮食、棉花、食油等基本生活资料的供应。与此同时,发动群众开展大规模反敌特破坏活动,使新生的共和国很快稳定了社会秩序。

尽管当时的中国人民非常期盼休养生息,但美国人却把战火烧到了鸭绿江边,对我国东北城市狂轰滥炸,还叫嚣鸭绿江并非中朝的天然分界线,妄图把战火进一步烧向我国内陆。面对着当时在经济、军事都比我国强大得多的敌人,中国共产党领导中国人民义无反顾地进行了抗美援朝战争,并把美国人拼凑起来的所谓"联合国军"赶到了三八线以南,实现了朝鲜战争的停火,双方签订了停战协定。

新生的共和国在极为艰难的条件下维护了社会稳定,捍卫了国家领土主权安全,使国民经济得以迅速恢复,才有了建国初期奠定我国比较独立完整工业基础的几个五年计划的实施。

在维护社会稳定和捍卫国家主权安全再次面临严重挑战是"文革"时期。当时社会正常的生产工作和生活秩序遭到严重破坏,大批老干部被打倒或靠边站,所谓的"造反派"到处打砸抢,交通瘫痪,工厂停工,甚至有人煽动农民"不种资本主义的田"进城参与武斗,可谓天下大乱。

中苏两党的严重分歧导致两国严重对立,苏联在中苏边境陈兵百万,企图对我国发动突然袭击。边境上双方冲突不断,甚至暴发了珍宝岛之役,两国间的大规模冲突大有一触即发之势。但是,由于国际政治格局的变化,由于我们党在粉碎"四人帮"后很快拨乱反正,我国又一次渡过了在维护社会稳定和捍卫国家领土主权安全的困难时期,并把握住了重要战略机遇,迎来了改革开放的全新的发展时期。

眼下我们再次面临维护社会稳定和捍卫国家领土主权安全的严峻时刻。经过三十多年的改革开放,我们国家的综合实力已大幅提升,经济总量已跃居世界第二位,人民生活水平也已空前改善,可以说,中华民族正迈向复兴之路，前程似锦。但是，我们必须保持清醒的头脑，也必须保持高度警惕，必须安不忘危，必须认识到我们国家正面临维护社会稳定和捍卫国家领土主权安全的又一个艰难时刻。

首先，是维护社会稳定出现了许多新情况新问题，如分配不公日益突显并有进一步加剧之势；在党和国家机关，有的工作人员严重脱离群众，利用手中的公权谋取私利，甚至堕落为贪污腐败分子；有的工作人员忘记了为人民服务的根本宗旨，只为所谓个人前程积攒政治资本，大搞所谓"形象工程"、"面子工程"，不仅劳民伤财，甚至不惜破坏生态、污染环境；有的工作人员不调查研究，为追求GDP盲目上项目，给国家造成重大损失，甚至危及群众生命财产安全。这些都必然激化党群矛盾、城乡矛盾、民族矛盾，是维护社会稳定的最大隐患。

其次，捍卫国家领土主权安全面临新的形势和任务。仍属于发展中的我国，同西方发达国家在世界观、价值观方面有较大差异，政治体制、文化背景也有诸多不同。因此，对全球、地区和国家的安全和利益也有不同的立场和视角。正因为如此，西方发达国家，特别世界上唯一超级大国的美国，看待我国的日益崛起有一种矛盾心理。它们既对我国的市场感兴趣和抱有期待，又害怕和妒忌我国的崛起。美国在这方面尤为典型。早在本世纪之初，当我国经济持续快速增长时，美国即多次对我国挑衅，既炸我使馆，又撞我战机。

当我国经济总量跃居世界第二位时，美国国内的右翼和鹰派势力的冷战思维进一步抬头，主张对我国围堵和遏制。甚至政府高官也叫喊北非中东的"颜色革命"将在我国发生。近两年，在所谓重返亚太战略调整的口号下，更是在我国周边频繁进行军事演习，还公然插手我东海和南海的领土争端，表面上对领土主要争端不持立场，实则暗中支持日本、菲律宾等美国盟友向我挑战；甚至企图拉拢越南、印度、澳大利亚都加入其对华围堵遏制的大联盟。所以，当前是新中国建立以来在维护社会稳定和捍卫国家领土主要安全所面临的第三次严峻时刻。从某种意义上讲，这一次国际国内形势更复杂，新问题新挑战更多，是对中国共产党、中国政府和中国人民又一次重大考验。

二、当前维护社会稳定和捍卫国家领土主权安全虽面临严峻形势，但只要坚持"发展仍是解决我国问题关键"的总思路，沉着应对，并通过党的十八大召开，进一步凝聚党心民心，抓住战略机遇期，就一定能完成中华民族复兴的伟大事业。

我国现在经济总量虽已跃居世界第二位，但人均GDP排名仍在100位以后。我国综合国力虽有很大提升，国防现代化也有长足进步，但与发达国家相比仍有较大差距。可以说，我们现在处于一个似富不富、似强未强的发展阶段。历史经验告诉我们，这个阶段维护社会稳定和捍卫国家领土主权安全，形势严峻，挑战强烈，必须以高度智慧、坚强意志和大无畏勇气沉着应对。

社会稳定仍是重中之重。没有国内稳定的社会环境，一切无从谈起。

第一，必须加强党的领导。"办好中国的事情关键在党"。只要全国人民紧密团结在党的周围，就能团结一条心，拧成一股劲，保持社会的和谐稳定。

第二，必须彻底解决分配不公的突出问题，让全体人民公平地享有中国发展和改革开放的成果，筑牢社会公正公平和人民群众团结和谐的物质基础。

第三，下最大的决心，采取最有效的措施，根治党政机关干部和一切公职人员中的贪腐现象，让公权的运作得到严格监管，坚决把牢杜绝贪腐现象滋生的闸门。

第四，严格对干部的科学选拔、培养、使用、晋升和考核，使各级公职人员必须自觉坚持为人民服务的宗旨，严守党纪国法。

只要我们的党是坚强的，走中国特色社会主义道路就有主心骨，就能团结带领全国人民坚持科学发展，解决影响社会安定的各方面问题。就能构建和谐社会，就能在振兴中华在康庄大道上胜利前进，实现宏伟的目标。

捍卫国家领土主权安全，关系到人民安居乐业，关系到各民族团结，关系到国家的尊严和国际影响。中国共产党执政的中国政府对此有高度的智慧、坚强的决心和大无畏的勇气，在事关国家民族兴旺发达的重大考验面前,绝不会后退半步。但在具体斗争中,必须坚持官民并举、文武兼备、软硬同用、恩威并施。也就是民间的、官方的、外交的、文化的、经济的、民事的、军事的各个方面要统筹谋划,巧妙运用,做到有理、有法、有利、有节,做到言必行,行必果。

钓鱼岛是我国固有领土,美国日本之间却私相授受,日本竟然上演所谓国有化的购岛闹剧。这是对我国领土主权的严重挑战,是对我民族感情的极大伤害。中国政府和中国人民岂能吞下这个苦果。针对日本政府变本加厉的挑衅行径,必须坚决迎头痛击。

首先,要发挥好民间作用。如自发的游行示威表达民意。对日本在二战中的战争罪行要进行彻底清算,包括使其悔罪认罪。对慰安妇问题进行谢罪赔偿。对遗留在我国境内的化学武器、遗弃的弹药等彻底清理并运回日本处理;对造成的污染以及给居民心理造成的创伤进行谢罪赔偿等等。同时,组织渔民大规模赴钓鱼岛水域捕捞,借以宣示主权。对于这些民间行动,政府要负责维护好治安,有关部门要表示明确支持并切实护航护渔,确保安全。至于对借民间正常表达意愿之机,搞打砸抢烧等破坏活动的,则应坚决制止打击。对造成生命财产损失的,要依法惩治和赔偿,不给国际舆论以任何口实。同时,除通过外交途径对日本侵犯我领土主权提出抗议外,要向钓鱼岛派出海监、渔政等公务执法船只人员,坚决抗击日本的侵犯。并通过各种渠道和形式向世界揭露日本侵占我领土主权的历史事实、法理依据、地理根据等。并利用日本恶人先告状伎俩,在联合国联合俄、韩等国家,彻底揭露日本对二战中的罪行毫不悔改,还企图改变二战后形成的世界秩序和国土划分的现状,让日本在世界上进一步孤立。

其次,使用经济大棒,让日本承受不起由此造成的巨大经济损失。我国已是日本的第一大贸易伙伴。日本不但向我国出口大量商品,还从我国进口很多原材料。当日本对我领土主权进行侵犯时,我们必须重新审查这些贸易,让日本商品不能顺利进入我国市场,也让日本不能轻易获得我国的原材料。这对日本经济是沉重打击,重挫它炫耀的嚣张气焰。虽然同日本的经贸密切,对日的制裁也会使我国经济受到影响,但当此之时,孰重孰轻一目了然,必须把同日本的领土主权之争摆到首位。

再次，做好军事斗争的充分准备。我们希望在民事层面通过外交途径，经过谈判和平解决双方的领土争端。但这只是我们的良好愿望。眼下日本右翼势力抬头，军国主义也有东山再起之势，从日本过去多次对我国发动侵略战争的经验审视，不排除其再次冒险。因此做好万全准备，当敌人胆敢开第一枪时，我必须坚决予以回击，直至敌人认输罢手。

改革开放以来，我们党团结带领全国人民把握住了重大历史机遇，一心一意谋发展，取得了30多年快速持续发展，全国已初步步入小康社会。中华民族在中国特色社会主义道路上阔步前进。我们珍惜这来之不易的成就。我们对未来充满憧憬。我们渴望和平的国际环境和周边睦邻友好。但树欲静而风不止，围堵也好，遏制也罢，捧杀也好，唱衰也罢，和平演变也好，武力威胁也罢，我们将一如既往地冷静观察，沉着应对，努力维护社会稳定，坚决捍卫国家领土主权安全，坚定地实现中华民族的伟大复兴。

古人早就说过"天下兴亡匹夫有责"。在当今时代，在我国目前所处的错综复杂的国际环境下，我们每个人都应担当起维护社会稳定和捍卫国家安全的责任。这是实现中华民族伟大复兴的中国梦所必备的前提。让我们炎黄子孙万众一心，众志成城，把社会主义中国建成坚如磐石的家园。

（本文系2012年9月18日总局机关司处长理论学习班交流发言）

在中南海的税收专题汇报
——1989 年全国个体税收整顿的来龙去脉
（2009 年 2 月 12 日）

在我主编的大型税收文史书《国脉风采》的"序"中，曾这样写道："莫道税收简单，其实复杂纷繁；莫言税收平淡；其中不乏波澜；莫视税收厌烦，国库充盈，方称民富国强。"这几句话，是我从事税收工作后的亲身体味，也是对社会上所见所闻所感所思的总结。自 1978 年至 2008 年的我国改革开放的辉煌历程，也正是税收大改革大变化大发展的历程。这个历程，对税务部门和广大税务干部而言，都有很深切的感受。但是，正因为短短 30 年发生如此重大的变化，反而让局外人产生错觉，以为全国税收从 30 年前 1978 年的 451.29 亿元到 2008 年的 57861.79 亿元，只不过是经济增长的必然结果，税收部门把应收的税征收入库是理所当然的职责，有什么好讲的；至于其他部门，更是同税收不沾边。这未免失之偏颇。把曹雪芹写《红楼梦》这部伟大的著作的感受所写的一首诗打油套用便是："都见税收长，不解其中难。既赖经济增，也仗他人帮。"这里将本人亲历的 1989 年全国个体税收整顿的来龙去脉写出来，可以做个佐证。

1989 年是新中国成立 40 周年，中国改革开放刚刚走过 10 年。这一年却是多事之秋的一年。全国个体税收开展了一次大整顿，正是在这样一个特定的历史背景下发生的。这次的个体税收大整顿,可谓一是规模大——在全国城乡普遍开展;二是规格高——中共中央总书记和国务院总理亲自听取汇报并作了重要指示;三是内容广——涉及到个体户工商登记、税务登记、生产经营、纳税状况的各个层面和环节;四是涉及的部门多——税务部门为主,工商行政、金融、公安、检察、法院以及全国工商联、妇联、共青团等都参与和配合;五是时间长——用时达大半年之久。由于处在当时的特定背景,整个整顿工作可以说雷厉风行、成效卓著。事情的来龙去脉是这样的——

经历了"六四"风波后的1989年夏天,首都北京气候似乎比往年燥热。7月9日,在全国财政会议召开期间,国家税务局决定召集参加全国财政会议的各省、自治区、直辖市的税务局长开一次座谈会。这次座谈会的主题是分析形势,提出确保全年税收任务超收60亿元,为稳定大局作贡献的奋斗目标;同时讨论进一步加强个体税收征收管理,务必于年内取得突破性进展的问题。说来有些难以置信,全年超收60亿元税收任务,还要通过各级税务部门动员全系统的广大税务干部,并且这60亿元的超收任务,竟然事关稳定全国的大局。这要在今天,让任何一个东部较发达的省市完成这样数额的增收任务都不是大问题,但在当时那特定背景下,的确是全国税务干部所面临的一项严肃的政治任务,谁敢掉以轻心!

座谈会开始时,时任财政部党组成员、国家税务局长金鑫在会上明确,所谓个体税收征管取得突破性进展有四个标志:一是通过广泛宣传税法,做到家喻户晓,促进广大个体工商业户依法纳税;二是对个体工商业进行一次全面的税收查补,各省、市、县要选择一些重点大户进行调查、解剖、突破、抓住管好,以推动一般;三是各方密切配合,形成一个有效的个体税收征管办法;四是年内全国个体税收要比上年增长30%。金鑫并对抓好这项工作提了几项具体要求:第一是提高思想认识;第二是加强和改进征管工作;第三是适当调整政策,提高营业税附征所得税的比例;第四是要大造舆论,大张旗鼓地宣传税法;第五是加强领导,充实征管第一线力量。

座谈会进行到第三天即7月11日下午,国家税务局向中央领导同志汇报座谈会的情况。由于在此之前，国务院、财政部、国家税务局曾就加强个体税收接二连三地下发了有关文件，频频采取了一系列举措，加之这次座谈会各地税务局长也谈了不少情况和提出了很多建议和具体办法，因此汇报的内容是丰富的。

国家税务局参加这次汇报的除金鑫局长外，还有副局长李永贵和我。会议原定二点半在国务院第三会议室进行。当我们一行三人按通知时间早一刻钟到会议室时，国务院秘书三局有关领导和为会议服务的工作人员早已在各自岗位上做好了一切准备工作。

金鑫局长便开始汇报。他在汇报中首先讲到确保超收 60 亿元税收任务，也谈到了近几年财政部和税务局在加强集市贸易市场税收征收管理、加强个体工商业户账簿管理、关于开展对个体工商户税收专项检查等方面所采取的措施、取得的成绩和存在的问题；还谈到税务部门在人员不足、纳税户迅速增长的情况下，采取雇用一部助征员加强集贸市场等零散税收征管的情况；也谈到集贸税收提成的使用对解决税务部门人员不足、办公用房紧张以及交通、通讯工具不足所起的作用。金局长还汇报了税务部门加强同公安、高检、高法等部门的联系，争取他们对打击偷逃税特别是抗税案件的配合支持所起的重要作用。最后，金鑫又汇报了准备在全国范围开展一次整顿个体（私营）税收的设想。

汇报结束时，中央领导同志的指示精神主要是：全年税收超收 60 亿元，有重要的政治经济意义，要努力完成，希望向广大税务干部讲清楚这一层意思。关于个体私营经济，在改革开放的形势下，恢复和发展个体私营经济，可以丰富社会商品生产，还可以扩大就业和增加国家财政收入，是必要的。但是要注意加强引导、监督和管理。对他们中的少数人假冒伪劣和坑蒙拐骗行为要予以监督打击，不能让他们损害消费者的身心健康和利益。对他们的偷逃税收特别是暴力抗税行为，要依法严惩，维护税法的权威和严肃性。争取有关部门对查处偷、逃、抗税案件的配合支持是必要的，也是可行的。这方面如有什么问题，国务院可以加强协调。集中一段时间，在全国范围开展一次个体税收检查整顿的想法是好的，可以抓紧进行这项工作。由于临时赶到汇报会的各个省的税务局长也补充了一些具体情况，汇报会一直持续到六点多钟才结束。

在整个汇报过程中，我始终精神专注地听中央领导同志的指示（包括他们在汇报中的一些询问和插话），并以最快的速度做了详细记录。这是我参加任何会议的一个习惯。这个习惯在这次汇报会上起到好的作用。因为，在得知中央领导同志如此重视税收工作，特别对加强个体税收的征管做了重要指示后，参加座谈会的税务局长们备受鼓舞，一致要求尽快传达中央领导同志指示精神，以便把这些指示精神带回去，在工作中贯彻落实。但这次座谈会当天已结束，第二天就要各自启程返回了，要等国务院把中央领导同志指示精神整理出来显然已来不及了。金局长决定把我们的记录先整理出来做传达，正式材料按国务院整理印发的。

我们于是连夜加班整理记录稿，第二天上午就按这个记录稿先做了传达。税务局长们听了传达后深受鼓舞和鞭策，使这次座谈会开得精彩，开出了干劲，收到了极好的效果。

这次座谈会后，中央领导同志的指示精神得到迅速传达和贯彻落实，部门间配合支持办理偷逃抗税案件也进一步加强。如当时的团中央书记、现任党中央政治局委员、国务委员的刘延东主动向税务总局表示，在整顿个体税收工作中，团中央愿全力配合支持，做好一切可能承担的工作，特别在普及税法宣传方面，将发挥这方面的优势。所以，此后不久，国家税务局和共青团中央便成立了全国个体工商户税法普及教育活动领导小组，领导小组组长为团中央书记处书记冯军和国家税务局副局长卢仁法，成员有国家税务局易运和、赵家华（征管司副司长）和团中央徐永光（团中央宣传部部长）杨士秋（团中央宣传部副部长）。此领导小组在整个个体税收整顿中发挥了重要作用。

由于这一年开展了个体税收大整顿，并为超收60亿元的税收任务而全面加强了税收的征收管理，所以全年的个体税收和全部税收任务都全面超额完成。全年个体税收任务完成142.22亿元，比上年增长53%，全年税收任务完成2107.34亿元，比上年增长14.3%。圆满地完成了党中央国务院提出的为保稳定作贡献的光荣任务。

（本文获"纪念建国六十周年征文"一等奖）

书画展是纪念抗战胜利70周年的好方式

在中国人民和世界相关国家地区人民隆重纪念中国人民抗战胜利和世界反法西斯战争胜利70周年的时候,今天,很高兴看到,湖南省政法干警这个颇具规模和影响的以抗战胜利为主题的书画展,不但在湖南相关城市进行了展出,今天还进京展出并举行颁奖仪式和闭幕式,我以在北京生活工作的湖南老乡的身份,应邀前来参加今天这个有意义的活动,很高兴和很激动,首先,对这次成功的书画展表示热烈祝贺!在这里,我想特别强调的是,湖南大地和三湘儿女最应该有资格举办抗战胜利的各种纪念活动。这是因为,在使人永远不能忘却的抗日战争中,湖南有过特别突出的贡献,三湘儿女付出过巨大牺牲。

人们永远不应忘记,无论是悲壮的长沙保卫战,无论是宝庆惨烈的喋血之役,还是衡阳的孤城浴血三月有余,甚至是抗战的最后一个战役芷江会战,都是三湘儿女义无反顾、为国捐躯,又有多少父老乡亲捐粮捐款,救死扶伤,为前线提供了大量后勤保障。正是这些惊天地泣鬼神的义举感动上苍,让小日本在抗战的最后一战芷江会战中付出了惨重的代价,最后不得不在芷江机场最先向当时的国民政府呈上了投降书。所以湖南省这次政法干警的抗战书画展办得及时,办出了水平,入展作品中包括了版画世家提交的精品之作,也说明这次书画展的规格高、内容好，展示了三湘大地的文化底蕴，表达了湖南政法干警对纪念抗战胜利70周年的特殊情感。

自古以来，三湘大地涌现过许多文化名人，国家干城，社稷精英。远的不说，近代史上的曾国藩、左宗棠，都是书生带兵，成了名帅，国家栋梁。他们在齐家、治国、平天下中，传承和弘扬我国传统文化、伦理道德，也为湖湘文化增添了积淀。而新中国的缔造者伟人毛泽东，更是集哲学家、思想家、战略家、军事家和诗人书法家于一身，毛泽东思想不但指引由中国共产党领导的新民主主义革命取得伟大胜利，建立了新中国，还对社会主义文化建设进行了创造性的探索，并奠定了新中国较完整工业体系的坚实基础。毛泽东诗词更是对中国优秀传统文化的传承和创新发展，是中国文化宝库中的璀璨明珠。所以，我认为，以书画形式纪念抗战胜利70周年，是一个好的方式形式，也是弘扬湖湘文化的好举措。希望能看到家乡湖南在传承和弘扬湖湘文化方面，有更多更丰富更有影响的文化精品为我国文化的发展做出更大贡献。最后，向获得这次书画展各奖项的作者表示热烈祝贺和诚挚敬意！也向这次书画展的组织者所付出的努力表示敬意和感谢！谢谢大家。

（本文系2015年10月30日湖南省政法干警书画展上的特邀嘉宾讲话）

共筑祖国统一大业之梦

——在总局机关司处级干部学习贯彻十八大精神轮训班
第四期总结会的发言

(2013年5月29日)

对我国乃至全球经济社会的发展，对当今世界政治结构变化发展，都将产生重大影响的党的十八大，最为引起广泛关注的是提出了两个百年奋斗目标：即建党百周年之时，实现国内生产总值和城乡人均收入比2010年翻一番，全面建成小康社会；新中国成立百周年之日，建成富强民主文明社会主义时代化国家。这两个百年宏伟目标，在拥有陆地国土近千万平方公里，人口13亿多的古老而又年轻的中国这样一个世界大国实现，其重大意义和深远影响怎么估量，都不为过。习近平总书记将这一目标概括为中国梦，形象浅出，更加深入人心，更能调动炎黄子孙为之努力奋斗。

在我们为中国梦而团结奋斗时，不妨对其提出的背景和现实意义作更深入的思考和探讨。我们古老的华夏民族，之所以能在数千年的历史长河的洗礼中，依然能在推动世界文明不断进步中屹立于世界民族之林，并能始终保持民族团结和国家统一，同我们的理想信念价值观是密不可分的。我们历来尊崇一个"和"字。一贯倡导谦和、温和、和美、和睦。一贯信奉和为贵，和而不同，和衷共济，和气生财，和睦相处。所以，悠久的中国历史虽有部落民族间的纷争，有兄弟阋于墙的龃龉争吵，甚至也有争斗杀伐，但是推动民族振兴团结，维护国家统一独立，实现天下安定团结，始终是仁人志士的抱负，是人民群众的愿望，是历史进程中主流。后唐时期的石敬瑭儿皇帝，南宋时期的刘豫傀儡皇帝，抗战时期的爱新觉罗·溥仪汉奸皇帝，虽然都在其外部主子的扶持下粉墨登场，但只是瞬间的丑恶，且留下了千古骂名。

进入近代社会以后，由于统治者观念陈腐，闭关自守，科技落后了，国力衰落了。落后就要挨打，华夏民族屡遭厄运。先遭西方列强欺凌，主权沦丧；继受日本强盗践踏掠夺，国破家亡。但先贤先烈们的遗训激励后人不断奋斗。《易经》中说"居安思危""自强不息""革故鼎新""盛德大业"。孟子说天将降大任于斯人也，必先苦其心志，劳其筋骨。为收复国土磨砺意志，刘昆"闻鸡起舞"，祖逖"中流击楫"发誓。岳飞在《满江红》写出了"待从头收拾旧山河，朝天阙"。文天祥宁死不降，写下了"人生自古谁无死，留取丹心照汗青"惊天泣鬼的诗句。顾炎武说"天下兴亡，匹夫有责"。林则徐说："苟利国家生死以，岂因祸福避趋之"。孙中山号召"驱除鞑虏，恢复中华"。正因为有这许多仁人志士秉承先贤们的遗训前赴后继奋斗，中华民族才能延绵不衰。中国共产党更是以强国富民、振兴民族为己任。杨超烈士写下的"满天风雨满天愁，革命何须怕断头"的诗句，夏明翰烈士写下了"砍头不要紧，只要主义真。杀了夏明翰，还有后来人"的绝命诗，都表现他们的凛然正气。正是有这种不怕牺牲、英勇奋斗的精神，终于赶走了日本强盗，推倒了三座大山，建立了新中国，为中华民族的伟大复兴奠定了基础。现在，中国人离实现中国梦比任何时候更近更具有各方面的必备条件。

中国梦，是中国繁荣富强之梦，是华夏民族兴旺发达之梦，是神州千门万户安居乐业之梦，是炎黄子孙自信尊严之梦。这个梦自古未见，全球无双，举世瞩目，荡人心旌。我们对实现这个梦充满期待和喜悦。但是，在我们万众一心共筑这个梦的进程中，还必须始终不能忘记：祖国尚未完全统一，全瓯仍未真正完整。现在，不但海峡两岸依然是分治的现实，而且东海南海领土、领海、大陆架、专属经济区纷争迭起，我们国家面临着严峻的安全形势。但完成祖国的统一大业，是绚丽的中国梦必不可少的重要内容。

只要中国大陆努力实现十八大提出的两个百周年的目标，必将进一步增强我国的综合国力，将有利于实现国家的统一大业。但我们对实现祖国统一大业必须要比实现两个百年目标有更充分准备，进行更艰苦的斗争。眼下，东海在钓鱼岛、苏岩礁及周边水域，主权之争有中日美、中韩美乃至中日韩这样大三角关系博弈的背景，还有台海两岸与日韩小三角关系博弈的背景。在南海，由于相关岛礁水域分别被中国大陆及台湾和越南、菲律宾、印尼、马来西亚、文莱实际控制，呈现"六国七方"的复杂局面。其背后更有美国暗中搅局不测情况。所以，狂风恶浪迭起，我国的统一大业和国家安全形势不容乐观，可谓任重而道远。这更考验中华儿女的智慧、意志、决心和勇气。

我们必须清醒地看到，在这场主权海权的博弈中，不仅存在主权国家的领土、领海、大陆架、专属经济区的争执，还存在台海两岸对"一个中国"不同解读的治权博弈；不仅存在两个海域的各自为战，同时存在着海域内的合纵连横和两个海域的呼应与协同。让我们感到最棘手最痛苦的是两岸如何权衡外争主权内争治权的轻重缓急与得失算计。至少从目前看，台湾当局尚未把实现国家统一和民族振兴的大义摆在首要地位，这更增加了这个博弈的长期性和不确定性。对此，我们必须坚持的方针应该是：万众一心先搞好大陆内部的改革发展，进一步增强国家实力和国家影响力；同时在这个大博弈中，利用好我国经贸关系影响程度不同，区别对待，达到孤立最强硬对手的目的；还要利用一切可能发生的突发事件，例如这次台湾"广大兴28号"渔船遭菲律宾攻击，渔民洪石成被枪击死亡的事件，通过对台施以援手，对菲施以压力，使台湾当局和台湾人民逐步地认识到大陆是其坚强后盾，不断同我加强配合、融合，直至主动寻求同我合作，为两岸统一创造条件。只要两岸统一了，美国人的搅局的机会就大为减少，其影响力将大大下降，我统一大业和国家安全形势将大为改善。

共筑中国梦，共筑祖国统一大业梦，是所有炎黄子孙的期盼。我们相信虽仍有相当长的一段路要走，但大势所趋，人心所向，必定能够实现。爱国诗人陆游晚年在他的《示儿》诗中写道："死去原知万事空，但悲不见九州同。王师北定中原日，家祭无忘告乃翁。"可见我们的先人对祖国统一念念不忘。

　　作为年逾古稀的老人，我也最关心祖国统一，最关心国家安全和社会稳定。个人由于有舞文弄墨的爱好，我特别希望看到，在中国梦圆梦之时，在祖国统一大业完成之时，我国的传统文艺形式，如诗词歌赋、书法绘画、音乐戏曲都能一起登场，共同演出一曲无比宏大无比磅礴无比雄奇无比精彩的功德颂歌，来倾吐我们蓄之已久的激情。现代科技还不可能做到使人长生不老，能够活到建国100周年是难得出现的奇迹。所以，在这里我也学习先人，写下这样几句诗，作为对圆中国梦之时和完成祖国统一大业时的歌颂：共筑中国梦，喜讯东风传。江山万代固，金瓯一统圆。举世羡神州，风景独娇妍。炎黄好儿女，高歌慰先贤。

（本文获"中国梦诗文征文"一等奖）

解读毛泽东诗词纪念伟人诞辰120周年

伟人毛泽东今年诞辰一百二十周年了。毛泽东离开我们虽已三十多年，但人们并没有淡忘这位中国共产党的缔造者和中华人民共和国的创建者。当他诞辰一百二十周年纪念日到来的时候，人们正酝酿以各种形式纪念这位伟人。据悉中央也将举行隆重的纪念。今天，来自各地的学者专家和毛泽东诗词的爱好者济济一堂，用解读毛泽东诗词的形式纪念他，我认为这有特殊意义，对进一步深入研究毛泽东诗词，掀起阅读研究毛泽东诗词的新的热潮都将起到一定的推动作用。因为毛泽东诗词作为我国优秀传统文化诗词的组成部分，其研究的广度和深度都还远远不够，特别是对我们当前的文化建设也有特殊意义，确实需要加强这方面的工作。

首先，毛泽东不但是伟大的哲学家、思想家、军事家，还是中华优秀传统文化的传承者、创新者，是一位对我国诗词的创新发展有重大影响的杰出诗人。毛泽东一生对诗词热爱执着，他读诗、评诗、写诗，读诗他不是一般消遣式阅读，而是利用一切时间尽可能广博地阅读。他火车上读，工作之余读，饭后读，睡觉前读，是达到了无时无刻不读的程度。正是这样大量读、反复读，毛泽东对中国古诗词很多名篇名句能够随口吟诵，在与他人交谈，做报告、写文章时能信手拈来，加以引用。他还评诗。他读过的很多诗词都有独到的评语。他也写诗。毛泽东一生不管是学生时代，还是戎马倥偬的战争年代，也不管是在建国后繁忙的国事中，都写出很多给读者以深刻印象，并在心里产生共鸣的诗篇。所以，毛泽东的这种读评写的阅读和创作值得我们借鉴学习。

其次，毛泽东是豪放派诗词的杰出代表。毛泽东诗词取材广泛，立意高远，意境深邃，气势磅礴，不但是典型的豪放派，而且使豪放派诗词的创作、选材、内容、手法，都达到了新的境界和高度。虽然，宋朝的苏轼、辛弃疾等是公认的豪放派代表人物，但他们的诗词与毛泽东相比，仍显得相形见绌。这其中当然有个人经历、成就等多方面的差异。当然更有所处时代的局限性。毛泽东作为无产阶级革命家，经历过弹雨枪林的考验，经历过艰苦卓绝的磨砺。而且，作为伟大的战略家，他站得高，看得远，始终胸有全局，这使得一般文人的诗词无法企及这样的大视野、大场景、大题材，也无法有这样广阔的内心世界。所以，毛泽东诗词是迄今为止豪放派诗词最杰出的代表。

再次，毛泽东诗词虽是豪放派的杰出代表，但取材广泛。纵观迄今已公开发表的毛泽东诗词，既有反帝反封建的，也有描写大革命乐观主义的；既有革命战友、同志之间的唱和，也有同统一战线对象的唱酬；既有革命战争的史诗般的吟咏，也有对社会主义建设的赞颂。但是，概括起来看，都是对人民英雄的赞歌，都是对革命群众的吟咏，也是对通过艰苦的革命斗争直至建立新中国、建设新中国的高亢的咏唱。这种高格调的咏唱，对于长期遭受三座大山压迫的华夏民族，对于长期处于弱国地位缺乏民族自信自尊的炎黄子孙，是巨大的鼓舞，强劲的激励，是不可估量的精神力量。这种精神力量，不但过去的革命斗争需要，今天实现中华民族伟大复兴的中国梦同样重要。

还有，毛泽东诗词应与毛泽东一些重要文章联系起来阅读和理解，能更深刻地解读其中的深意。我们读毛泽东诗词会注意到，这些诗词中没有看到有关反腐倡廉的诗句，但毛泽东文章中却不乏这方面的内容。例如《在中国共产党第七届中央委员会第二次全体会议上的报告》这篇著名的文章中所提出的两个"务必"，就告诫全党必须坚持艰苦奋斗的作风。党的十八大以来，在坚持反腐倡廉方面已采取不断加大力度的举措，并已取得了显著成绩。在解读毛泽东诗词时，应将这方面的有关文章内容增加进去，以起到紧密联系当前现实的作用。这样，对掀起阅读、理解毛泽东诗词是会起到更大更好的推动作用的。

　　本人喜爱毛泽东诗词，对毛泽东诗词基本上可以背诵，但对其理解仍然不够深刻，仍须在这方面下苦功，愿与大家一道共同努力。

　　（本文系 2013 年 12 月 23 日纪念毛泽东诞辰 120 周年会上的特邀嘉宾讲话）

乡愁·税缘·国是

书画的魅力与社会主义文化强国建设

各位嘉宾，各位朋友：

今天是青岛市天源书画廊揭牌暨"爱收藏"书画展开展的喜庆日子，又是一个晴空万里凉风送爽的好天气。在这样一个喜气洋洋的好日子里，作为这个隆重仪式的赞助者之一，我对能参加这个很有意义的活动深感荣幸，并对今天前来参加仪式的各位嘉宾和朋友表示谢意和敬意！请大家再次热烈鼓掌以示庆贺！

党的十七届六中全会的决议指出："文化是民族的血脉，是人民的精神家园。在我国五千年的文明发展历程中，各族人民紧密团结，自强不息，共同创造出源远流长、博大精深的中华文化，为中华民族的发展壮大提供了强大的精神力量，为人类文明进步做出了不可磨灭的伟大贡献"。

在党中央的坚强领导下，当前全国人民正在为实现中华民族的伟大复兴的中国梦而努力奋斗，我们需要用中国特色的社会主义理想凝聚力量，用以爱国主义为核心的民族精神和以改革创新为核心的时代精神鼓舞斗志，用社会主义荣辱观引领时尚。一句话，就是要动员各方面力量，调动一切积极因素，在建设物质文明的同时，建设精神文明，建设社会主义文化强国，增强国家的文化软实力，增强中华文化的国际影响力，提升全社会的文化消费水平。

我国是一个历史悠久，民族众多，人口总数居世界第一位的发展中大国，各族人民对精神文明有着深厚的需求和热切的愿望，繁荣社会主义文化前景广阔又任务艰巨。所以，既要支持和壮大国有或国有控股企业，也要鼓励和引导各种非公有制企业的健康发展。这就要求在建设社会主义文化强国的进程中，各族人民、社会各界各阶层、各人民团体、各企事业单位和全体文化工作者，有钱出钱，有力出力，即各自发挥特长，做出力所能及的贡献。

在我们引以为自豪的中华文化宝库中，诸如汉字、国画、书法、戏曲等，都是独特的民族精粹、精华。而无论春秋先秦时期的诸子百家思想哲理，两汉的乐府与赋，魏晋的狂狷遗风，两宋的科学技术，还是元明清几朝的风月杂兴评书小说，除以文字记载流传外，还以绘画、书法、评弹、戏曲等人民群众喜闻乐见的形式和平台，在传承交流和普及。特别是书法和绘画，不仅是中华文化的重要内容，也是人民争相收藏的目标，太平盛世尤其如此。这是因为，我国的诗书画有着独特魅力。诚如历代流传至今的经典名言所说的那样："挥毫写意透花气，泼墨抒情闻水声""笔走墨海生妙句，心寓书林出华章""纸上纵毫万山千水，笔下缀景百态多姿""诗是无形画，画是有形诗。"徐谓的诗中说"问之花鸟何为者，独喜萱花到白头。莫把丹青等闲看，无声诗里诵千秋。"郑板桥的诗也写道："自古书画本相通，首在精神次在功。悟得梅花腕上趣，指上自然有清风。"太平盛世的中华和谐社会，书画有广阔的消费市场，我们要乘建设文化强国的强劲东风，动员社会各方面力量举办书画研习班、研讨会，兴办书画院、书画廊、书画展，以创新商业模式，拓展文化市场，扩大文化消费。正是本着这样的认知，我们支持天源书画廊的创办揭牌，支持"爱收藏"艺术展的开展，并预祝它们今后各方面蒸蒸日上，在不断创造出显著的社会效益的同时，也创造出丰厚的经济效益！

天源书画廊法人代表王竞成先生，是我多年交往的忘年之交。他本人是一位诗人，浪漫潇洒，激情四射；他曾经是一位军人，侠肝义胆，敢闯敢为；他还是文学刊物的编辑，精心浇灌和剪裁出了诸多华章名篇。在这样一位阅历丰富、交友广泛的能人的经营下,天源书画廊一定会天地广阔,风光无限;一定会源远流长,万橹千帆。我们期待它藏古今书画,聚天地精华,给广大消费者送上永不衰竭的书画真迹和精品,在赢得社会广泛赞誉的同时,也赢来与日俱增的四海财源!

谢谢诸位!

(本文系 2014 年 6 月 29 日天涯书画廊揭牌暨"爱收藏"书画展上的特邀嘉宾讲话)

传承中华优秀传统文化是对伟人的最好纪念

今天是纪念毛泽东同志诞辰121周年将军名家书画展,在奚仲公司微山湖宾馆的开展式,也是中华翰墨学会苏鲁分会和山东沂蒙山老区图书馆的揭牌仪式,是一个文化盛事。有这么多嘉宾和朋友热情前来参加,我向各位表示热烈欢迎和诚挚谢意!

在这里我想强调的是,以象形为主要特征的方块汉字和中国书画,是中华优秀传统文化宝库中的璀璨明珠,是真正的国粹,值得我们引以为骄傲和自豪。我认为,大力传承和弘扬中华优秀传统文化,是对伟人毛泽东的最好纪念,也是我们炎黄子孙应尽的责任。这一次我们用办书画展的形式纪念毛泽东诞辰121周年,便是最好的内容和形式。习近平总书记强调:"中华优秀传统文化是中华民族的突出优势,中华民族伟大复兴需要以中国文化繁荣为条件,必须大力弘扬中国优秀传统文化"。

作为中国共产党的缔造者之一和作为新中国的创立者的毛泽东,不但是伟大的思想家、理论家、哲学家、战略家和军事家,还是一代杰出诗人和书法家,也是一位中华优秀传统文化的传承者和弘扬者。毛泽东一生写下了那么多极富哲理、充满睿智思想光辉又文采斑斓的文章;还吟咏大量饱含革命豪情又充满浪漫幽默的格律诗词；也留下了无拘无束又不失章法、磅礴跌宕潇洒雄浑别具一格的毛体书法墨宝。深受中华优秀传统文化熏陶的毛泽东有厚重的文化功底，因而能身体力行地传承和弘扬中华优秀传统文化。这一次我们用办书法展的形式纪念他的诞辰，相信会得到他在九天之上英灵的含笑首肯。所以我提议大家为这次书画展的成功和揭牌式的圆满再次热烈鼓掌庆贺。

这次书画展既有饱经军旅生涯磨炼的众位将军的作品，也有早著声名卓有成就的众多专业书画家的得意之作，还有为国家和人民忠诚服务的公务员精心创作的佳作，可谓极具代表性又层次高，使这个活动繁花似锦、精彩纷呈，很值得大家品赏、揣摩和玩味，是一次名副其实的文化艺术大餐。这其中尤其不乏山东省和枣庄市的众多才俊，说明到底是孔孟之乡，有深厚的中华优秀文化底蕴。希望会有更多类似的文化艺术的交流和展示，不仅仅是提升地方的知名度和影响力，也是繁荣社会主义中国文化所应该做的。我国有许多经典名言说得好："书中乾坤大，笔下天地宽"、"寄情聊翰墨，得意在烟云"、"墨龙神飞意，书韵雅趣情"、"书画怡且乐，金石寿而康"，挥毫泼墨陶醉于翰墨之间，不但是人生一大乐趣，可以延年益寿，而且也是个人精神追求情趣品位的彰显，希望有众多人们加入到传承弘扬优秀传统文化的行列中来，为建成文化强国贡献自己的智慧与力量。

这次书画展活动的承办单位是奚仲科技电子有限公司，协办单位是枣庄市民丰电子商务有限公司，我对他们的慷慨赞助支持表示感谢。特别是奚仲科技有限公司和其董事长张成伟先生，去年就曾为毛泽东诞辰120周年的毛泽东诗词研讨会全力赞助，今天又为书画展再次解囊，这不仅说明他对毛泽东同志和毛泽东思想以及毛泽东诗词书法艺术的高度热爱，也表现他为传承和弘扬中国传统文化不断办实事、做好事，在这里我特撰一联表达对他的钦佩。上联是永恒纪念伟人定创冠群伟业，下联是持久汇聚溪流必成盖世奚仲，横批是义利双隆。为筹办这次书画展枣庄杨明亮等不辞辛劳，八方联络，四处奔走，我也代表组委会向他们表示深深谢意！

冬至已过，再过几天就将迎来新的一年2015年，农历马羊年的新旧交替也就快了，值此辞旧迎新之际，谨祈诸位"马辟长安道，羊开大吉春"新年定有新气象，并祝人人身心康健，户户幸福平安！

（本文系2014年12月将军名家书画展上的特邀嘉宾讲话）

乡愁·税缘·国是

老龄产业要做到尽善尽美

今天是河南商丘虞城"豫东商业广场"入选百城居家养老公益项目启动仪式的喜庆日子，所幸老天帮忙，在这寒冬时节竟是一个大好晴天，阳光灿烂，来参加启动仪式的人们是如此踊跃。这是一个好兆头。我应邀出席这个很有意义的活动很高兴也很荣幸，首先，谨向这个很有创意项目的启动表示热烈祝贺！

我国现在已进入老龄社会。对一个发展中的大国、又是世界第一人口大国来说，老龄社会来得有点早，因为是未富先老。这有点像一个人未老先衰，会带来很多难以预料的问题。如果是在"十三五"规划顺利完成，我国实现了中华民族伟大复兴的中国梦的第一个百年目标，已经跳出了很多发展中国家都面临的中等收入陷阱，已进入世界高收入国家行列，特别是七千多万贫困人口都已全部脱贫的话，解决老龄社会所面临的问题会主动得多。但有些事情是不以人的意志为转移的，因此我们必须坚定地面对现实，积极予以应对。社会老龄化以后华龄族不管是选择在机构养老还是居家养老的形式，都是老龄产业的一个重要方面。

我国人口基数大，进入老龄社会后老年人也是一个庞大的群体，结合我国的具体国情，居家养老应该是最主要最基本的养老形式，在这方面多进行探索无疑有重大意义。豫东商业广场入选居家养老公益资助项目，也是要进行这样的探索，可以预料必然会遇到很多新情况、新问题。但是昨晚同这个项目的几位负责人交谈得知，他们对搞成办好这个项目决心很大，信心十足，我们为此也很高兴。

应该如何应对老龄社会，应该如何对待庞大的老年群体，习近平总书记有精辟论述和明确指示。2014年11月26日，习总书记在会见全国离退休先进集体和先进个人代表时发表重要讲话时强调："在全社会广泛形成尊重老同志、爱护老同志、学习老同志的良好社会氛围。要发挥老同志的政治优势、经验优势、威望优势，组织引导老同志讲好中国故事，弘扬中国精神，传播中国好声音，推动全党全社会培育和践行社会主义核心价值观。要切实解决老同志实际困难，让老同志安享幸福晚年"。贯彻习总书记这一重要讲话精神，就要认真研究我国当前社会养老所面临的种种矛盾和问题，积极主动拓展老年消费市场，大力发展老年产业事业。

非常可喜的是，党和政府对我国人口老龄化给予了高度重视。党的十八届五中全会通过的《关于制定国民经济和社会发展第十三个五年规划的建议》明确提出："积极开展应对人口老龄化行动，弘扬敬老、养老、助老社会风尚，建设以居家为基础、社会为依托、机构为补充的多层次养老服务体系，推进医疗卫生和养老服务相结合，探索建立长期护理保险制度。全面放开养老服务市场，通过购买服务、股份合作等方式支持各类市场主体增加养老服务和产品供给"。希望"豫东商业广场"入选百城居家养老公益资助项目启动后，在实施中很好贯彻上述十三五规划精神，把这个项目打造成"医疗卫生和养老服务相结合"，建立长期护理保险制度的模式，从老年人所必需的饮食起居、医疗卫生、养生保健、文化娱乐、安全保障，乃至同亲人团聚，安享天伦之乐等多方面，都周全谋划、精细施行。让生活在这里的老人们真正实现老有所养、老有所医、老有所乐、老有所为。

我们深信，这样的养老环境必然受到老人们的欢迎，也必然得到社会的认可，因而也必然产生很好的社会经济效益。希望这个项目以今天启动仪式为起步，一步一步走得顺畅，走得稳健，走向成功。我提议，让我们以热烈的掌声为这个项目的圆满成功，鼓励加油！

（本文系2015年12月6日"豫东商业广场"入选百城居家养老公益项目启动仪式上的特邀嘉宾讲话）

澜湾一号要做成养老工程精品典范

今天,虽然寒风凛冽,遂平迎来了据说是近十几年来少有的一个低温冬日,但百城市居家养老公益资助工程再添新成员,河南驻马店遂平县澜湾1号入选居家养老公益资助工程,将在这里举行签约启动仪式。我应邀前来见证这一有意义的时刻,很高兴,谨表热烈祝贺!

由于我国已进入老龄社会并拥有一个人数众多的老龄群体,老年人的养老成了我国经济社会发展中一个必须高度重视和予以积极应对的问题。对此,党和政府已有重要举措。党的十八届五中全会通过的《关于制定国民经济和社会发展第十三个五年规划的建议》明确指出:"积极开展应对人口老龄化行动,弘扬敬老、养老、助老社会风尚,建设以居家为基础、社会为依托、机构为补充的多层次养老服务体系,推进医疗卫生和养老服务相结合,探索建立长期护理保险制度。全面放开养老服务市场,通过购买服务、股份合作等方式支持各类市场主体增加养老服务和产品供给"。

十三五规划是我国实现中华民族伟大复兴的中国梦的第一个目标的决战阶段,也是我国能否迈过中等收入陷阱,进入高收入国家行列的决定性历史时期,但在一个拥有13亿多人口的大国,如果不能解决老龄化问题，不能解决老年群体的养老问题，一切都无从谈起。所以中央领导同志对这个问题早有重要指示，习近平总书记于2013年4月在海南考察工作时就指出：保障和改善民生是一项长期工作，没有终点站，只有连续不断的新起点。抓民生要抓住人民最关心最直接最现实的利益问题，抓住最需要关心的人群，一件事接着一件事情办，一年接着一年干，锲而不舍地向前走。要多谋民生之利，多解民生之忧。在学有所教、劳有所得、病有所医、住有所居上持续取得新进展。很显然，住有所居是最基础的方面，没有一个属于自己的"窝"，老龄人有所学、有所医、有所乐、有所为都谈不上。而且我国的具体国情和人民的传统观念都决定居家养老是最主要的方式，当前，我国一方面是经济增长进入高中速新常态，一方面是房地产对GDP的贡献不断下降，且二线城市房产存量大大超过需求，将现有存量房产一部分用于老龄人的居家养老，不但是减少存量房产的重要途径，而且对老年人的居家养老是一个有力地助推。所以实行百城居家养老资助工程，是既符合中央政策精神，有利于十三五规划的实现，也是顺应民心民意改善民生，特别是深受老年人欢迎的大好事情。

但是居家养老公益资助项目要做到能满足老年人安全保障、医疗卫生、文化娱乐，乃至安享天伦之乐等多方面的需求并非易事。这需要当地政府、房地产开发公司、民政部门、老龄机构等多方面配合协调，把养老项目做成名副其实的精品工程。澜湾1号所处地段不错，附近不但有好的学校，听说还有幼儿园、医院等公共设施，这些都是较优越的先天条件，以我的孤陋寡闻，现在的遂平县是古时遂宁府治所在地。遂宁者，应可遂人民之心，遂老年人健康安宁之愿，澜湾1号做成一个居家养老有示范意义的精品工程，应是可望可及可求的。希望澜湾1号能达此目标，遂平县也是个吉祥的名字，"遂"与"岁"同意，寓岁岁平安之意也。

再过半过月就中国农历猴年的新春佳节了，在这里先给大家拜个早年，并祝贵人居房地产开发集团有限公司："岁将更始　时乃日新""祥光指栋　华堂焕彩"，也祝各位"玉宇迎春至　金猴献寿来""世纪春光好　猴年气象新"，让我们大家共同祝愿我们伟大的祖国"群猴

齐祝福　举国共迎春""政通千家福　人和万户春"。谢谢大家。

（本文系 2016 年 1 月 24 日河南驻马店澜湾一号入选百城居家养老公益项目启动仪式上的特邀嘉宾讲话）

乡愁·税缘·国是

老有所居是老年产业的主要目标

今天，河南洛阳新安县秀水城邦入选百城居家养老公益资助项目试点工程签约启动仪式隆重举行了，我应邀前来见证这一重要时刻很高兴，首先表示热烈祝贺！

习近平总书记在抓住人民最关心最直接最现实的利益问题的重要指示说，"保障和改善民生是一项长期工作，没有终结点，只有连续不断的新起点。要抓住人民最关心最直接最现实的利益问题，抓住最需要关心的人群，一件事情接着一件事情办，一年接着一年干，锲而不舍向前走，要多谋民生之利，多解民生之忧，在学有所教、劳有所得、病有所医、住有所居上持续取得新进展"。

我国在尚未按国际公认标准进入富裕国家行列之前，就过早地进入了老龄社会，是典型的未富先老。而且由于我国是世界第一人口大国，老年群体数量巨大。所以这是一个最需要关注的群体。老龄人口养老的问题以非常现实地摆在我们面前，党的十八届五中全会通过的《关于制定国民经济和社会发展第13个五年规划建议》明确提出："积极开展应对人口老龄化行动，弘扬敬老养老助老社会风尚，建设以居家为基础、社会为依托、机构为补充的多层次养老服务体系，推进医疗卫生和养老相结合，探索建立长期护理保险制度。全面放开养老服务市场,通过购买服务、股份合作等方式支持市场主体增加养老服务和产品供给"。如何结合当前经济社会发展的实际进行有益探索呢,情况已经比较明朗,2015年我国GDP的增长已经第一次下跌到7%以下,而一个时期以来,成为我国GDP增长的一个重要产业房地产业,却已经面临必须放慢速度的问题。据有关部门统计,我国房地产从2016年起即使不再新增,现有成品房产也须八年时间才能消费完。所以迫切需要大力发展作为基础的居家养老,同现有的明显大于需求的房产供给结合起来,拉动存量房产的消费便是一个值得认真探讨的问题。我想,倡导百城居家养老公益资助项目的试点工程,不失为一个很好的探索,应该得到各个方面的积极响应,也应该得到政府的支持鼓励和政策优惠。

　　当然。办好这样一件数以千万计人群的好事并非轻而易举,居家养老需要全面考虑老年人多方面的需求,北京市正在研究制定相关的条例办法。据调查在养老需求方面,文体活动、紧急通话设施及紧急救援服务的需求率高达73.6%和79.6%。现在居家养老比较普遍存在的问题是,服务场所不足与闲置这种状况并存。我这几年在应邀参加一些社会活动时,每到一地都对我国目前养老设施和服务,做了一些调查研究,情况确实如此,不但一些养老机构大多远离城市中心区,使老年人不愿入住,就是一些所谓的安置房。也都建在一些交通不便,环境较差的地方,使得这些房产长期闲置起来,所以居家养老必须通盘考虑所必需的安全便利,有利于老年人医疗、养生、文体活动、紧急救援等,甚至同亲人团聚的安享天伦之乐等多方面的需求。

　　既然中央已明确提出我国要建立居家为基础、社会为依托、机构为补充的多层次养老服务体系,那么居家养老就是老龄事业产业中最主要最重要的一个层次,也是老龄事业产业中最大的需求市场。所以,多在这方面进行探索,走出一条符合我国具体国情又为广大老年群体所欢迎的模式,不但是实现中华民族伟大复兴的双百年目标的重要任务和必不可少的内容,事关我们党和国家创建功德无量的千秋伟业。从这个意义上讲百城居家养老是有重大意义的一项倡议,所有参与这项意义深远活动的企事业单位和个人,都值得人们崇敬,都应受到党和政府的鼓励和支持，都应享有必要的政策优惠，在这里向洛阳市顺吉房地产开发有限公司的远见和慷慨表示敬意，你们参与的是一项前所未有的公益活动，是一件大好事，既然如此，就一定要善始善终，争取做到尽善尽美。

（本文系 2016 年 1 月 23 日洛阳新安县秀水城邦居家养老公益项目启动仪式上的特邀嘉宾讲话）

诚信文化对税法实施的影响
——为"诚信文化研讨会"撰

用"债无忧"作公司的注册名称颇有创意，也具象征意义。如果全社会成员都能受到诚信文化的熏陶滋养，在处理人与人的各种关系时多一份诚实，多一份善意、多一份爱心、多一份包容，诚信度普遍大大提高，债无忧才有可靠的基础。所以，我认为把债无忧公司的年会和诚信文化研讨会放在一起开是一个巧妙的组合，必能有很好的成果给与会者以诸多启示和思考。在今天这个研讨会上，我想以一名老税收理论研究者和实际工作者的双重身份谈谈关于诚信文化对税法实施的影响。

以习近平同志为核心的党中央，在带领全党全国各族人民为实现中华民族伟大复兴的中国梦的奋斗中，形成了完整的社会主义核心价值观。文明和谐公正法治诚信友善是其中的重要内容。古老的中华民族自古以来就倡导人无信不立，国无信不治，社会无信则必然天下大乱。孔子就曾说过"道之以政，齐之以刑，民免而无耻；道之以德，齐之以礼，有耻且格。"意思是说，用行政命令来治理，用刑法来处罚，人民虽然能避免犯罪，但是不是从内心知道犯罪是可耻的；用道德教化来治理，用礼来约束，人民就会有羞耻之心，而且会自觉地改过"。也就是主张德治和法治要很好结合,相辅相成。

国务院去年发布了《关于加强政务诚信建设的指导意见》,明确要建立健全各级人民政府和公务员失信记录机制,将各级人民政府和公务员在履职过程中,因违法违纪、失信违约被司法判决、行政处罚、纪律处分、同问责处理等信息都纳入政务失信记录。这是在彰显政务诚信的引领作用所迈出的重要一步,有着积极和重要意义。

政务诚信是社会诚信体系建设关键的一环,因为政务诚信水平对其他社会主体诚信建设有重要的表率和导向作用。但是,无论是政务诚信建设,还是整个社会信用体系建设,都必须有诚信文化的滋养、熏陶、引领、促进。否则,忠厚、淳朴、诚实、守信难以不断发展提升直至全社会蔚然成风。我认为税收诚信文化建设是整个诚信文化建设的有机组成部分,所以,今天想专门谈谈这个问题。

众所周知,国家税法的实施和税收的征收管理涉及代表国家权力的税收机关和为国家贡献财政收入的纳税人。改革开放以来,随着我国经济的迅速发展,随着我国税制改革的不断深化,随着人民福祉和生活水平的大幅提高,国家税收的增长速度和绝对额都相应大幅度提升,到2016年国家税务总局组织的全年收入已达127619亿元。这正是征纳双方受诚信文化滋养和熏陶而不断提高诚信水平的结果。

从税收部门看,正是因为认识到了纳税人是投资者和劳动就业的提供者,也是各种商品和服务的供应者,更是国家税收的贡献者,是我国经济社会得以持续发展,人民福祉和生活水平提高的重要源泉和支撑,因而真心实意为纳税人服务的意识和水平不断增强,执法水平明显提高,征纳双方日益和谐,也日益赢得纳税人的理解信任和尊重。

从纳税人方面看,经过改革开放后在国内国际市场的搏击,经营素质和经营水平逐步提高,法治意识也在增强,为国家贡献税收的责任感和光荣感也在增强,特别是感受到由于国家提供的公共产品日益增多,享受到的税收优惠也日益增多,税收日趋公开公正公平,对纳税人的创新能力、竞争能力和扩大经营规模,参与国际市场竞争实力多有助益,守法经营诚信纳税意识明显增强,各具特色的企业文化建设也在不断推进,偷逃税收的行为日渐减少,暴力抗税的恶性案件更是绝少发生。虽然也仍有个别纳税人图谋通过弄虚作假经营和偷逃税收实现个人利益最大化，但由于税务部门的"金税工程"已提升到了三期，"互联网+税收"发挥了巨大威力，弄虚作假的经营的行为和偷逃税收的图谋越来越难以施其伎俩，而且违法成本和代价越来越高。在这里，我仅就诚信纳税和采取各种欺骗手段逃税骗税偷税所造成的不同结果举正反两例，来说明诚信文化和诚信纳税的重要意义。

先讲一个坚持诚信纳税的例子。一个叫林永喆的韩国人，在中韩两国尚未建立外交关系时，就在韩国一个民间机构的组织下，来到山东青岛注册了一个托普顿公司，以生产扬声器为主，产品主要销往韩国和日本。由于是山东省第一家、全国第二家韩资企业，享受了当时两年免税三年减半征收的税收优惠，企业发展很快。由于它的产品主要外销，又获得了出口退税的优惠。对于纳税，林老板强调严格遵守中国税法，按期如实申报，在纳税的问题上半点也不含糊。他认为市场经济是信用经济，只有诚实守信企业才能壮大发展，而诚信纳税是企业发展的需要。所以，几十年来托普顿公司一直被税务部门评为青岛市诚信企业、山东省诚信企业和A级纳税信用等级企业。从2004年至2014年该公司获得出口退税1.17亿元，2014年当年缴纳税款996万元。现在，林永喆本人已获中国绿卡，并当选为青岛韩国商会会长，他的企业已跻身韩国扬声器行业的前三甲。

再讲一个反面的例子。在江苏省常州市，有一户成立于2009年经营进出口业务的A公司（对于这类不光彩的企业，我们都不直呼直名，用字母代替），它经营服装、家具、皮革等多种商品的进出口，国内供货地主要集中在山东、河南、河北、云南等地。报关出口地则主要在深圳。税务部门通过对税收征管数据和退税情报信息的分析，发现其有重大骗取出口退税嫌疑。由于该案涉及地域广，涉及相关企业和人员数量多，决定采取税务公安联手办案的方式。经过税务公安的共同努力，认真稽查了28家代货公司，又详细查对了583份海运提单，最终证实，两家主要涉案公司的海运提单均为假单，涉及出口金额8602万美元，占两家公司出口金额的73%。最终抓捕8名主要骗税嫌疑人，对刘某等3人分别判处10年以上有期徒刑并处罚金。该案出口企业虚报出口金额1.18亿美元，骗取出口退税1.07亿元人民币。骗税的下场是锒铛入狱，可谓人财两空。

由此可见，是否守信用，是否诚信纳税，法人和自然人都应有充分认识和高度重视。为了使更多的纳税人成为诚实守信的纳税人，税务部门通过推动建设税收法治文化、税收诚信文化和其他许多具体措施，对纳税人进行宣传、激励、引导。如对纳税人进行信用等级评定，同企业签署税收遵从协议，制定诸多对诚信纳税人的优惠和对逃骗偷纳税人的惩戒等。现在，守法经营诚信纳税的人越来越多。在我国经济增长速度放慢的新常态情况下，税收仍能保持稳定增长，税收收入任务仍能较好完成，同这方面因素是有联系的。

在诚信文化的滋养和熏陶下，政务诚信、征纳税诚信和整个社会诚信体系正在不断完善和提升，这是不争的事实。但是，我国社会目前仍存在欺诈、拐骗、偷盗甚至暴力抢劫和图财害命等丑恶现象，由于来自各方面的诱惑太多，这种状况是不可能一个早上就销声匿迹的。正因为如此，要大力推进诚信文化建设，更好地发挥诚信文化在提高人们道德素养和诚信水平的作用。让我们大家共同努力，担当起诚信文化与法治中国建设的使命和责任。

"债无忧"公司在探索用一种全新的思维，在维护债权人债务人双方尊严和权益的前提下，和谐地化解社会的债的矛盾和危机，这有利于用多种形式化解社会的隐患和不安定因素，值得称道。祝你们在这方面创出一条新路。我用你们在会标上的两句话结束今天的发言"携手前行，再创辉煌"！

（本文系2017年1月7日在首届"诚信文化研讨会"上的讲话）

感 悟

（一）感恩论语

1. 慈善心灵，济困扶贫。
2. 弘扬尊老爱幼，自应争当俊秀。
3. 长幼一堂，天伦之常。好语欢颜，益寿延年。
4. 赡老抚幼，天佑地助。啃老虐幼，天人共怒。
5. 伟大祖国母亲，养育各族弟兄。祖国富强昌盛，各族人民繁荣。感恩祖国母亲，颂歌发自内心。

（入编《当代感恩论语》并获金奖）

（二）格　言

受霜雪洗礼，梅菊花朵更溢芬芳。经艰难磨砺，人生旅途方显壮丽。

身心康健，多赖不懈修养。成果丰硕，全仗辛勤耕耘。

奉献爱心不分时间地点对象，保持清廉岂在年龄工作职务。

何必企盼性命延续更久，只求实现此生奉献最多。

奉献汇聚爱心海洋，贪腐挖掘罪恶深渊。

（入编《当代格言》文集）

（三）"微话税收"六则

中国税务报社和西安市国税局共同发起"微话税收"活动，并发布了启事。称此举意在适应当前公众对税收日益关注并期有更深入了解的情势。我以为这是件好事。作为一名长期在税收战线工作的退休老税收工作者，我始终关注我国的税制改革和税收事业的发展，决定积极参与这项有意义的活动，初步拟定了以下几则"微语税收"，以期同税收系统同仁和广大纳税人一道切磋。

一、国家税收

国家税收，民之所贡。取必依法，用尤宜慎。预算开支，人大审定。转移支付，扶贫济困。巩固国防，维护安定。公共产品，公众享用。透明阳光，力保公正。彰显本质，为民所信。

二、征纳矛盾

征税纳税，矛盾一对。正确处理，心思多费。征必依法，服务到位。纳应遵章，守时无亏。构建和谐，征纳共推。取之有度，税丰民惠。民富国强，相映生辉。

三、公共产品

公共产品，民所享用。事关民生，民众关心。民生福祉，自应日臻。所赖源流，税乃根本。征税依法，税负公平。政策阳光，操作透明。查实蠹虫，惩处勿纵。管理监督，严格坚定。

四、宜早出台环保税

污染环境，危及生态。现得报应，殃及后代。所谓政绩，实为祸害。科学发展，民所期待。人与自然，理应和谐。环保税种，宜早出台。保护环境，呵护生态。江湖山川，千娇百态。振兴中华，千秋万代。

五、加速推进房产税

试行房产税，多点已启动。成果初显现，决心要坚定。出台此税种，公众颇看重。居者有其所，社会方安定。目前之房产，贪腐多孳生。以权霸房产，为民所痛恨。不公更加剧，社会难稳定。推出房产税，遏制有功能。

六、全面推行增值税转型扩容

增值税改革，转型并扩容。试行历数年，成效已不争。此举意义大，各界甚欢迎。金融海啸起，出口压力增。发展要持续，调整势必行。推行此举措，大力促调整。发展可持续，改革沐春风。

（四）税收楹联

税收减免二千余亿，经济增长八点还多。
守法经营家家幸福，诚信纳税户户光荣。
太平盛世国脉兴旺，和谐社会民生荣昌。
（注）一般以国家血脉比喻税收

税收扶持，经济波澜壮阔；
经济发展，税收源远流长。

加大财政投入战胜金融海啸，
拓展税收优惠实现保八增长。

聚财富国，国家强盛须经济发展；
执法为民，人民福祉赖财政支撑。

分文税款汇成黄金白银大海，
亿万国帑送给黎民百姓福音。

（五）为第三届全国税收宣传短信大赛征文所撰短信

纳税光荣

关注税法调，操作务须透明高。重视税款征，彼此税负要公平。监督税收用，支出要以民生重。黎民老百姓，纳税咱光荣。督促公仆们，言行应真诚。取于民之税，支出须谨慎。

保持本色

中国税务，神圣公务。执法为民，聚财国库。调节经济，应时适度。调节分配，缩小差距。体现宗旨，纳税服务。关注民生，增进福祉。廉洁清正，心灵陶铸。保持本色，人民公仆。

群鼠图

财税大蛋糕，群鼠争相咬；偷去海吃喝，肥肠又满脑；窃取去买官，只为拼命捞；盗它搞腐化，整日抽赌嫖。公财饱私囊，硕鼠胡乱造。警告众丑类，贪赃必被铐。党纪国法在，岂容尔逍遥。

宜早出台环保税

污染重祸害，整治莫懈怠。鱼虾绝踪迹，绿水何处在。粮食含毒素，食用叹无奈。果蔬不安全，食用有障碍。空气重雾霾，呼吸不自在。报应接踵至，还殃及后代。发展遵科学，法治早安排。出台环保税，时已不我待。全面建小康，人民早期待。美化好环境，保护好生态。绿水绕青山，蓝天永顶戴。神州好风景，炎黄兴万代。

诗

史之鉴

——为抗战胜利 70 周年作

（一）血肉抗战

血海深仇恨连绵，抗战救亡忆当年。
同胞亿万遭涂炭，山河遍地起狼烟。
血肉长城抗顽敌，阋墙兄弟暂释嫌。
浴血八年终奏凯，举国欢庆慰先贤。

（二）痴人旧梦

偶将视野向东瀛，不堪一片嘈杂声。
开脱强盗拜恶鬼，歪曲历史藏祸心。
甘为虎伥忙修宪，欲温旧梦更扩军。
纵有霸主撑腰杆，哂尔黄粱梦难真。

（三）中国道路

中国道路闪金光，应喜前程更辉煌。
四个全面宏猷展，亿众炎黄复兴忙。

铁帚钢拳扫蝇虎,气正风清振纪纲。
国运兴隆吴钩利,何惧风急浪也狂。

(2015年4月25日。获中央国家机关纪念抗战胜利70周年征文二等奖并刊载于《中国法治文化》和《晚枫苑》期刊)

大阅兵的精气神

苍穹高远深邃,
大地辽阔无垠,
蓝宝石般明净的天空
秋阳绽放灿烂笑容
群山起舞
江河欢腾
初秋盛装的京城
装扮出最靓丽面容
盛典即将开幕
此刻是最相宜气氛
九三大阅兵
这重要的历史一瞬
将以如椽巨笔
浓墨重彩载入史册之中
神州在放飞梦想
世界正屏息气声
五大洲的目光

都被古都北京吸引
响彻云霄的礼炮过后
从天安门发出最强声音
中国将裁军三十万
要在二零一七年完成
这是止战之殇的宣誓
更是对维护和平的信心
用盛大阅兵来展示
是最有力的证明——
老兵组成的车队
此刻正缓缓驶过天安门
都是耄耋之年的老者
甚至是年已过百的寿星
虽是白发苍苍
还满脸沧桑皱纹
精神矍铄
身如古松
他们是那样开心
个个露出最甜美的笑容
他们参加阅兵
是最直接的历史见证人
历史真相不容歪曲
更不允许美化侵略罪行
他们参加阅兵
就是昭告世人
历史教训不能忘记
坚决驱散战争阴云
他们参加阅兵
他们是抗击侵略的英雄
英雄值得崇敬

精神值得传承
要用我们的实际行动
坚决维护世界和平

抗战功臣部队组成的方阵
最能彰显中国军人精神
军容整肃
雄壮威风
步履铿锵
气势如虹
脸上写着忠勇刚毅
目光洋溢坚定自信
捍卫国家领土主权安全
守护人民生活幸福安宁
制止战争贩子冒险
保卫人类世界和平
祖国人民的重托
父老乡亲的叮咛
他们永远牢记
深深铭刻心中
不辱光荣使命
勇担千斤重任
他们是当代中国军人
他们永远是人民子弟兵

由现役装备组成的长龙
声势浩荡震慑敌人
坦克装甲
隆隆行进
防护坚固

进攻威猛
各式导弹
打击精准
组成严密防护网
全能阻遏任何入侵
堪称杀手锏
无愧守护神
岸基潜射
舰载航空
近中远距
配套成龙
后勤保障
医疗卫生
引入现代科技
确保效率倍增
三军添健翼
官兵长精神
我们为子弟兵骄傲
让侵略者闻之丧魂

长空雄鹰展翅
拉出七色彩虹
紧步彩虹后尘
是现役飞机阵形
背负一个大圆盘的
是预警指挥精灵
高性能高机动
还具有独立作战功能
铸就了电磁网
让企图入侵者毕露原形

身形富态的空中加油机
助力各型飞机航程倍增
远程运输机不愧大肚能容
保障作战诸元的远程投送
赢得战场上的主动
确保开战必胜
各型歼击机出没长空
捍卫国家领空神圣
空中突然轰鸣震耳
庞大的直升机蔽日遮云
强大的现代空军
极大地壮我军威军魂

经过二次世界大战的中国
曾饱受日本强盗蹂躏
我们对战争最痛恨
我们对和平最珍重
我们也最懂得
捍卫和平要有实力和行动
中国倡导包容互鉴
中国践行合作共赢
中国告诫不忘历史
中国真诚维护和平
但不容许领土主权被侵占
也不惧怕任何威胁挑衅
我们时刻准备着
让任何入侵者粉骨碎身
不要猜疑我们的行动
不要误解我们的宽容
不要低估我们的能力

不要怀疑我们的决心
九三大阅兵
阅出了精气神
让国人增添了圆梦的干劲
让世人认识了当代炎黄子孙
和平与发展是当今世界主流
我们满怀复兴中华的信心
屹立世界东方的中国
高举捍卫和平的大旗
推动全球更好发展更快前进

(2015年9月北京。刊载于《蓝色高原》期刊)

盛会十八大

瑞雪舞长空
祥云御东风
华灯放异彩
大地红彤彤
九州意气发
党群共欢欣
盛会十八大
群贤聚京城
指针大政事
集思议透深
目标更明确
小康必建成
宗旨永牢记
立党为人民
民生福祉事
点滴装心中
收入翻一番

分配更公平
倡廉厉反腐
始终不放松
事关党存亡
亦系民族兴
务须常告诫
切莫掉轻心
核心价值观
倡导力践行
治国严依法
宪法为准绳
凝聚党民心
接力续长征
继往创新局
承前拓后程
党的传家宝
弘扬赖新英
代代传承好
神州日欣荣
中华振兴日
万众唱大风

(2012年11月10日。原载《晚枫苑》)

向纳税人致敬

红彤彤的七月
火辣辣的热情
沸腾的神州大地
到处飘起红歌声
唱井冈的星火燎原
唱旷古艰险的长征
唱长流不竭的延河水
唱西柏坡两个务必的英明
唱开国大典的礼炮
唱新中国建设功勋
唱改革开放的重大决策
唱古老神州的灿烂前景

啊，今天的中国人
谁都真切感受到中华振兴
步入小康的民生
大国地位的日益提升

乡愁·税缘·国是

探索太空奥妙的成就
北京奥运的精美绝伦
上海世博会的创纪录
作为中国人格外开心
震天的红歌大合唱汇聚成了
感谢党伟大正确光荣
作为这大合唱的一员
我有对党的绝对忠诚
但是作为一名老税工
我要把我的感恩之情
在此时此刻
也投向可爱的纳税人
由衷地高唱
向你致敬

向你致敬
可爱的纳税人
我以
一个普通的老税工
一个共和国的公民
一个祖国母亲的儿子
一个晚辈儿女的父亲

向你致敬
可爱的纳税人
送你
春的芳菲
夏的绿荫
秋的金色
冬的晶莹

向你致敬
可爱的纳税人
在那
喧闹的市场
漫漫的征程
破浪的航船
轰鸣的高空
向你致敬
可爱的纳税人
为你
经营的拼搏
竞争的坚定
面对挫折的勇气
走向成功的淡定

向你致敬
可爱的纳税人
因为
神七问天的壮举
有你智慧的创造
北京奥运的成功举办
你倾注了最大的热情
汶川抗震抢险中
你那样无私无畏
六十大庆的盛大庆典
你展示了民族精神

向你致敬
可爱的纳税人

我愿
颂你的品质
引吭高歌
抒你的情怀
赋诗低吟
彰你的形象
擎笔彩绘
书你的历史
千秋传诵

向你致敬
可爱的纳税人
敬佩你的经营守法
景仰你的承诺守信
学习你的无私奉献
感谢你的纳税光荣

向你致敬
可爱的纳税人
在各民族团结的大家庭里
有你永远不懈的凝聚
在华夏锦绣的山河
有你织出来的彩虹
在中华民族的传统文化里
有你增添的沉淀
在共和国鲜艳的旗帜上
有你永不褪色的殷红

向你致敬
可爱的纳税人

用我
美好的祝愿
一片赤诚
沸腾的热血
深深的鞠躬

(原载《诗意税务》)

乡愁·税缘·国是

税务人的家国情怀

匆忙的步履
深深印在
往返于工作岗位的路上，
灵动的手指
翻飞在
不断升级的电脑键盘，
苦苦的思索
凝聚于
编织更严密高效的征管网，
赤诚的心血
倾注于
小微企业的茁壮成长，
期待的目光
聚焦于
勃发的创新时尚，
准确的解答
通过12366热线

传向咨询的四面八方，
周到的服务
以不断提升的品质
为可爱的纳税人深深奉上。
……

但这只是一个方面。
对敢于藐视税法尊严者
我们会是另一个样：
不管如何瞒天过海，
转移利润；
也不论用什么狡猾手段，
编造假账；
也不怕怎样挖空心思，
隐瞒应税所得；
更不怕虚开发票，
有多大贼胆。
我们火眼金睛，
洞察其奸，
铁面无私，
毫厘不让。
秉持公正阳光透明执法，
树弘扬法治精神榜样。
无论天涯海角，
异国他乡，
税务人的形象，
永不走样。
税服深蓝深蓝，
税徽闪闪发亮，
做国家清正廉洁公务员，

是人民信得过公仆形象。
这就是我们，
当代税务人的模样——
兢兢业业，正正堂堂，
清清白白，明明亮亮，
平平凡凡，简简单单，
勤勤恳恳，清清爽爽，
点点滴滴，发热发光，
我们的家国情怀，
凝结在共和国税收上；
当代税务人的个人梦想，
都融入中国梦的圆满。
请思考吧：
没有经济的可持续发展，
哪有税收的不断增长；
没有国库的充盈，
哪有国家实力的攀登向上；
没有不断完善增加的公共产品，
哪有百姓民生福祉的改善。
请细算吧：
为什么有条条高速公路
穿山跨水；
为什么有段段高速铁路
不断延长；
为什么中华神舟能
太空自由往返；
为什么嫦娥探月能
渐圆梦想。
请远望吧：
一架架新研发的战鹰，

正巡航在祖国领空；
一艘艘新下水的战舰，
正起锚远航；
一支支精准的神箭，
在天空划出壮美的弧光；
一队队人民子弟兵，
正大汗淋漓在辛勤苦练。
这是在为百姓守护安宁，
这是在保卫国家安全。
这其中有我们的奉献，
这其中有我们的荣光。
因为归根结蒂，
是依赖国家财政的不竭源泉。
我们伟大的祖国，
正在中国特色道路奋进。
四个全面宏猷伟略，
正在一步一个脚印践行。
世界负责大国的道义，
我们勇敢自信地担承。
我们满怀信心，
我们欢欣憧憬；
神州大地的未来，
必定是山清水秀天蓝月明。
华夏各族兄弟，
必定是团结和谐互爱互敬，
炎黄子孙的后代，
必定是尊严自信从容淡定。

（原载《中国税务报》和《蓝色高原》）

乡愁·税缘·国是

铁证如山

正当中国人民和全世界人民隆重纪念中国抗日战争和世界反法西斯战争胜利七十周年之际,第二次世界大战策源地国之一的日本,国内右倾势力逆潮流而蠢动,否认日本军国主义对亚洲很多国家尤其是中国所进行的侵略战争,否认给这些国家人民尤其是中国人民所带来的空前灾难;并进而通过修改和平宪法和将自卫队改为国防军等频繁动作,为军国主义招魂,有重蹈昔日侵略扩张覆辙的危险。日本法西斯当年在南京屠杀我同胞三十万,其滔天罪行罄竹难书,是其侵略暴行的铁证,绝不容否认。为了揭露和回击日本右翼势力的嚣张和无耻,将南京大屠杀的血腥铁证再公之于世。

民国遭厄运,
浩劫降金陵。
强盗施暴虐,
血洗石头城。
烧杀奸掠当娱乐,
杀人越多越英雄。

竞逐"百人斩",
嗜血丑灵魂。
四十昼夜狂屠戮,
卅万生灵成冤魂。
六朝古都淌血海,
秦淮风韵荡无存。
历史见证了苦难岁月,
一九三七年十二月十三日,
一群野兽,
东洋鬼子,
用血与火的残忍攻陷民国首都南京。
这是民国的奇耻大辱,
这是炎黄子孙永抹不去的伤痛,
这是人类文明空前的羞辱,
这是日本帝国主义滔天罪行的铁证,
这是永远洗刷不掉的恐怖血腥,
这是日本法西斯罄竹难书暴行。
惨剧不能重演,
不准再玷污人类文明。
历史不可倒退,
岂容强盗再横行。
和平必须维护,
为了世界的光明。
请看当下日本右翼势力是何等嚣张,
请看日本现当政的先生们,
他们的所谓反省——
正忙于修改战后和平宪法,
阴谋不可告人;
正急于改自卫队为国防军,
公然为军国主义招魂;

把我国固有国土钓鱼岛，
进行所谓国有化，
是赤裸裸的侵略行径；
还在大肆扩充海军空军，
这明明是战争机器隆隆的发动声。
揭露他们的丑恶嘴脸，
曝出他们的阴暗灵魂，
遏住他们罪恶的双手，
拆除他们正点燃的引信。
牢记历史，
昭告世人：
战争的阴霾在聚集，
战争的危险在降临，
七十年变幻的风云告诉我们，
必须坚决行动——
纪念二战胜利七十周年，
应是实际行动的大动员，
应是和平力量的大检阅，
应是遏制战争狂人的大阅兵。
至于我们中华民族，
自豪的炎黄子孙，
我们仍坚定秉持：
"人不犯我，我不犯人；
人若犯我，我必犯人。"
我们正怀揣民族复兴梦，
肩负捍卫和平重任。
前进在中国特色道路上，
为实现双百目标打拼。
任他山摇地动，
任他浪急风猛，

负责任大国角色，
自信勇敢担承！

（2015 年 4 月 25 日。为纪念抗战胜利七十周年文艺晚会朗诵作，获中央国家机关纪念抗战胜利 70 周年征文二等奖）

乡愁·税缘·国是

重大历史关头组诗
——为党成立九十周年而作

历时已一个月,各地各部门各单位庆祝中国共产党成立九十周年的活动仍在热烈进行。我们小区西侧的世纪坛,是北京市举办了"一切为了人民"的大型展览。自开展以来,每天人流如潮,至今仍是方兴未艾的景象。这使我深受感动,因此又写了这组小诗。

一、上海·嘉兴——建党

兴业普通一小楼,见证岁月风雨稠。
英杰聚首惊雷起,奠定镰锤写春秋。
南湖游船不寻常,诞生中国共产党。
勇向江海战恶浪,血雨腥风敢扬帆。

二、南昌·井冈山——建军

黑云压城城欲摧,前途命运正堪危。
霹雳一声义旗举,从此枪听党指挥。

革命低潮正时艰,朱毛会师井冈山。
星火酿成燎原势,闽赣半边赤旗妍。

三、遵义会议——转折

长征道上尽险途,围追堵截战不休。
辗转征战到遵义,未知何方是前途。
庆幸迎来大转折,清算"左"倾撤李德。
重拥毛公归帅位,雄关漫道从头越。

四、延安——圣地

红旗猎猎进延安,史册长征写辉煌。
马未解鞍人未歇,救亡抗日肩上扛。
抗日必定持久战,毛公论断最英明。
统一战线再建立,国共并肩战倭凶。

五、西柏坡——赶考

原本偏僻小乡村,纷飞战火播声名。
世上最小指挥所,三大战役捷报频。
胜利曙光映欢容,"两个务必"振聩聋。
应叹毛公识见早,又为京考敲警钟。

六、北京——大典

李闯北京曾称皇,骄贪腐败坐未长。
共产党人牢记取,背叛人民必败亡。
十月一日天安门,五星红旗舞东风。
伟人城楼挥巨手,中华民族要复兴。

(2011年7月31日。原载《献给党的颂歌》)

乡愁·税缘·国是

献给党的九秩华诞

旭日喷薄
紫气东来
天空祥云万朵
大地河山披彩
问此良辰美景
为谁精心安排
一个隆重庆典
帷幕徐徐拉开
党的九秩华诞
丰功绚丽多彩
走过的光辉历程
伟业史册永载

喜国家走向富强
民生步入小康
经济总量名列世界第二
综合国力不断升攀

献给党的九秩华诞

庆中华振兴在望
十三亿神州神采飞扬
何惧寰宇风云变幻
敢搏狂风恶浪

赞民族团结如磐
中流砥柱是党
珍惜和美的大家庭
各族弟兄红心赤胆

秉科学发展理念
华夏儿女不稍彷徨
与自然和谐相处
未来充满希望

构建和谐社会
人类共同理想
炎黄子孙胸怀壮志
有信心树立榜样

和平与发展是当代主题
但霸权主权不肯退让
务必两手都要硬
修文习武都不忘

国家统一大业
时刻不可淡忘
誓让金瓯完整
我辈有此智慧力量

乡愁·税缘·国是

  光辉前程
  繁花似锦
  担起历史重任
  焕发时代精神

  中国特色道路
  党为我们指明
  国人万众一心
  阔步风雨兼程

  半个世纪以后
  中华从容淡定
  屹立世界东方
  江山满目春风

（2011年6月18日。为庆祝建党九十周年文艺演出诗朗诵而作，原载《献给党的颂歌》）

党的生日颂歌道情

一

欣逢建党九十年,颂歌道情竞联翩。
农村包围城市论,救亡抗日持久篇。
实践求得马列正,斗争换来红旗妍。
创立人民共和国,华章此页最为绚。

二

小平理论辟新程,改革开放又一春。
市场计划手段已,姓资姓社何须争。
京奥海博连奏捷,港澳回归两接踵。
喜看今日华夏地,满目朝霞映碧空。

(2011年4月10日。原载《中国税务报》和《献给党的颂歌》)

闻蛟龙号顺利完成深潜五千米欣喜有感

蛟龙探海闯龙宫,虾兵蟹将闹哄哄。
高调"重返"似猴急,疯狂围墙赛狼凶。
深海五千任升降,汪洋万顷好驰骋。
任尔兴风更作浪,我自泰然唱大风。

(2011年7月9日。获庆贺蛟龙号深潜成功征文二等奖)

贺天宫一号和神舟十号圆满完成对接

天一乘风游苍穹,神十追随踏旧踪。
浩瀚宇宙无涯际,精准对接毫厘中。
巡天有径初试手,霄汉为家永扎根。
泱泱大国声威壮,和谐圣曲奏太空。

(2011年11月4日)

乡愁·税缘·国是

贺嫦娥玉兔登月探月成功(三首)

(一)

仙女深居广寒宫,蟾宫折桂乃至尊。
神话长传数千载,虚幻久迷亿万人。
飞天有梦但成恨,折桂无缘枉痛心。
发明火药本吾祖,巡天徒叹看外人。

(二)

高瞻远瞩下狠心,誓上两弹并一星。
改革开放添健翼,科研制造齐攀登。
巡天有径初试手,霄汉为家应扎根。
神舟天宫齐发射,太空飞来中国人。

(三)

三中全会定大计,中华筑梦图振兴。
改革闯关更涉险,四风污秽一扫清。
笑看嫦娥始登月,乐睹玉兔巧探巡。

遏制围堵何所惧，淡对日微西北风。

(2013年12月25日。获庆祝"神舟天宫发射征文"金奖)

读碧君散文有感

老同学张碧君,一个漂亮聪颖的女人。喜文学善为文。事业有成,家庭和睦。晚年生活亦谓幸福。但在颇有品位的夕阳红安享中,仍有思有为,坚持写日记作散文。近日寄来《古稀之问》《我的山居》《服老》《快乐分享》几篇。分别表达其对安享晚年的思考感悟,对装修别墅山居的个性化及简约的思虑,对同学间互寄诗文分享的情怀与喜悦。因我与碧君相互寄赠颇多,她嘱我读后加以评论。我总的感觉她的所思所悟所忆均文情并茂,且有见地有收益。现以俚句回应之,意在简约偷懒也。

(一)认同——读"古稀之问"

"古稀之问"特认同,活在当下最从容。
艰辛打拼曾亲历,挫折坎坷亦频逢。
而今自应享安乐,莫挂儿孙各西东。
岁月屈指可数日,笑对夕阳一抹红。

（二）淡定——读"服老"

古稀已近命末梢，最忌凡事心气高。
腿脚难胜远跋涉，臂膀无力拎重包。
视力衰减成自然，健忘频扰叹徒劳。
争强好胜过往事，量力而行最为高。

（三）安享——读"我的山居"

傍山更临湖，绝妙美山居。
装修显个性，阳台好读书。
闲来种花草，兴至弄农圃。
心葆年青态，安享陶然居。

（四）友情——读"快乐分享"

师生与同窗，情谊非一般。
授业与解惑，恩师苦心良。
求知争上进，同窗互比攀。
结业一握别，东西各一方。
偶能通音信，彼此问短长。
深情寄祝福，唯愿保安康。
若能互唱酬，引为同肝肠。
羡君多学友，快乐互分享。
吾文真敝帚，敢承谬夸奖。
深谢多寄赠，友情漾心间。
莫道桑榆晚，共赏美夕阳。

（2014年5月19日至22日于北戴河。原载《古稀之问》）

喜峰口感赋

这次在北戴河集中进行理论学习期间,正值"七七"卢沟桥事变78周年和抗战胜利70周年之际,为此专门用一天时间到长城抗战主要战斗地之一的喜峰口,参观抗战纪念碑和陈列馆凭吊抗战英烈。使本人受到教育,感触颇多,因写下了以下组诗。

卢龙古塞

万里长城万古雄,卢龙古塞访旧踪。
烽火频燃报边急,铁骑屡逾破坚城。
御敌何须城万里,须知金汤是人民。
华夏文明几千载,传承共续炎黄魂。

大刀毙敌

冀东要隘喜峰口,抗战纪念应永久。
血性儿男卫家国,大刀直取鬼子首。

忠魂护长城

喜峰口上吊英灵,耳边犹闻喊杀声。
大刀吓破鬼子胆,忠魂常护古长城。

以弱胜强

沟壑纵横不胜数,万里长城喜峰口。
烈士捐躯为社稷,民族危亡系心头。
正义之师斗倭贼,大刀饮血鬼见愁。
以弱胜强终擒日,赢得炎黄更风流。

注:喜峰口,古称卢龙要塞。一九三三年长城抗战首先在此打响,国民党 29 军军长宋哲元将军率部在此与日军血战。因当时装备敌优我劣,29 军挑选 500 名壮士组成敢死队偷袭敌营,给日本鬼子以很大杀伤。从此大刀队声名远扬,并在此诞生了著名的《大刀进行曲》。

(2015 年 7 月 8 日喜峰口。原载《纪念抗战 70 周年》诗书集)

永久的祭奠　永恒的致敬
——为法定的第一个烈士纪念日而作

第十二届全国人大第十次会议决定以法律形式将9月30日设立为烈士纪念日。日前，中共中央、国务院、中央军委三办公厅又联合下发通知，要求以各种形式和丰富内容切实搞好纪念活动。作为一名退休公务员我以这首小诗表达我对先烈的永久祭奠和永远的怀念。

攀崇山峻岭
穿茂密丛林
访穷山恶水
行荒漠之中
历尽艰险
不懈探寻
踏出条条路径
带领人们前行
你们是在寻求真理
你们是开路先锋

在漫漫长夜

在刺骨严冬

在乌云骤雨里

在卷地风暴中

坚忍不拔

破浪前行

给寒冬送温暖

给黑夜播撒光明

你们是播火者

你们是照明灯

开发北大荒

屯垦戍边疆

潜探在深海

试飞在蓝天

为了国家发展

捍卫社稷安全

为国家研发利器

为百姓守护家园

你们是优秀炎黄子孙

你们甘当无名英雄

每当强盗入侵

事关社稷安危

每遇地动山摇

无情吞噬生灵

或是洪水咆哮

烈焰无情

你们义无反顾

英勇献身

你们是真正的勇士
光荣的民族英雄
有理想信念
有力量源泉
有胆识勇气
执着有如钢坚
民族的脊梁啊
我们崇敬的先烈前贤
国家的干城啊
我们效法的砥柱中坚
衷心献上深深的祭奠
千秋万代都永远怀念
不是用豪言壮语
而是踏石有印的实践
要还神州青山绿水蓝天
要让各族兄弟永恒团圆
要让黎民百姓安居家园
要让公民更加自信尊严

(2014年9月25日。原载《晚枫苑》)

沉痛九一八

沉痛九一八，
沦陷东三省。
危急此时局，
骄狂漫东瀛。
兵锋西南指，
华北欲再吞。
此时不奋起，
华夏定难存。
长城作屏障，
据此以争锋。
要隘喜峰口，
自古兵家争。
国军二十九，
镇守抗敌兵。
可恨小日本，
枪炮逞威风。
血性我儿男，

度外置死生。
手执大刀片,
黑夜闯敌营。
手起刀落处,
倭贼成鬼魂。
骄横鬼子兵,
胆战又心惊。
从此大刀曲,
振奋我国人。
抗战终胜利,
彰我中华魂。
风雨虽七秩,
国仇岂敢泯。
当今之世界,
依然不安宁。
霸主逞淫威,
作伥有东瀛。
东海钓鱼岛,
日本欲并吞。
老美撑他腰,
声称是同盟。
南海风浪急,
美是作俑人。
所谓再平衡,
司马昭之心。
国家之安全,
岂可看他人。
人若不犯我,
我亦不犯人。
人若要犯我,

我则必犯人。
亮明此底线，
正告摸鱼人。
更应告子孙，
实力保和平。
今立纪念碑，
教育意义深。
告慰我先贤，
中华正复兴。
共圆中国梦，
重任在后昆。

(2015年7月9日北戴河。原载《纪念抗战70周年》诗书集)

缅怀邓公

光阴荏苒，不知不觉间小平同志已仙逝15周年。今年也是他发表对我国改革开放产生重大影响的"南巡"讲话20周年。当下我国正面临经济转型，改革攻坚关头。当此之时，他那"发展是硬道理""改革开放胆子要大一些，敢于试验……看准了的，就大胆地试，大胆地闯"的激励话语，仍让我们倍感亲切和鼓舞，牵动对伟人无限的思绪和怀念。

总设计师赞

三落复三起，宏猷绘心底。
改革并开放，双翼齐飞起。
一国行两制，金瓯渐一体。
雄哉大气魄，有此妙手笔。

公祭告邓公

飘然驾鹤去，屈指十五秋。
九天瞰犹切，春光满神州。

缅怀邓公

党昌国运旺,民安福祉优。
公祭告邓公:壮志争一流。

(纪念邓公诞辰百周年征文金奖)

上元感赋

癸巳年元宵节是北京近几年最坏的天气,雾锁霾封,昏天黑地。目测便知是重度污染,整天足未出户。因遵传统习俗,一家老少仍然团聚一堂,喝酒、饮果汁、品元宵、吃饺子,还看央视元宵晚会(感到节目并无吸引人之处),但坏天气破坏了气氛和情绪,内心怏怏。听室外有人怨天公不作美,影响了燃放烟花爆竹和观赏花灯,更感心烦气躁。上床后辗转反侧难以入眠,反省之余有了以下诗句。

忽忽上元佳节到,莫怨天公眼不睁。
昏天黑地怕出户,雾锁霾封敢看灯?
应省人寰自造孽,毁损自然种祸根。
纵有佳肴满餐桌,也是苦酒和泪吞。

(2013年2月21日)

诗二首

美国的所谓战略调整，搅乱亚太地区和平与稳定。由于美国暗地唆使和背后撑腰，二战中的战败国日本企图否定二战后的秩序和领土安排，公然将历史上早已属我国固有领土钓鱼岛进行所谓的国有化。国人对此无不义愤填膺，我国政府也采取一系列有效的反制举措。表达了中国政府和人民捍卫领土主权的坚强意志和毫不动摇的决心。正义必胜，邪恶必败，我们对这一场斗争充满必胜信心。

冷战思维

浊浪排空太平洋，战略调整闹腾忙。
围堵遏制枉费力，东夺南抢太张狂。
有理有利我气定，无耻无赖它心慌。
冷战思维实可恶，逆忤潮流无下场。

稳钓恶鳌

中华儿女志气高，安排金钩钓恶鳌。
最恼霸主浑搅局，可恨走狗狂吠嚎。

领土片石不可让,主权半寸岂可抛。
晚清北洋屈辱恨,一洗扬眉在今朝。

(2012 年 9 月 18 日。原载《钓鱼岛诗刊》)

驶向深蓝
——贺我国第一艘航母交付入列

在母亲怀抱般温暖的海港
此刻发生的一切意义非凡
鱼儿在水中畅游
海鸥绕舰飞翔
风儿轻吻着舰身
波涛正上演大合唱
辽宁号正式入列
我军史册上写下新篇章

彩旗招展
军乐喧天
航母入列
仪式庄严
颁证授旗
程序井然

浴着晓雾
迎着朝阳
乘着东风
犁开巨浪
中国航母
从这起航

军旗高扬
披着盛妆
雄壮威武
意气昂扬
水兵健儿
挺立甲板
铁腿钢脚
心红眼亮
沐雨栉风
浑身是胆
人民子弟兵
为祖国巡航

肩负历史使命
勇挑维和重担
牢记党的教导
不负人民期望
中国人民海军
为世界和平巡航

大海波涛汹涌
胸中往事激荡
怎忘甲午海战

水师葬身海洋
凶残日本强盗
占我神圣海疆

眼前风云变幻
岂容悲剧重演
何惧东海浊流
哪怕南海恶浪
任尔狂犬闹腾
永不迷失航向

喜我今日中华
迈步复兴路上
祖国领土主权
片石分寸不让
笑对暴风骤雨
巍然屹立东方

(2012 年 9 月 27 日北京。原载《钓鱼岛诗刊》)

访朱家角古镇

朱家角镇历千年,昔日繁华任流连。
课植嘉园寻旧梦,马氏豪宅考陈年。
因喜工艺传承久,游客争购不惜钱。
沧桑古镇积淀厚,人文商贾几万言。

(2012 年 5 月 28 日)

圆中国梦　华龄人的心声
——为甲午老年节作

步入华龄
保有颗童心
离岗退休
发挥余热余能
已领养老金
不吝奉献爱心
努力抗拒自然衰老
积极康健身心
安享太平盛世
仍紧盯贪腐蛀虫
欣赏夕阳美景
注视变幻风云
这就是中国华龄人
对祖国母亲的深情
我们是炎黄子孙
我们是龙的传人
期盼早圆中国梦

是我们共同的心声
回想不堪的近代史
有太多的触目惊心
资源被强盗掠夺
国土遭虎狼瓜分
社稷文明惨遭蹂躏
各族弟兄饱受欺凌
历史已掀开新的一页
神州开始新的征程
以民族伟大复兴为己任
是中国共产党庄严的担承
中国道路
我们无比自信
中国精神
我们弘扬传承
中国力量
我们凝聚奋进
富强民主文明和谐
我们正亲手创建
自由平等公正法制
成型中日新月臻
爱国敬业诚信友善
正成为人们行为准绳
祖国日益繁荣昌盛
民族更加团结振兴
人民延年益寿幸福
神州处处沐浴春风
社会进步和谐
江山万代永红
中华民族昂首屹立东方
光荣属于伟大中国人民

(2014年9月)

大雪景一新

昨天 11 月 23 日星期天，正值农历乙未小雪节令，京城降下一场大雪，纷纷扬扬下了一整天，把个京城变成了一片银白，顿觉景象一新。今天早餐后便急忙去玉渊潭遛弯赏雪，一路走去，更感大自然神奇美丽，而呼吸也格外湿润清新，浑身舒爽，满心惬意。回来后便写下这样诗句。

节令小雪日，大雪降京城。飘飘洒洒舞，镇日未休停。
万木皆裹素，千门砸地银。昨日绿茵地，今朝无处寻。
绒绒大白毯，遮盖了无痕。六出似轻柔，内敛有神功。
风雪齐发力，落木下纷纷。诺大白地毯，彩叶又一层。
冬阳尤娇艳，抹地一层金。唯怜蓬间雀，喳喳叫不停。
向无隔夜粮，哀鸣腹中空。且喜瑞雪兆，丰年又一春。
十三五开局，必迎满堂红。神州好风景，欣欣正向荣。

（2015 年 11 月 23 日）

乡土乡愁

同学发短信说,我的一则短信忆及小时候家乡的气候,带她回到了故乡,眼前展现了故乡的山水、人情……因此又回到了这则短信。

无论是何时,无论在何方,桑梓常牵挂,乡愁总不忘。不管啥境况,不管多年长,每忆及童稚,兴味总依然。虽然腰缠万贯,虽然腾达飞黄,也会思故里,也会梦乡关。故土再贫穷,故乡再荒凉,喝过故土水,吃过家乡粮。是故乡喂养了幼小的生命,是故乡哺育小苗成长。故土怎能舍,乡愁岂敢忘。

(2015年11月24日)

赠榴园斋主

为纪念毛泽东诞辰120周年发起的书画进军营活动，首站选定二炮，因此有缘结识周君长胜先生并观他作画，感觉是一种享受。周君出生于山东峄县，境内有载入吉尼斯纪录的冠世榴园。幼年时每逢中秋佳节，全家团圆赏月时，祖母便捧出大石榴先敬天地，然后全家人品尝，此时祖母会说，石榴是圣果，是王母娘娘瑶池宴上供果，给人间带来吉祥、团圆、幸福欢乐。这给了周君以深刻的印象。日后周君学绘画时，石榴成了他创作的主要对象。由于长期细微观摩和辛勤创作，周君所绘石榴生机勃发、千姿百态。这次，周君赠我一幅石榴为主题的画，我在上面题曰：榴花红似火，石籽冲天香。但意犹未尽，又有以下诗句赠这位国家一级美术师——石榴王。（周君长胜和李女士萍当时和我的诗附后）

漫道青藤与白阳，淋漓笔墨寓吉祥。
写意珠玑千张纸，绘出榴君百样装。
贡献屈子花胜火，赠与嫦娥果更香。

艺海邀游日臻进,耳濡目染自家乡。

(2013 年 12 月 12 日晨二炮装备研究院)

和易尊兄运和先生
  周长胜（榴园斋主）

虽已仲冬春意浓,神州处处沐春风。
深化改革再发力,复兴中华踏新征。
弘扬时代主旋律,文艺服务工农兵。
此番书画送军营,亦为纪念毛泽东。
总觉此行是缘分,得识运和易尊兄。
爱竹斋主才情厚,诗词书法并称雄。
高吟出口尽珠玑,挥毫满纸走蛇龙。
此乃人生一幸事,吾当终生奉师朋。

敬和易老师诗一首
  李萍（中国收藏研究会秘书长）

癸巳暖冬阳,频频降吉祥。
草根亦惬意,喜听高人谈,
诗词等闲事,书画弹指间。
能得一旁观,珠玑满心房。

(2013 年 12 月 12 日晨于二炮装备研究院)

雄鹰镇飞贼

我有一位朋友是名基层税务干部,因喜爱诗词书法,几十年一直同我保持交往,8月20日来京不请而直奔我家,说是办书画展,要我写几幅字,还想去求原空军副司令员景学勤将军赐墨宝。因知我同将军有过往。央我务必同往。故在家先同将军通电话,将军提出以我的自撰诗写幅字。因写这样几句:

凌云壮志贯长虹,九霄筑就铁长城。

神圣领空赖守护,岂惧飞贼肆横行。

景将军退休后也陶醉诗文翰墨间,出版了诗文专辑《思悟》和书法专辑《书道千秋》,将军分别送我一册,还送我一幅书法作品,是张继的"枫桥夜泊"。我送将军的这幅诗书作品匆促而就,并不满意,容日后再补。

(2014年8月20日)

乡愁·税缘·国是

谑世界末日

旭日东升，新的一年2013年已经迈着匆匆的脚步来到了。但在过去的一年里，所谓世界末日曾闹得沸沸扬扬。在此辞旧迎新之际，使人不免有些感慨。

极端愚昧
实在荒唐
世界末日
一片恐慌
有人宣扬
趁早花光
不带遗憾
去到天堂
有人灵光
商机快抢
乘机大赚
钵满盆满
有人受骗

谑世界末日

绝望悲伤
不知明天
死在何方
哭哭啼啼
吵吵嚷嚷
钟声响起
辞旧时光
新年又到
日出东方
地球照转
一切如常
我寄祝愿
二零一三
风调雨顺
国泰民安
五谷丰囤
六畜兴旺
科学进步
人类发展
和谐相处
根绝互残
都有希望
皆怀梦想
锦绣地球
处处明光

(2013年1月1日)

乡愁・税缘・国是

谒黄帝陵

人文始祖尊炎黄,华夏一统定家邦。
首倡稼穑保民食,初创文字记史长。
部落通婚固团结,人群分工扬各强。
自古统一识大局,岂容"台独"自猖狂。

(2000年8月1日于黄陵县。原载《诗书景相集》)

观壶口瀑布

千里黄河一壶收,震怒金龙未肯休。
赤涛裂岸地已惧,黄雾蔽日天复忧。
三秦大地无二景,万古神州第一游。
禹皇治水功无量,神来之笔此处留。

(2000年8月1日于宜川县。原载《诗书景相集》)

谒列宁墓

依旧赤色耀眼明，红墙脚下逝翁陵。
曾历血战希特勒，又睹掘墓斯大林。
载舟覆舟皆因水，胜兴败亡全在民。
沧桑世事感慨已，唯凭史翁作证人。

（2006年11月2日。原载《诗书景相集》）

参观毛主席故居

日出韶山东方红,经天纬地毛泽东。
信仰笃定尊马列,壮志弥坚惠农工。
巨手燎原星星火,雄文指引片片红。
盖世丰功昭日月,古往今来一伟人。

(1969年4月8日于韶山。原载《诗书景相集》)

韶山革命陈列馆

革命征程倍艰辛,震撼山河泣鬼神。
腥风血雨锤炼党,弹雨枪林磨砺军。
井冈星火延河水,遵义旗帜山城魂。
开天辟地弥天勇,高擎红旗天安门。

(1963年4月8日于韶山。原载《诗书景相集》)

西柏坡党中央驻地

穷僻山乡西柏坡,风雷激荡动山河。
三大战役决妙策,二江横渡掀巨波。
运筹帷幄操胜算,决战千里奏凯歌。
苍黄钟山风雨惨,枭雄蒋氏梦南柯。

(1988年11月于西柏坡。原载《诗书景相集》)

乡愁·税缘·国是

七届二中全会会址

不学当年李闯王，赴京赶考早思量。
长征万里刚起步，山河重整待试妆。
永续艰苦传家宝，力戒骄奢中糖弹。
只因警钟早敲响，打虎才只杀刘张。

（1988年11月于西柏坡。原载《诗书景相集》）

吊周总理逝世

一代贤相与世辞,亿众同哭泪如丝。
终身清廉足表率,一生操劳胜吐哺。
头颅几遭敌特手,赤胆犹被奸佞诛。
宏图未就人仙逝,内忧外患实堪虞。

(1976年1月10日于包头。原载《诗书景相集》)

渔村作客

河鱼佳肴迭次呈，渔家待客意忒诚。
酒过三巡兴方至，菜满五味食正浓。
新粮清香主自得，陈酿醇甘客笑频。
边陲僻壤尚如此，从今休道腊酒浑。

（1995年6月24日。原载《诗书景相集》）

遇少年时朦胧恋人感慨

四十五载喜重逢,眼前何处觅佳人。
飘香秀发成枯蒿,银盆俏脸满皱纹。
皓齿明眸依稀辨,娥眉笑靥尚有痕。
沧桑岁月应诅咒,忍将天使逐梦魂。

(2001年11月12日。原载《诗书景相集》)

焦作红石硖秀水

红石水特酷,泻玉成飞瀑。
有潭皆明镜,倩影无穷出。

(2006年6月9日。原载《诗书景相集》)

庄河泉岩观水

淙淙泉流观有形,铮铮琴鸣听有声。
高山流水觅知音,不虚庄河此一行。

(1995年7月16日于庄河。原载《诗书景相集》)

参观枣庄榴园

洋洋大观八万亩,枣庄榴园世无偶。
端午结伴赏榴花,中秋共饮榴香酒。

(2000年6月18日于枣庄市。原载《诗书景相集》)

九寨仙境（三首）

镜海

蟾宫失手坠宝鉴，飞落九寨成镜海。
风吹水面波不起，为待嫦娥梳妆来。

珍珠滩

万斛珍珠遗满滩，流滚跳跃撒尽欢。
劝君休起市井念，欲藏半颗总枉然。

诺日朗瀑布

银河雷霆泻翠微，吼震山峦亦颤巍。

气势虽输伊瓜树,多姿天下更有谁。

(2006 年 10 月 28 日。原载《诗书景相集》)

登聊城光岳楼

紫气东升自蓬莱,泰岳翠屏此处裁。
古邑东昌繁华地,沧桑见证一楼台。

(2006年7月2日。原载《诗书景相集》)

圣波得堡风雪游夏宫

芬兰湾畔朔风摧,万里晴空白絮飞。
此刻景观绝奇妙,夏宫沐浴日月辉。

(2006年11月6日。原载《诗书景相集》)

登华山感悟

华岳耸五峰，东西南北中。
犹似亲兄弟，同胞一母生。
严慈存偏袒，景况各不同。
北峰险为最，西峰独显雄。
南峰拔万仞，东峰自葱茏。
四峰皆奇特，中峰最平庸。
惟其最平庸，登者若蜂拥。
中峰窃自喜，瞧汝等逞能。
各自高险峻，游客畏惧生。
似我庸碌者，能得游人心。
君观人世间，不平与此同。
才高气傲者，挫折总频频。
阿谀谄媚者，官运常亨通。
何必牢骚盛，凡事自宽容。
名利淡泊后，海阔天也空。

(1997年8月2日赋。原载《诗书景相集》)

登北高峰

西湖数度顾，北高今始登。
晴空日正烈，省城一望空。
六和塔影绰，钱塘水迷蒙。
风云眼底过，感慨胸中生。
七百年前事，眼前忽分明。
临安偏一隅，宋皇犹奢宁。
灯红酒绿盛，歌舞饰太平。
歌舞几时休，骚客悲凉吟。
最叹岳鹏举，不识时务人。
高喊迎二圣，恨彻赵构心。
获罪莫须有，魂丧风波亭。
一代抗金将，空赋满江红。
奸相名秦桧，史册留骂名。
我岂只怀古，尤抒今日情。
喜看杭州市，景况大不同。
浙江繁华地，经济正飞腾。
高楼鳞次比，路桥四面通。

登北高峰

市井黄金段，绿荫一丛丛。
环境称美好，处处沐春风。
前瞻似锦绣，此语言之衷。
再过五十载，后辈来登临。
验证祝愿确，同赞吴下人。

(2000年7月12日于杭州。原载《诗书景相集》)

挥汗访胜

1986年因公赴杭州,正值7月天,天气炎热,食宿简陋,但其时公交车票便宜,很多景点不收门票或票价极低,实现了一次难忘的自助游。

夏日有幸赴天堂,正是武林好风光。
西湖盛妆胜西子,六和冠盖冠潘安。
钱塘碧波任翻浪,虎跑龙井细品尝。
纵有热浪扑面苦,挥汗访胜亦何妨。

(1986年6月于杭州。原载《税苑夕拾》)

惊魂向长安

  1993年,因肩负为十四届三中全会作准备的课题调研任务,由洛阳驱车赴陕西渭南,正赶上路烂更兼狂风暴雨,破旧的皇冠车先是雨刷失灵,继而两次爆胎,可谓一路惊魂矣。

  千里驱车本心烦,更兼雨骤风嚣张。
  车破安危赖共济,路烂趱程须同艰。
  风雨阻拦心无惧,重任在肩志尤刚。
  雨后长空彩虹艳,有惊无险到渭南。

    (1993年7月于渭南。原载《税苑夕拾》)

乡愁·税缘·国是

清明感赋

今天，远在湛江的堂嫂赵丽君打来电话，谈及她几个儿孙去祖母坟上祭扫情形，并言堂兄仁进现卧病在床，第一次不能亲去祭扫（他已过九十高龄）颇为抱憾云云，不由想到我因常年客居他乡，每年清明都只是心中遥祭，很少亲去先人墓地祭扫，极为愧疚，故写下了这几句诗。

又是一年祭扫忙，此心早已返乡关。
诞生桑梓情常系，养育双亲恩敢忘？
五十年来只遥祭，古稀常觉愧心肝。
炎黄子孙崇孝道，但祈后代更弘扬。

（2012年4月4日清明节）

双节感赋

今岁中秋国庆接踵而至，这种巧合并不多见。为让群众欢度双节，政府对7座以下小轿车免收高速公路通行费。一时间，外出旅游度假探亲访友的人流如潮，车行似龙，使节日气氛空前。央视记者在走基层过程中，访问各地普通老百姓对"什么是幸福""你幸福了吗"这个大家颇多感触问题，得到的答案是大同小异的回答。即普遍较之过去是幸福的。可见已步入小康社会的古老中国确是一派太平盛世光景。

但盛世日子并非可以高枕无忧。眼下东海浊流、南洋恶浪，特别是霸主一边忙于所谓"战略调整"，一边不停地调兵遣将搞军演，在为它的小伙计们撑腰打气，却全都剑指我中华。但已迈步在揽月捉鳖征途上，正喜迎党的十八大的神州儿女，又岂能在这种威胁恐吓下低头？我们的回答是领土主权半寸不让，国家民族尊严誓将坚决维护！

一

双节同至颇难逢，喜庆盈天九州同。
观花赏月人患满，访友探亲车成龙。

央视访问幸福事，百姓回答日子红。
欢欣更迎十八大，高颂党昌国运隆。

二

盛世日子不太平，君看霸主虎狼心。
东海倭寇闹购岛，南洋群丑显原形。
阴风邪火网链织，围堵遏制毒计阴。
揽月捉鳖等闲事，尊严岂容受侵凌！

2012 年 10 月 8 日

观书展之悟

因家居离军博馆、首博馆和世纪坛都不远,有条件常去参观各类书画展。今天打算去看现代大师徐悲鸿和法国大师们的联袂展。去展处才知本月9日才展出。故只看了陕西城固人刘应奎的书展,也有所获所悟。因此写下这样几句。

砚田耕耘岂敢夸,翰墨精深永无涯。
付出一生勤浇灌,许添苍梧几枝丫。

(2014年4月6日北京)

志神七飞船成功发射

中华儿男太空游,问究天宫岂能休。
茫茫宇宙万千景,耿耿丹心一志求。
登月已然指时日,问天神七早绸缪。
炎黄子孙志高远,和平圣曲互唱酬。

(9月25日京城。原载《诗书景相集》)

龙市朱毛会师广场

龙市朱毛会师广场

朱毛会师井冈山,中国革命正时艰。
城市暴动皆败绩,白色恐怖更嚣张。
毛公无愧真领袖,井冈名副好摇篮。
从此星火燎原势,照耀赤旗遍地扬。

(10月20日井冈山。原载《诗书景相集》)

参观八一南昌起义博物馆

洪都城上义旗张,革命从此党有枪。
敢掀红色风暴浪,何惧白色恐怖澜。
千里转战败潮汕,万人亡命上井冈。
历尽劫波星火在,奠定朱毛铸辉煌。

(10月24日南昌。原载《诗书景相集》)

宴同窗有感

人生苦短多坎坷，亲朋欢聚能几何？
倘遇机缘同一醉，自当寻兴发浩歌。

注：五十余年之中学同窗有幸一晤，对饮中不由感慨而吟。

（10月31日北京。原载《我的中国心》）

北京奥运赞

圣火耀九州，幽燕正金秋。古都办奥运，硕果庆丰收。
首届全家福，兄弟悉汇流。主题和平曲，全球同颂讴。
中华崛起日，和平唱主流。胸怀天地阔，真诚四海酬。
开幕称经典，奥运史无俦。鸟巢水立方，纪录破不休。
无愧东道主，夺金占鳌头。场馆追时尚，服务超一流。
奥运长河史，辉煌写春秋。

（2008年8月28日于京城。原载《我的中国心》）

百年圆梦

一梦梦百年,戊子金秋圆。
古都襄盛举,全球共欢颜。
五洲宾朋汇,四海友谊传。
华夏降祥瑞,子孙慰先贤。

(8月7日北京。原载《我的中国心》)

道路颂
——为纪念毛泽东诞辰一百二十周年作

今年是我党开国领袖、新中国的缔造者毛泽东诞辰一百二十周年。从毛泽东探求中国革命道路,到邓小平实行改革开放,再到全面深化改革的伟大战略部署,我们党进行了不畏艰难的勇敢探索。为中国人民找到了一条中国特色的发展道路,并始终坚定地驾驭时代的风帆,引领中国人民在这条康庄大道上奋进,带来了民生福祉的不断改善,带来了综合国力和国际地位的不断提升,并描绘了更加灿烂的锦绣前程。值此纪念毛泽东诞辰一百二十周年之际,我谨以拙作《道路颂》这组诗,表达我对毛泽东、邓小平等开国元勋的深切缅怀,表达我对党的十八大和十八届三中全会圆满成功的热烈庆贺。

(一)

一百二十周年前,神州陆沉暗无天。
华夏民族遭厄难,炎黄子孙受熬煎。
庆幸韶山升红日,欣喜三湘降大贤。

东方古国风雷动,酝酿改地换新天。

(二)

为寻真理出乡关,润之立志拯家邦。
信仰笃定尊马列,斗志弥坚据井冈。
统一战线驱日寇,两个务必筑堤防。
定都北京成大典,五星旗飘屹东方。

(三)

小平理论辟新程,改革开放乘东风。
三个代表再开创,科学发展更提升。
深化改革务全面,中华圆梦满信心。
人间正道是沧桑,新英接力续长征。

(2013年12月3日于北京。《纪念毛泽东诞辰120周年》征文金奖)

重九

忽忽佳节重阳至,欲向秋雁寄乡思。
不知故园东篱下,金菊今年发几枝。

(2013年重阳作于北京)

何惧风吹草动

　　围绕我国宣布在东海设立防空识别区一事，眼下正在上演一场大国间的角力。美日等国动作频频，意在逼我后退甚至屈从。十八届三中全会后，我国正全面深化改革，朝实现中华民族振兴之梦奋进，岂能惧怕这些风吹草动。即使天崩地裂也休想让华夏儿女后退半步。

新型大国关系，
构建谈何容易。
我祈四海安宁，
他兴风浪骤起。
设立防空识别，
早成国际惯例。
美乃始作俑者，
诸国仿效迭起。
唯我一经宣示，
鼓噪之声四起。
老美率先发声，

称于安全不利。
日本紧随其后，
抗议威胁相继，
他们放火合法，
我若点灯无理。
如此恣肆霸道，
真是岂有此理。
派出战机试探，
意在逼我放弃。
此事有关尊严，
岂能屈服压力。
我自沉着应对，
识别监视发力。
国家安全利益，
丝毫不可放弃。
唯有针锋相对，
亮剑显示实力。
慑其轻举妄动，
挫其蛮横霸气。
中华民族复兴，
早已蓄足底气。
哪怕天崩地裂，
旗帜方向不易。

(2013年12月1日北京)

可怕的污染重灾

——对 2013 年 1 月中旬连续几天重污染的反思

从 1 月 11 日至 14 日，华北地区主要省市包括京津冀晋的城乡大部分地区，出现罕见的严重雾霾。这不但给交通运输造成如公路民航造成封闭道路、取消航班的巨大压力，也给大众日常生活造成诸多不便。特别是老人和孩子们容易引发感冒、哮喘咳嗽等疾病。这让大家深切地感受到了目前生态环保所面临严重挑战。作为在京城已生活近 30 年的我，对此颇有感慨。

霾害威胁健康
雾失亭榭楼台
此刻已是正午
哪见十里长街
行人紧捂口鼻
飞鸟枯草徘徊
繁华喧闹京城
污染已成重灾

乡愁·税缘·国是

幼儿园接出小外孙
惊问黑夜咋这早到来
目睹惊恐紧张的表情
不由深陷沉痛悲哀
物质已大为丰富的今天
蓝天碧水清气却不再
我们该深刻反思啊
否则愧向子孙交代

回想改革开放初期
北京固然落后时代
自行车是代步的主要工具
马路上是它的汪洋大海
我们那时羡慕发达国家
车行如龙好不气派
现在却为到处堵车闹心
尾气排放早成灾害
我们还曾埋怨古都风大
冬春两季睁眼不开
现在却呼风怕不至
雾霾吹不开
还有路虽越修越多
却赶不上车辆增长更快
为什么是这个样子啊
真让人纠结解不开

难道这是现代化必然结果
如果回答肯定那太悲哀
我们只能面对这样的现实
而无所作为目瞪口呆

这样的现代宁可不要
因为它是无穷祸害
作为正圆中国梦的人们
岂能如此消极无奈
我们既已确认科学发展
也找到中国特色道路
我们既坚定复兴中华
要构建社会和谐
就必须勇敢探索
看清时不我待
要还蓝色于天空
要还碧水于江河
要还绿色于原野
要还清新于空气
这才是美丽中国的容貌
这才是首都应有的姿态
这也应是共产党作出的承诺
才受得起人民的拥戴
让我们团结奋斗
迎接那美丽中国的未来

(2013年1月20日)

乡愁在这里寄存

（2016年3月）

坐落在浏西长东（注），
一个普通乡村，
她有个极普通的名字，
叫五美山硖石冲。
但她有显著优势，
因为她有优美的环境。
土地肥沃，
山林茂盛；
古井翻滚着白沙，
清溪终年淙淙；
物产丰富，
民风淳贞，
邻里和睦，
友善无争。
无论是走南闯北，
还是东去西行；

无论居异国他乡,
还是处市井乡村;
无论是童稚孩提时期,
还是步入成人华龄。
她频繁出现我话语中,
她经常浮现在我的梦境。
故山故水故居故人,
乡里乡俗乡音乡情。
永远伴随我左右,
永远铭刻我心中。
因为我的乡愁,
在这里寄存。

迎着朝霞去割草放牛,
背负柴禾踏着黄昏;
早春里山林寻拾蘑菇,
晨露中挖出鲜嫩春笋;
清溪中捕鱼捉蟹,
池塘里狗爬游泳;
细雨中除虫拔草,
烈日下辛苦耕耘;
丰稔的笑脸,
灾荒的愁容;
严父的训诫,
慈母的温情;
闹饥荒的困苦,
避兵匪的惊恐;
月光下纳凉嬉戏,
闷热夜追逐流萤;
黏土捏成小猫小狗,

树叶撕成幼童老人;
过大年观龙灯为狮舞,
赶大集三五成群。
……
虽然客居数千里之遥,
虽人生正走向耄耋之龄,
但我仍能叫出发小名姓,
仍能哼出童谣讲出乡音。
因为这是桑樟地,
我的乡愁在这里寄存。

在那一段特殊岁月,
我曾为她焦虑忧心。
几人合抱的参天大树,
被无情砍伐殆尽;
为了所谓高产,
农田挖出生土的所谓深耕;
看不到牛羊成群,
听不到狗吠鸡鸣;
看不到鲜蔬嫩果,
嗅不到桃李芳芬;
看不到池塘莲藕,
更不见鱼儿跳腾;
人们脸上不见了欢笑,
村民们生活太苦太穷。
狂风暴雨过去,
迎来了改革开放的新春。
冲里实行封山育林,
土地分到每户每人;
村里的姑娘小伙外出打工,

山村响起了机器的轰鸣；
村民们一天天富起来，
买车盖房成为时兴。

一别数年之后，
又是一个三月的早春。
虽然早没了生养我的双亲，
发小也大半凋零。
我依然从数千里之外赶来，
赶来与她亲近。
万没料到她竟有如此巨变，
让我异常震撼欢欣。
地里种植了各种苗木花卉，
山峦是一派多彩葱茏。
通往家家户户的水泥路，
各种机动车不断穿行。
一栋又一栋小楼新居，
都隐藏在绿荫之中。
从各家各户飘出的饭菜浓香，
说明了餐桌的丰盛。
晚餐后的人们聚集电视机旁，
收看着央视省台的新闻。
灯火中又响起了音乐，
更多的村民在舞蹈健身。
我明显感觉到，
这个普通的小乡村，
她是多么幸运，
全面小康已经建成。
我衷心为她祝福，
祝福更加美好的前程：

愿她山更青水更绿，
愿她人更杰地更灵；
愿她向着第二个百年目标，
更加步履铿锵奋力前行；
我还会再来与她亲近。
因为我的乡愁永远在这里寄存。

注：我家乡位于长沙县东边与浏阳西边交界处五美山硖石冲，这几年发展迅速变化巨大，这次回家乡看到这些非常兴奋，因此写了这首反映今日新农村的诗。

光辉的九五华诞

你是阳光,
驱走了神州大地的黑暗。
你是雨露,
给干涸的心灵以滋养。
你是雷电,
向昏睡的人们送出闪光重响。
你是旗帜,
为迷茫的人们指引方向。
你是舵手,
稳操着破浪巨轮的航向。
你是无形的磁场,
把各民族弟兄紧紧吸引在身旁。
你是伟大的建筑师,
构建了民族复兴梦想。
只短短九十五年时光,
中国翻天覆地巨变。
只短短九十五年时光,

乡愁·税缘·国是

中国崛起不可阻挡。
只短短九十五年时光,
中国奇迹让世界惊叹
只短短九十五年时光,
五星红旗更加鲜艳闪光。
回顾九十五征程,
我们充满自豪和力量。
庆贺光辉的九五华诞,
要让子孙后代永不淡忘。

九十五年前的初心,
中国共产党人赤诚肝胆,
就是要舍生忘死,
续写华夏民族的灿烂辉煌。
因为那时的炎黄家园,
破败不堪万分凄惨——
昏天黑地,风雨如磐;
水深火热,内忧外患;
骨肉离散,生灵涂炭;
黎民百姓,忍饥受寒。
国家像沉疴病人,
垂扎中呻吟绝望。
民族一盘散沙,
军阀天下混战。
列强瓜分中华,
日本强盗最狂。
炎黄子孙面临灭种,
古老中华险遭覆亡。
十月革命一声炮响,
马列主义传到东方。

光辉的九五华诞

万劫的旧中国时来运转，
南湖红船扬帆起航。
民族精英振臂奋起，
誓死奔赴革命战场。
艰难的中国革命，
从此找到正确方向。
洪都城上竖起义旗，
革命党从此有了枪。
星星之火燎原井冈，
朱毛会师创造辉煌。
史无前例的红军长征，
胜利征战到达延安。
国共再建统一战线，
兄弟并肩抗战救亡。
浴血的艰苦抗战，
日寇惨败树起降幡。
人民期盼早日民主建国，
国民党反动派打开了内战。
四年征讨又伏恶虎，
终于翻开了新中国的篇章。
百废俱兴的宏伟建设，
为新中国工业打牢了底桩。
几个五年计划顺利实现，
新中国屹立东方大放光芒。
"文革"闹腾虽有挫折，
有幸拨乱反正改革开放。
以经济建设为中心，
国内生产总值连翻几番。
欣喜党的十八大胜利召开，
构建了民族伟大复兴梦想。

前进在你闯出的道路，
我的意气风发步履铿锵；
奔向你确立的双百目标，
我们信心百倍斗志昂扬；
永远依靠人民永远为了人民，
你初心不改志如钢强。
既往的过去让我们欣喜自豪，
灿烂的前程激励我们迅跑
深信只要紧跟着你，
必定节节胜利步步登高。
因为有过去的经验教训，
因为有今后的鞭策感召。
你有日月的普照，
你有江河的奔腾；
你有高山的气概，
你有大海的包容；
你有磐石的沉稳，
你有燃烧的激情；
你的鞭策有严父般的威仪，
你的爱抚有慈母样的深情；
你肃立时如处子般沉静，
你奔走时像赤子样热忱；
你智慧有如泉涌，
你力量没有穷尽。
你坚持与时俱进，
丰富和发展马克思主义理论；
你坚持不断创新，
弘扬优秀的中华文明；
你坚持开拓进取，
使国家综合实力大幅提升；

你坚持重构世界格局,
让大中华影响力不断扩容。

景仰你高入云霄的理想,
敬佩你钢铁般的信仰,
诚服你摈弃谬误的勇气,
钦佩你对真理的坚持渴望,
感恩你闯出中国特色道路,
赞颂你践行民族复兴的梦想,
你为炎黄子孙赢得自尊自信,
你搏出了新中国的繁荣富强。
向你祝贺九五华诞,
愿你永葆青春灿烂。
向你致崇高敬礼,
愿你再创新的辉煌。
光荣啊,中国共产党!
伟大啊,中国共产党!

(2016年6月。此诗的删简版是税务总局机关庆祝建党95周年书画展的代前言)

南海仲裁闹剧

　　由美国一手炮制导演，日本紧跟配合，菲律宾阿基诺三世掏腰包，安倍晋三的重要帮手也是日本右派的鹰派人物之一的柳井俊二任所谓仲裁庭长的仲裁庭，所作出的仲裁，因其既无管辖权，也不具备任何法律效力，完全是一张废纸。理所当然遭到中国的坚决反对，也受到世界上主持公道正义和维护国际法尊严的国家与人士的一致谴责。在此情势下，美日菲等国已显出黔驴技穷之窘态。这让本人很感振奋和快意。因写下了以下诗句。

（一）

本视南海小水窝，孰料水浅王八多。
鳌鳄结伴掀浊浪，虾蟹同游斗漩涡。
任他狂风推大涌，我自安然坐钓舸。
筑就导航千寻塔，祥光万丈镇妖魔。

（二）

仲裁闹剧近收锣，废纸一张叹奈何。

荒唐满纸贩卖窘，霸道横行失落多。
偷鸡不着反蚀米，美梦幻灭笑南柯。
东方巨龙腾空起，螳臂当车自消磨。

（2016年7月。原载《中国法治文化》）

乡愁·税缘·国是

永远不忘却
——纪念红军长征胜利80周年

天高云淡，
金风送爽，
收获的季节，
一派喜气洋洋。
尽情欣赏秋菊怒放，
贪婪嗅吸秋果芬芳，
细细品味新蜜甘甜，
欢愉品尝新粮清香。
令人陶醉时刻，
响起了伟人豪放吟唱：
"不到长城非好汉"！
唤起了我们的回想——
创建伟大党的初心，
红军长征的卓绝艰难，
开国大典礼炮的巨响，
新中国建设的无比辉煌。

也让我们头脑清醒,
更加心明眼亮——
东海的狂风,
南海的浊浪,
太空军事化的威逼,
网络恶战的疯狂。
一切是对我国的遏制围堵,
一切为摧垮我们的信念理想。
我们必须始终高擎红旗,
坚定实现民族伟大复兴梦想。
在新长征的伟大征程,
必须始终意气风发步履铿锵。
前进,有理想信念的鼓舞,
前进,有党的坚定领航,
前进,有团结如钢的保障,
前进,永葆初心不忘!

(2016年9月。为国家税务总局纪念红军长征80周年书画摄影展作——代前言)

乡愁·税缘·国是

世所罕闻长征

红军长征二万五，历尽人寰千般苦。
大河上下播火种，长城内外擂战鼓。
救亡八年驱倭寇，拯民四载降恶虎。
而今共筑中国梦，新长征路倍欣舞。

（2016 年 9 月。原载《晚枫苑》）

词

水调歌头·喜迎十八大

　　神州吉星照,党昌国运隆。改革开放国策,山河沐春风。一国两制构想,港澳接踵回归,金瓯渐圆整。东方巨龙翔,华夏日繁荣。

　　风骤变,地若裂,山欲倾。金融魍魉,美肇欧继肆横行。我自从容应对,着力调整结构,发展独争雄。喜迎十八大,赤旗舞东风。

　　　　　　　　　　(2012年4月3日。原载《晚枫苑》)

永遇乐·国庆

举国欢腾,普天同庆,六秩华诞。开国初创,百废俱兴,全党克时艰。改革开放,河山换装,一派振兴气象。更庆幸,科学发展,民生初步小康。

万毋骄奢,切莫彷徨,务必披肝沥胆。金融海啸,地震旱涝,仍诸多挑战。赖党英明,凝聚民心,定克千险万难。瞻前景,和谐社会,人类理想。

(2009年2月25日于北京。原载《我的中国心》)

临江仙·期百岁大庆

　　一轮朝阳喷薄出,东方万道霞光。中华欢庆谱新章。建立新中国,神州换人间。　　风雨征程六十载,变化地覆天翻。寿桃丰硕寿无疆。更期百岁庆,振兴写辉煌。

(2009年7月12日于北京。原载《我的中国心》)

乡愁·税缘·国是

采桑子·再上井冈山

八年三度访圣山,回回欢欣,今更欢欣,井冈处处耳目新。
改革开放三十春,岁岁前行,今更前行,中华崛起举世惊。

(10月18日井冈山。原载《我的中国心》)

采桑子·八角楼的灯光

八角楼阁灯如豆,当年节俭,一生节俭,领袖风标树万年。
两个"务必"要弘扬,继承发展,更好发展,改革开放再加鞭。

(10月20日井冈山。原载《我的中国心》)

迷仙引·有感汶川大地震的抗震救灾

地动天旋,河塞山崩,汶川惨烈。满目废墟,无数生灵湮灭。救民难、克时艰,赖中枢决策。党中央、号令抢救生命,不惜一切。

人民子弟兵,重任铁肩接。日夜鏖战,抢险救灾无时歇。献大爱、四海同节。环宇赞神州,心灵圣洁。

(2008年6月12日于赴天津途中。原载《我的中国心》)

钗头凤·赞残奥运动员

  钢铁身，钻石心，残障冲飞傲雄鹰。振精神，强体魄，赢得尊严，超越自我，搏！搏！搏！ 沐金风，传友谊，五湖四海皆兄弟。磋技艺，话协作，贵在参与，重在融合，乐！乐！乐！

  （9 月 18 日京城。原载《我的中国心》）

乡愁·税缘·国是

水调歌头·悠悠国仇家恨

　　风雨已七秩,国仇未曾泯。常痛山河破碎,社稷遭侵凌。幸赖万众奋起,共筑血肉长城,倭寇终就擒。欢庆胜利日,哽咽不成声。
　　星斗转,风物换,世未宁。霸主逞威,为虎作伥有东瀛。勇斗狂风恶浪,巨龙驾雾腾云,复兴志更雄。神州好风景,发展气如虹。

　　(2015年5月。入编纪念抗战70周年诗词集,获中央国家机关纪念抗战70周年征文二等奖)

南乡子·何处话军工

中秋节前友人举行餐会，又见到迟女士（一位女书法家），席间她谈及近期跑了不少地方，为筹办军工系统书画展深入到一些老军工中，接触到了诸多感人的人物事迹。这引起了曾是老军工一员的我共鸣，故填此词抒一段过去的军工之情。

何处话军工，光荣豪迈是艰辛。精益求精苦拼搏，兢兢，无怨无悔献终身。

岂止献终身，更搭全家并子孙。只为装备子弟兵，甘心，中华圆梦有我们。

卜算子·黄山与徽文化

古老锦黄山,悠久徽文化。交相辉映出尽彩,盛名满天下。发展遵科学,结构求优化。繁荣文化盛世景,徽州好造化。

(2014年4月30日由黄山返京次日晨。原载《黄山日报》)

踏莎行·曹妃甸之变迁

　　棹帆竞逐，欢声雷动，千载荒甸圆美梦。四大产业齐兴起，比肩纽约论伯仲（注一）。　　扬砂填海，龙宫借宝，全新唐山今再造。"建国方略"谈纸上，科学发展能做到（注二）。

注一：民主革命先行者孙中山先生曾在其"建国方略"中写道"拟建不封冻之深水大港于直隶湾中……顾吾人之理想，将欲于有限时期中发达此港，使之与纽约等大"。孙先生所说的直隶湾即曹妃甸一带。

注二：写在纸上的孙中山的"建国方略"，因种种原因未能实现。但在改革开放的今天，在科学发展观引领下，计划造地三百一十平方公里、以大港口、大钢铁、大化工和大电能为主导产业的相关工业成组布局正在成为现实。

（2006年5月24日于唐山。原载《国脉风采》）

临江仙·贺《国脉风采》编辑出版

　　如椽妙笔写国脉，欣逢太平盛世。江山如画春处处，人物尽风流，税苑多雅事。　　五十余年恍如昨，风云奇彩交织。前程绚丽树大志，和谐共构建，人心必凝聚。

（原载《国脉风采》）

水调歌头·吊朱德元帅

　　应推军之父,自是老元戎,彪炳千秋殊勋,都自烽烟中。讨袁反段义举,南昌暴动首功,大器总从容,井冈会雄师,星火势熊熊。
　　噩耗传,军民哭,悲声恸。九州共吊老帅,同声斥奸佞:狗胆篡改历史,卑鄙欺世盗名,篡党又乱军。真理人心在,铁拳岂能容?!

　　　　　　（1976年7月于包头。原载《诗书景相集》）

踏莎行·游尚博尔城堡

　　渠水似镜,绿草如茵,古堡深秋朗朗晴。林木花草精修剪,三两游客款款行。
　　构筑精巧,装修绝伦,陈设无处不匠心。王室贵族俱往矣,夕阳余晖庭院深。

　　　　　　(2006年11月8日。原载《诗书景相集》)

春光好·参观滴血教堂

童话里,梦幻中,画图新。神童积木精绝称,世永存。　游人惊讶不迭,信徒朝拜虔诚。圣彼得堡一胜景,独钟情。

(2006年11月5日。原载《诗书景相集》)

临江仙·维也纳多瑙河夕照

　　江畔绿树荫芳草，江水如镜碧澄。七彩泳装一色新。岸上流星疾，靓仔俏佳人。　　江桥横卧势凌空，夕照几道彩虹。胴体展露绿毯中。亮丽风景线，高歌颂太平。

（1997年8月25日于维也纳。原载《诗书景相集》）

浪淘沙·记在奥地利的一次游湖活动

烟波尽山绝,水天一色,游湖同舟六国客。谈笑风生撒满湖,云天响彻。　语言虽阻隔,心头共热,曼舞轻歌伴明月。良辰美景忆今宵,宾主同悦。

(1997年8月29日于维也纳。原载《诗书景相集》)

鹧鸪天·斥两国论

两国谬论最无耻,民族败类千夫指。弥天罪行枉遮掩,任尔巧舌如簧鼓。　情切切,心炽炽,大陆台湾同宗祖,齐声怒斥奸贼李,统一潮流岂能忤。

(1998年8月11日。原载《诗书景相集》)

破阵子·观"神舟"号飞船发射

烈焰平地升腾,霹雳响彻长空。莽莽大漠欢声起,神箭直射苍穹。"神舟"游太空。　华夏火药故乡,中华累遭欺凌。潜龙奋起酬壮志,霸主强权自心惊。亿众颂和平。

(1999年11月20日晨于酒泉发射基地。原载《诗书景相集》)

水调歌头·伊瓜树大瀑布印象

　　紫烟百里望,狂啸十里闻,堪称环球奇观,不与凡响同。恰似万匹银练,抛落千寻深谷,气象何恢宏。几处弯长虹,七彩映碧空。

　　驭长鲸、骑大鹏,上苍穹。九天纵目鸟瞰,莽莽锦绣乾坤,风景日益新。借问几世纪,全球凉热同。

(1999年12月19日晨于布宜诺斯艾利斯。原载《诗书景相集》)

西江月·参观避暑山庄

一派皇家气象,休养避暑天堂。山光湖色诸美景,尽在眼底一览。巧构楼台亭榭,精铺山石池塘。熙来攘往众游客,指点山庄沧桑。

(2013年8月15日承德)

水调歌头·以十八大精神圆中国梦

盛会十八大,意义殊远深。中国特色道路,信心今倍增。旗帜指引方向,目标建成小康,扬鞭催征程。党心民心顺,众志必成城。

世情变,国情异,党情新。与时俱进,改革攻坚更涉深。复兴中华文明,立地顶天东方,美梦看成真。建国百周年,神州唱大风。

(2012年12月23日。原载《晚枫苑》)

贺中国女排亚锦赛中夺冠封后

5月29日,在我国天津举办的亚洲女子排球锦标赛上,中国女排在半决赛中以3∶1力挫上届冠军泰国队,在与尽遣主力上阵、风头正盛的韩国队争冠中,又以3个25∶21大比分三比零,脆胜拥有号称当今亚洲第一重炮手金延璟的韩国队,实现了再度夺冠封后的目标。在经历了近十年的岁月蹉跎低潮徘徊之后,中国女排再度崛起。我观看这场比赛的实况传播,为中国姑娘们的拼搏精神叫好,为目前已是我国女排第一攻击手,可同金延璟抗衡并完全可以超越她的朱婷、袁心玥等的脱颖而出而欣喜,更为教练郎平巧妙的排兵布阵和临场的调度有方而击节。

在改革开放后迅速崛起的中国女排,不但曾长期称雄亚洲(从第四届到第十三届,取得了十连冠的骄人战绩),而且还曾傲视全球,夺得过世锦赛、世界杯、精英赛乃至奥运会的大满贯金杯。被誉为铁榔头的郎平,曾是这支铁军中杰出的一员,做出过突出贡献。但是,自十三届亚锦赛后,由于多重因素,中国女排不但从世界之巅跌落下来,而且交出了亚洲女排霸主的位子,先后败在日、韩、泰等队手下。这支曾给国人带来过荣誉、喜悦、骄傲的队伍，不断让国人感到失望沮丧。现在，由郎平任主教练的中国女排重振昔日的雄风，女排精神又回来了。而且，更可喜的是现在这支队伍里长人如林、高手如云，是当今世界女排中有最大提升空间的队伍，前程无限。本人由衷地向姑娘们祝贺，向她们致敬！并预祝她们早日再登世界之巅。因之有《临江仙》一首相赠。

岁月蹉跎近十秋，又逢亚锦鏖兵。英姿飒爽抖精神，挫泰又擒韩，封后果称心。　此番亚锦初试手，且待全球争锋。排兵布阵有郎平，团结更拼搏，金牌收囊中。

（2015 年 5 月 30 日）

浪淘沙·国庆重阳双节庆

　　国庆又重阳，喜气洋洋。今秋黄花分外香。神州万里金凤爽，彩旗高扬。　　复兴大气象，筑梦正酣。真实亲诚睦邻邦。任他双调（注）轮番唱，笑对痴狂。

　　注：以美国为首的一些西方国家对我国和平崛起心怀鬼胎，别有用心，不断用中国威胁和中国衰亡在国际上鼓噪。

乡愁·税缘·国是

卜算子·高歌一曲中国梦

在参加中央国家机关工委老龄办举办的庆祝新中国建立65周年,主题为《歌唱祖国》的合唱歌会中,我们国家税务总局老干部合唱团演唱的《我的中国梦》获表演优秀奖,特填词以记之。

一曲中国梦,奉上赤子情。祝福人民长幸福,中华早振兴。已是华龄人,葆有年青心。歌舞书画益年寿,安享夕阳红。

(2014年9月13日)

行香子·河杨湖柳

　　昆玉河畔和玉渊潭湖边的杨柳，十几年长成脸盆粗的树干，郁郁葱葱，很受游人注目。但7月21日一场24小时几乎未停歇的大雨后，虽未刮风，浸泡后临水的几十株都倒伏在地，让人生出诸多感慨。

　　河畔骄杨，湖边弱柳。近水源，得天独厚。扎根浅薄，树冠繁茂。春去秋来，迎游客，甚消受。　　灾降无妄，暴雨浇透。倒玉山，大祸临头。霎时醒悟，痛悔当初。早该参透，深扎根，少作秀。

（2016年7月21日）

乡愁·税缘·国是

沁园春·贺女排奥运夺冠成三届奥冠王

  里约鏖兵,女排夺冠,动魄惊心。争小组出线,两尝败绩;复赛对阵,如履薄冰。双冠巴西,强悍荷塞,问鼎个个是枭雄。问红妆,要攻城拔寨,可有雄心。 智勇主帅郎平,善用兵、布阵显奇能。有若琪队长,带病拼搏;朱婷主攻,扣必千钧。英雄巾帼,众志成城,一鼓作气俱扫平。争荣光,勇夺三冠王,举国欢欣。

(2016年8月21日)

菩萨蛮·重九抒怀

紫黄满院菊怒放,金风万里送雁行。佳节饮乡思,举杯赋新诗。华龄逢盛世,夕阳多雅趣,残年此余温,倾情报党恩。

(2016年9月)

书 法

中國的革命是偉大的,但革命以後的路程更長,工作更偉大,更艱苦,這一點現在就必須向黨內講明白,務必使同志們繼續地保持謙虛謹慎不驕不躁的作風,務必使同志們繼續地保持艱苦奮鬥的作風。我們有批評和自我批評這個馬克思列寧主義的武器,我們能夠去掉不良作風,保持優良作風。我們能夠學會我們原來不懂的東西,我們不但善於破壞一個舊世界,我們還將善於建設一個新世界。

摘自毛澤東在七屆二中全會的報告
丙申冬月大雪後五日於京華宇錄

乡愁·税缘·国是

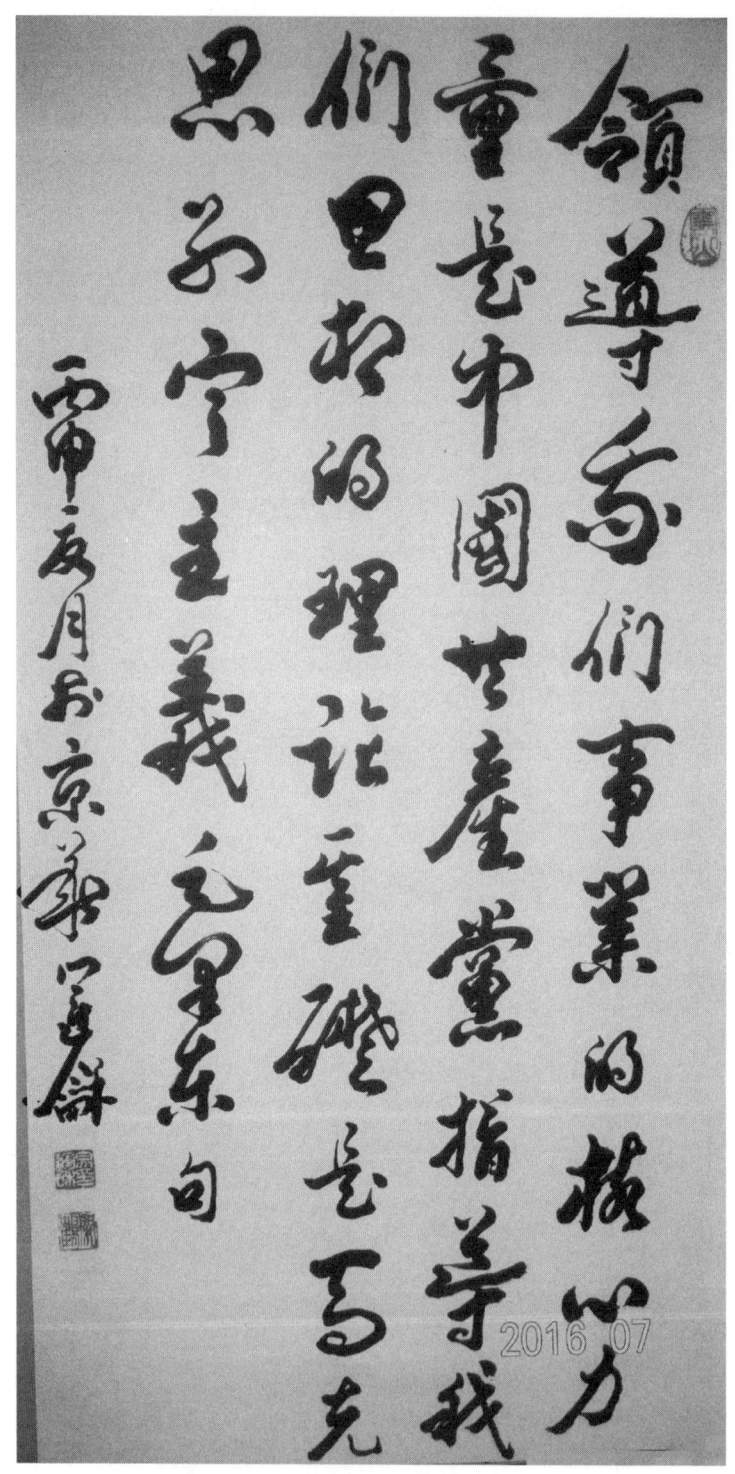

（纪念建党95周年画展入展作品）

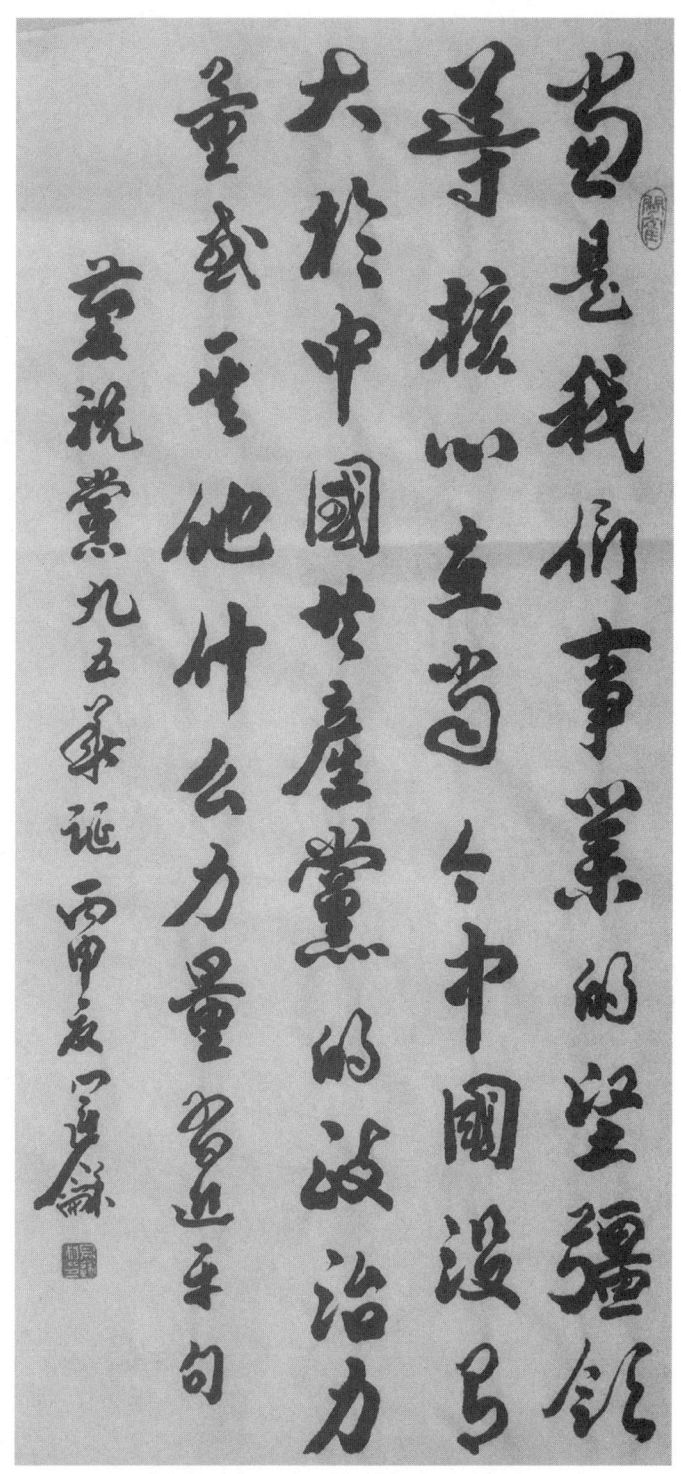

(纪念建党95周年书画展入展作品)

乡愁·税缘·国是

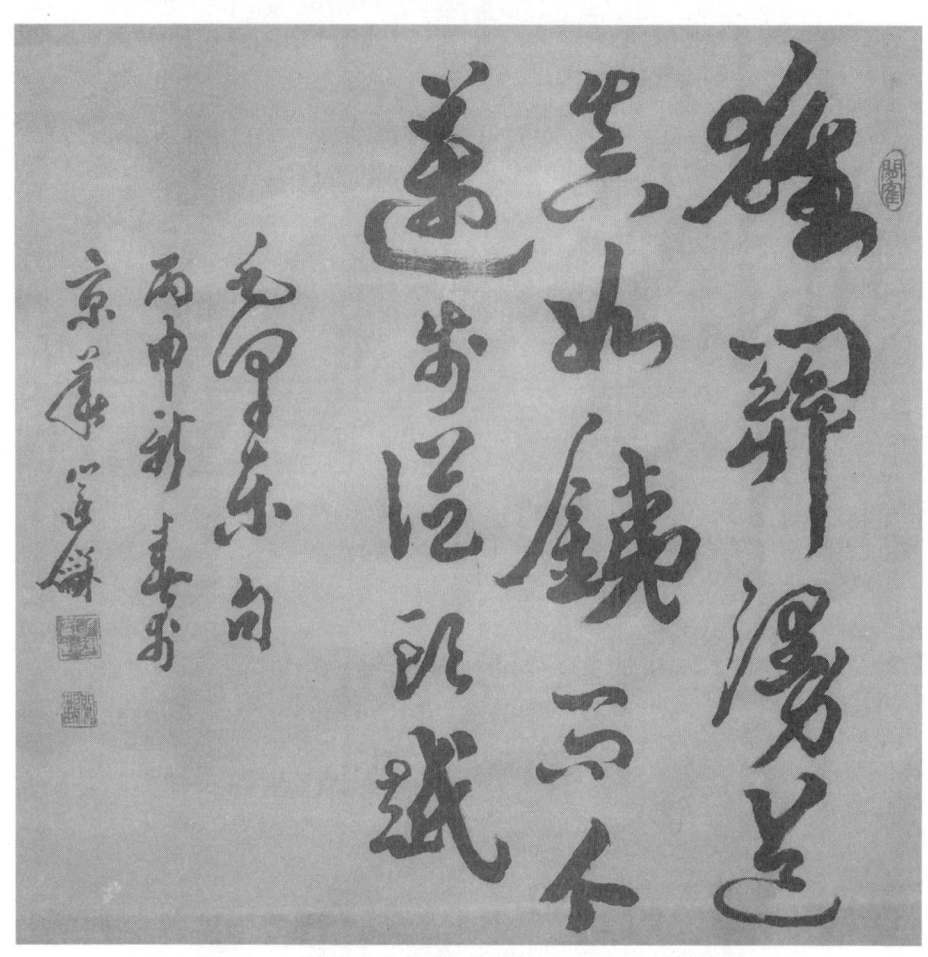

（纪念毛泽东诞辰120周年书画展获一等奖作品）

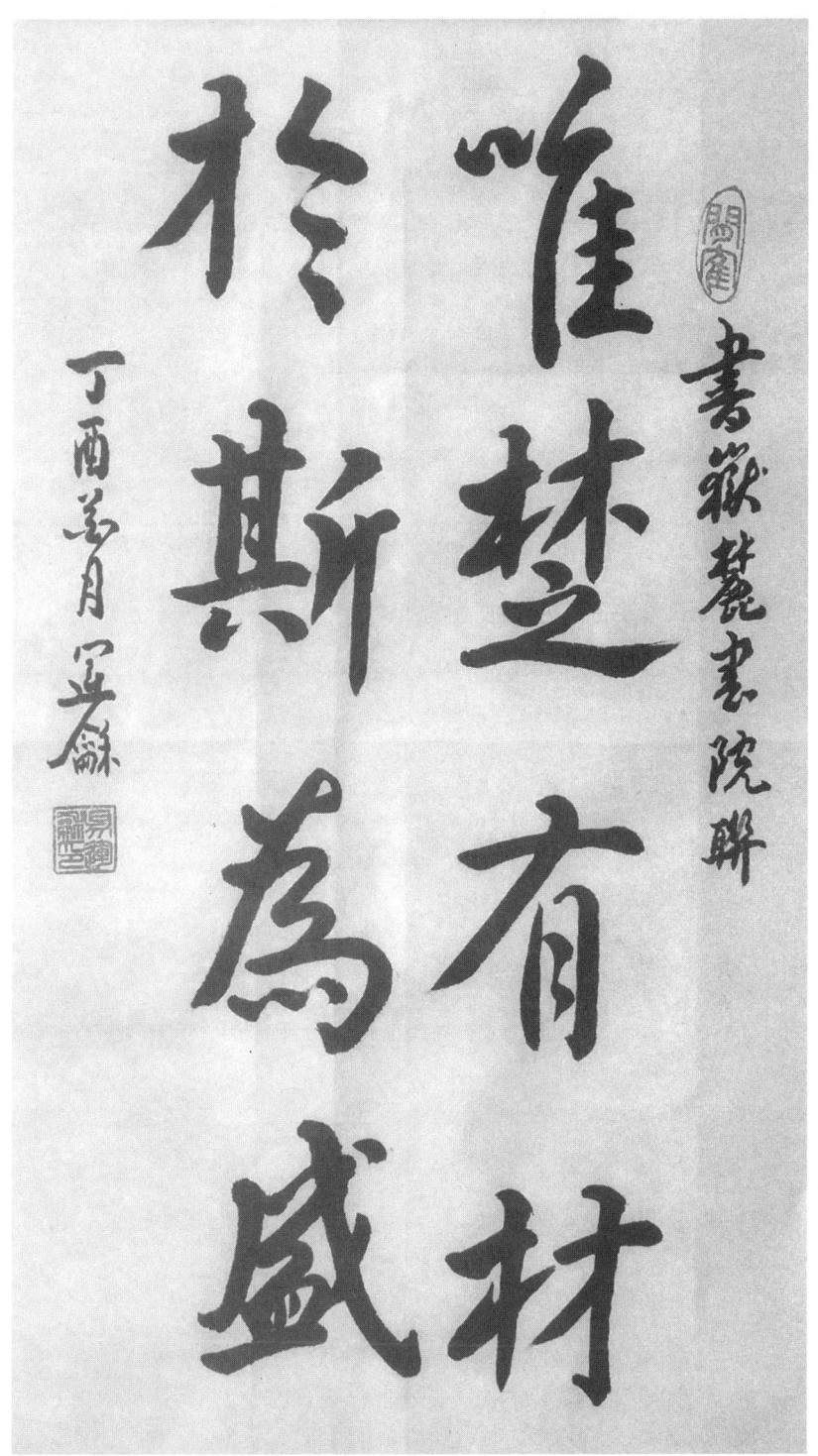

(楷书"岳阳楼记")

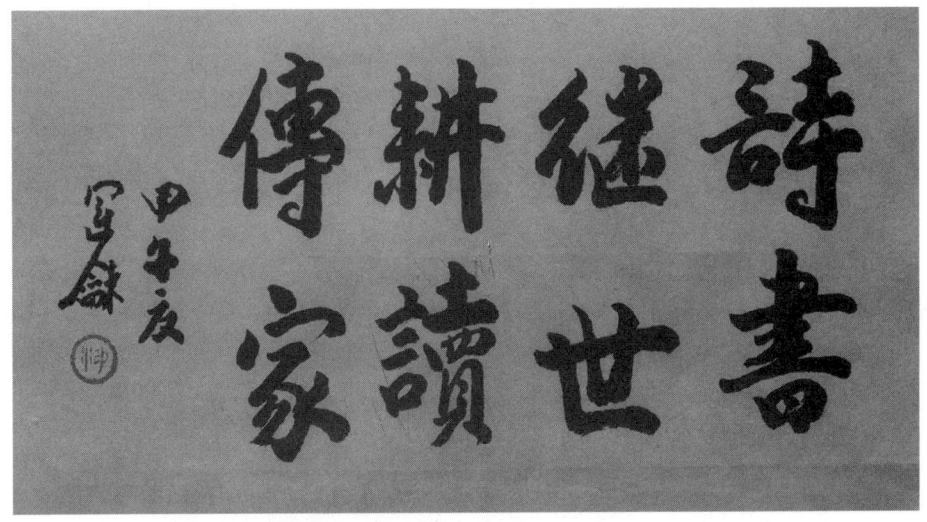

（获中央国家机关"最喜爱书法"称号的作品）

乡愁·税缘·国是

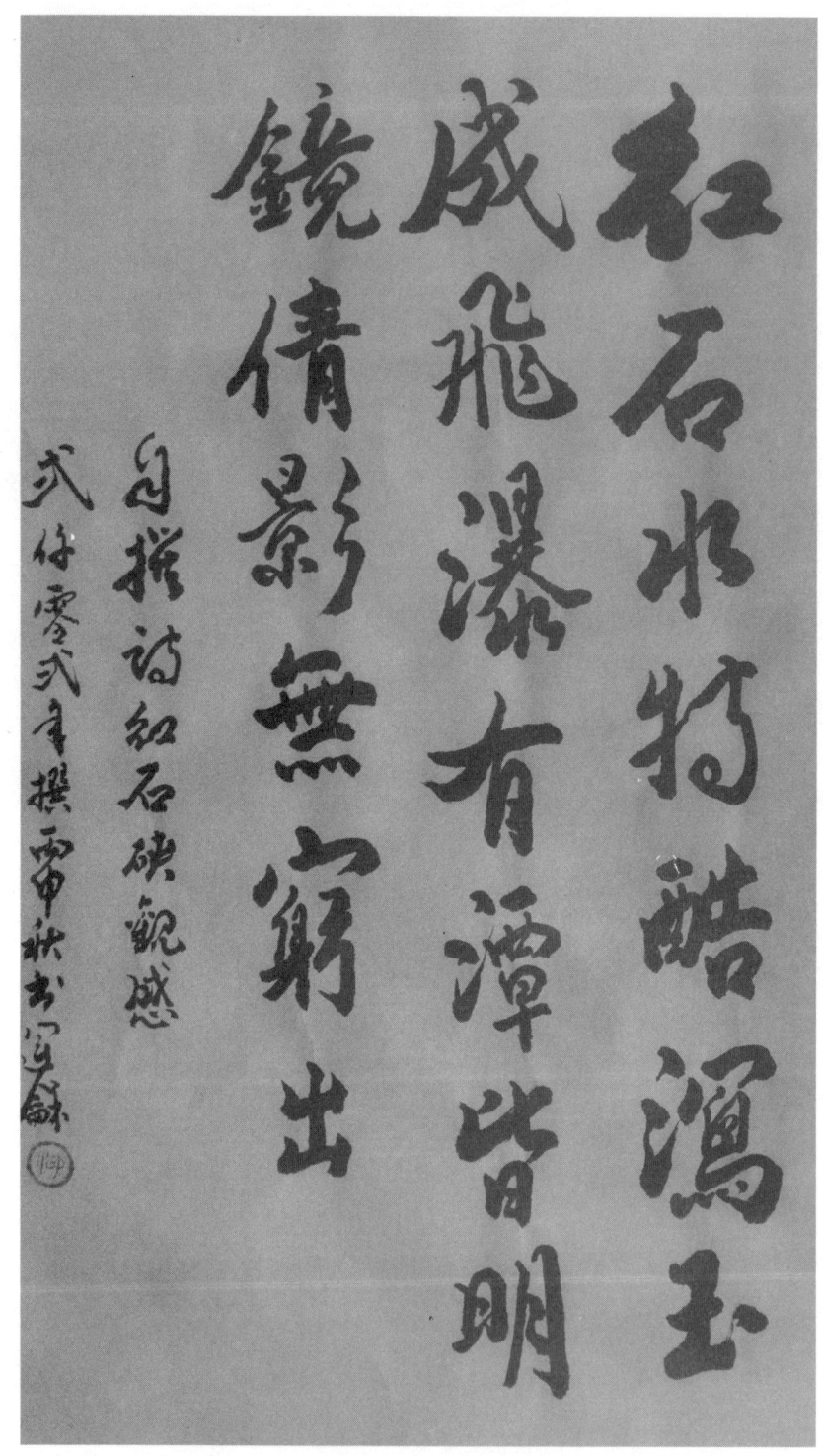

（赠美国友人作品）

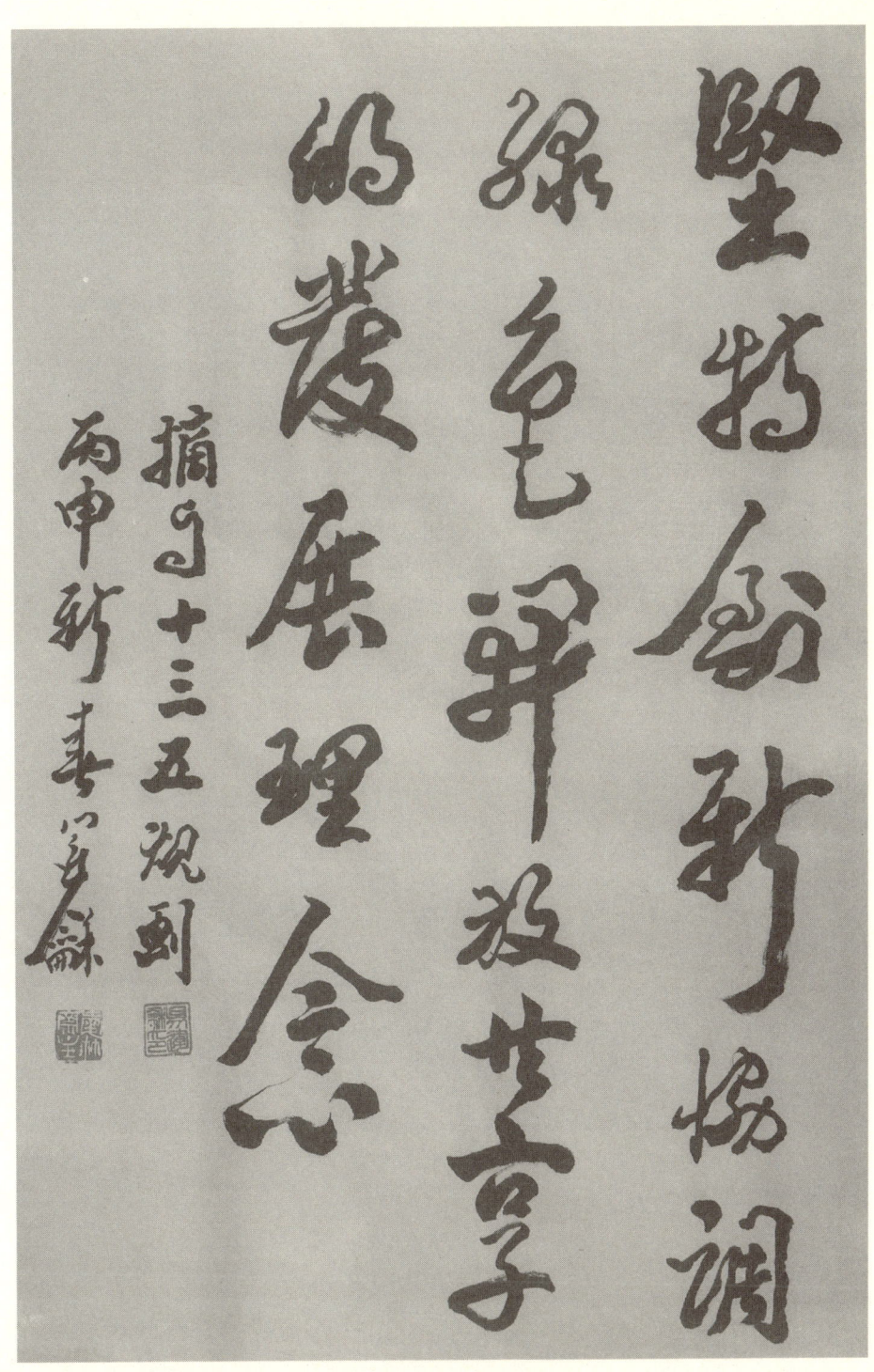

（书"十三五规划"句）

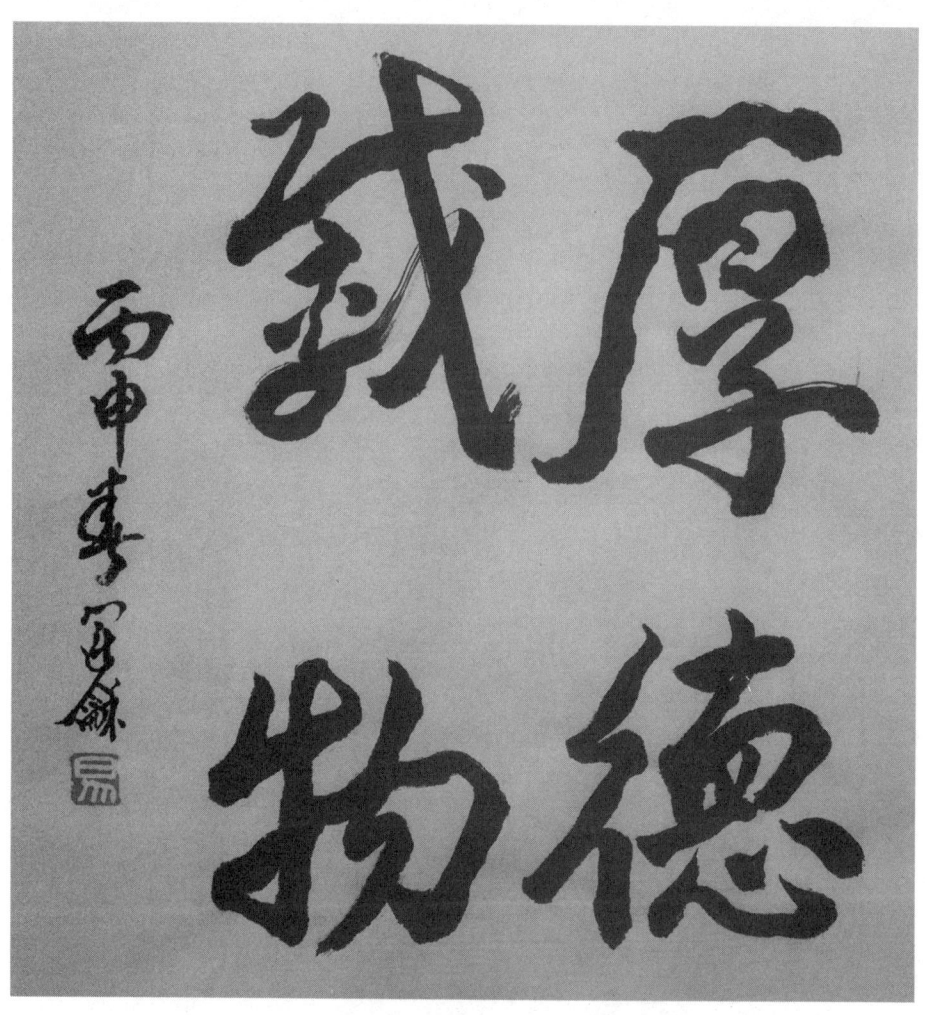

（赠新加坡友人作品）

书 法

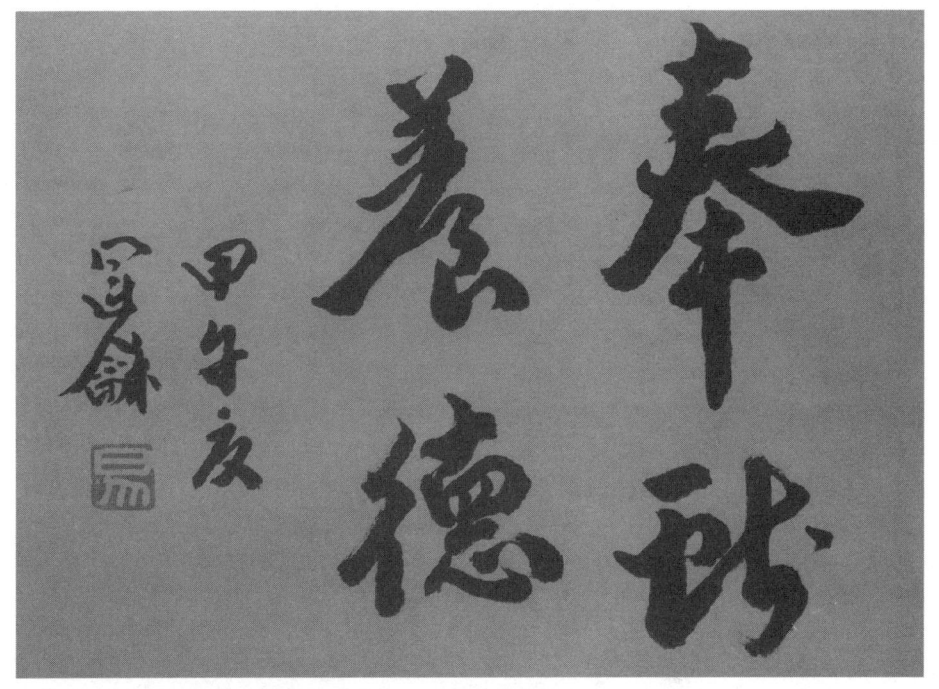

（获中央国家机关"最喜爱书法"作品）

乡愁·税缘·国是

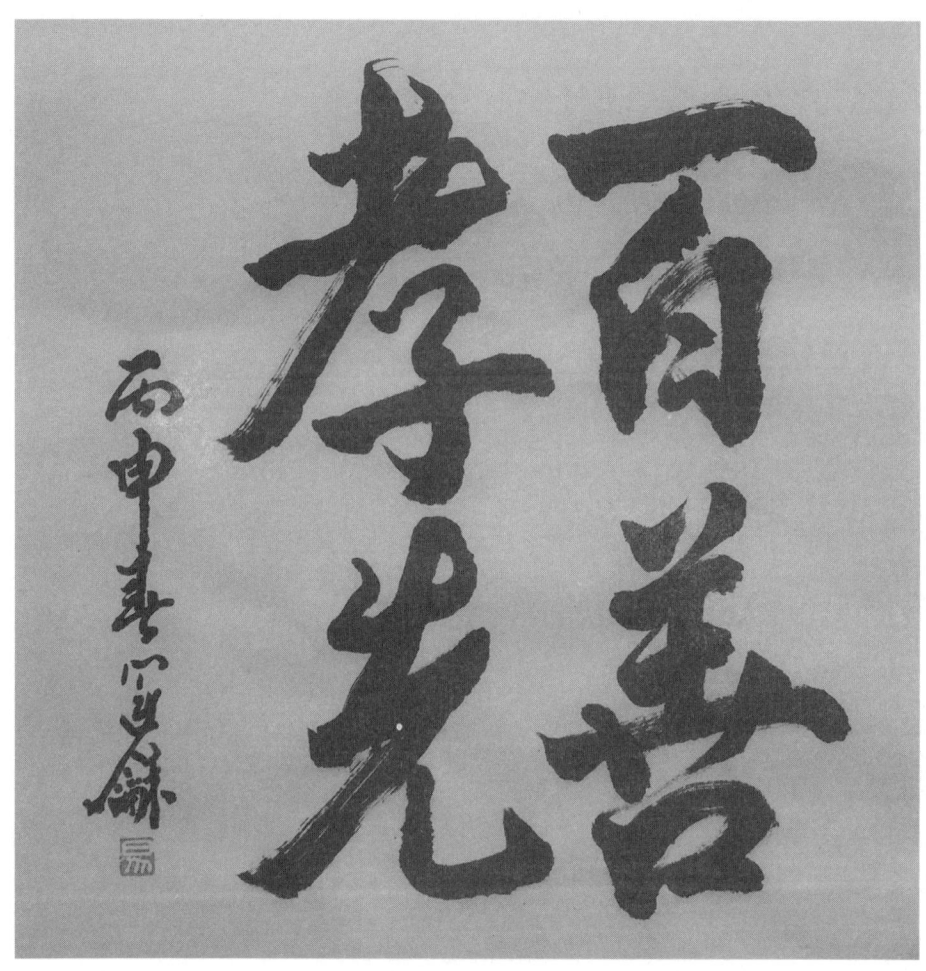

（赠泰国友人作品）

北国风光，千里冰封，万里雪飘。望长城内外，惟余莽莽；大河上下，顿失滔滔。山舞银蛇，原驰蜡象，欲与天公试比高。须晴日，看红妆素裹，分外妖娆。江山如此多娇，引无数英雄竞折腰。惜秦皇汉武，略输文采；唐宗宋祖，稍逊风骚。一代天骄，成吉思汗，只识弯弓射大雕。俱往矣，数风流人物，还看今朝。

毛泽东词沁园春·雪

丙申新春书于京华金坪京军人敬录

（赠加拿大友人作品）

乡愁·税缘·国是

（赠美籍华人湖南老乡作品）

海内一统，上承三代之余烈，载籍四出于山岩屋壁之间，旧闻多阙，而汉兴，鲁壁之书，斯之为古文，孔安国得之献王，献王以授儒林学士，分别部居，传以训故。汉兴制度，文武并用，始以木简书之，渐改用缣帛，于是书家以碑版为贵，青牛白马之属，石经出而汉儒之学益精，其流传至今者，历历可考。武帝始建学官，置五经博士，而董仲舒为之首，司马迁作史记，儒林传盛称之。建武中兴，许慎作说文解字，复为儒者所宗。

丁酉春月于京华漫笔

（自撰诗三首）

书　法

（为《中国诚信文化》题）

乡愁·税缘·国是

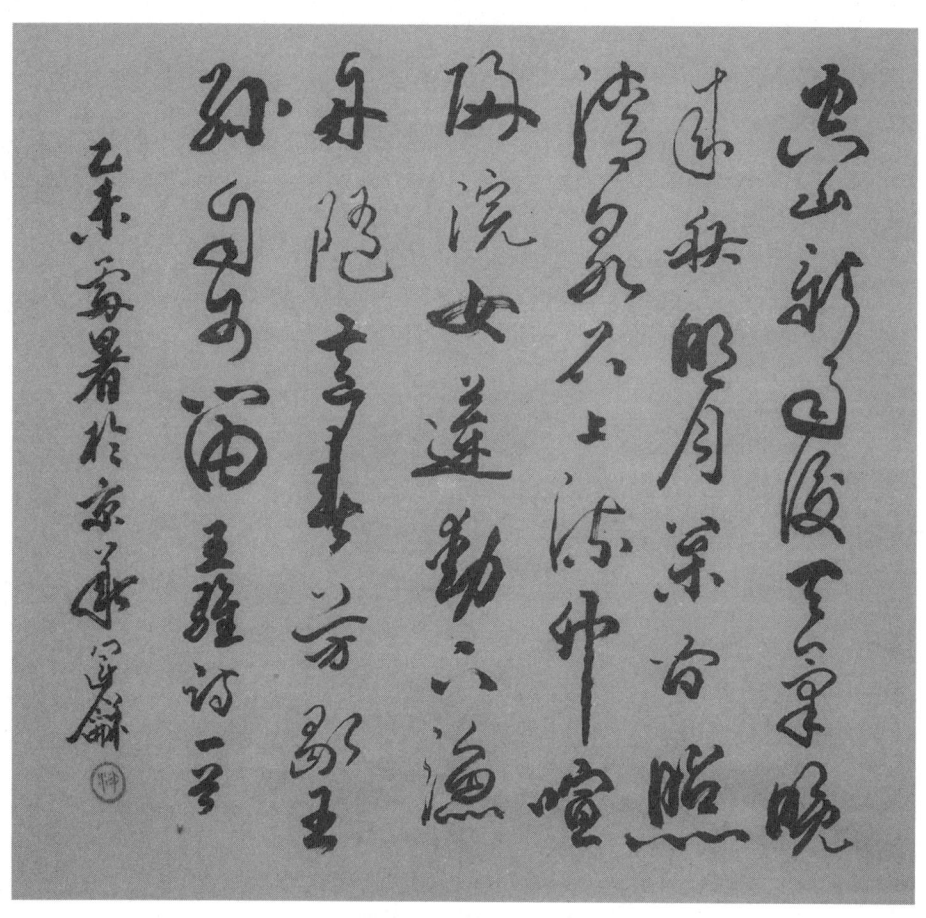

（赠老同学作品）

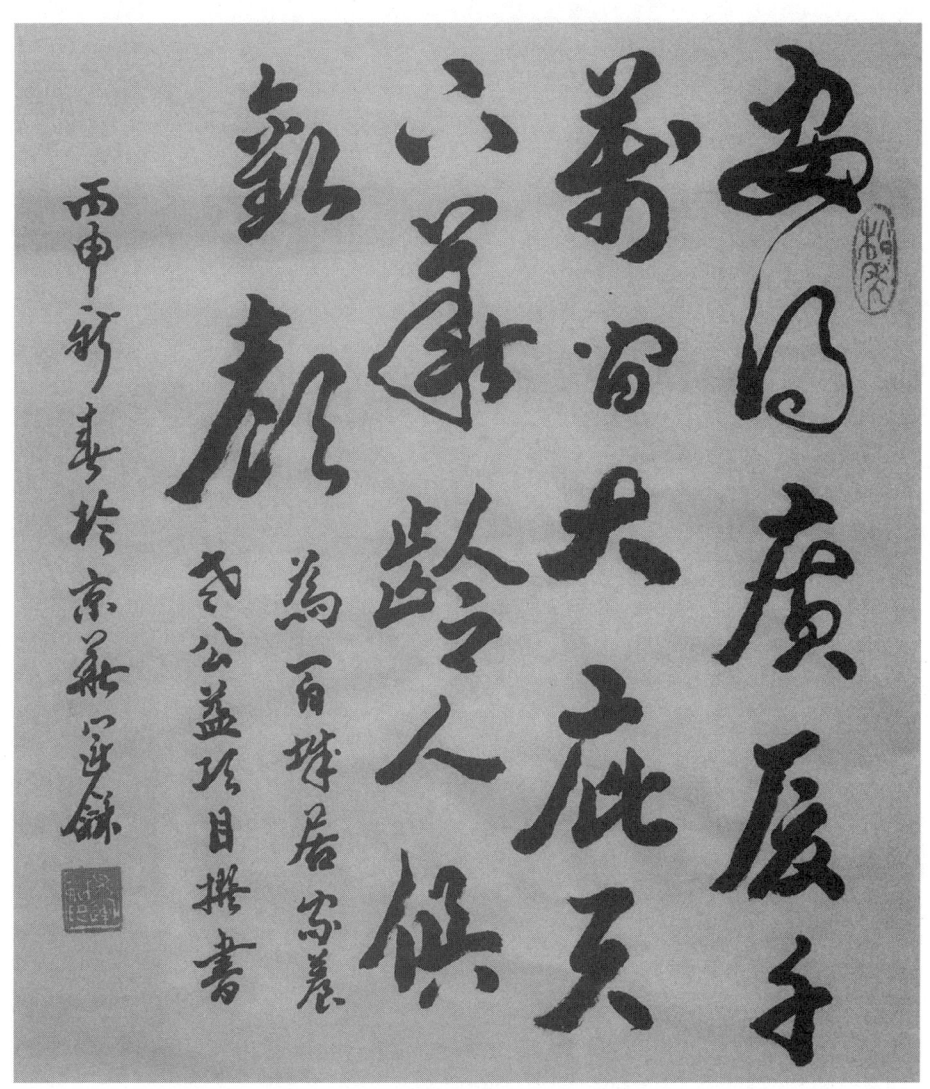

（为百城居家养老公益项目所书作品）

乡愁·税缘·国是

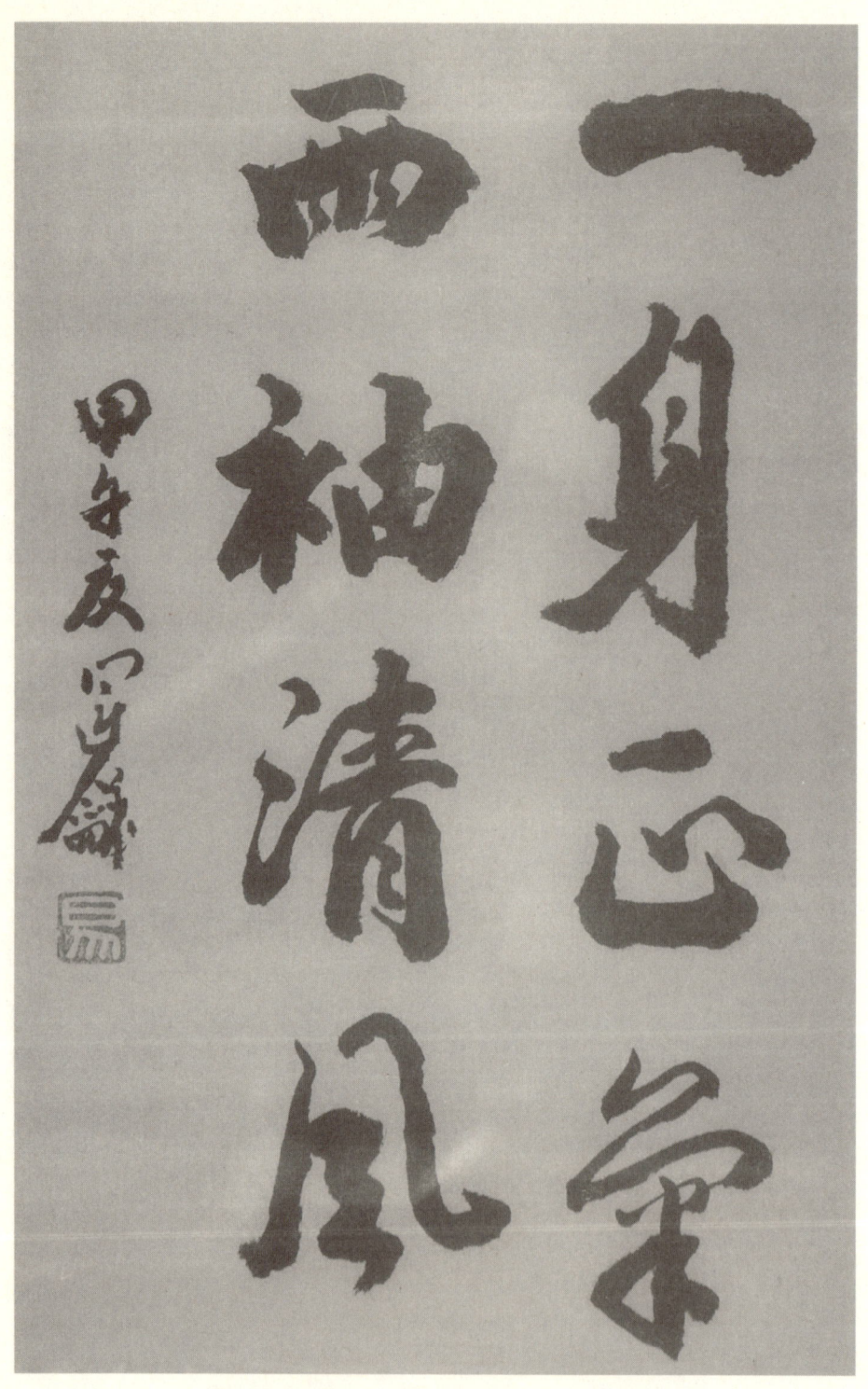

（获中央国家机关"最喜爱书法"称号作品）

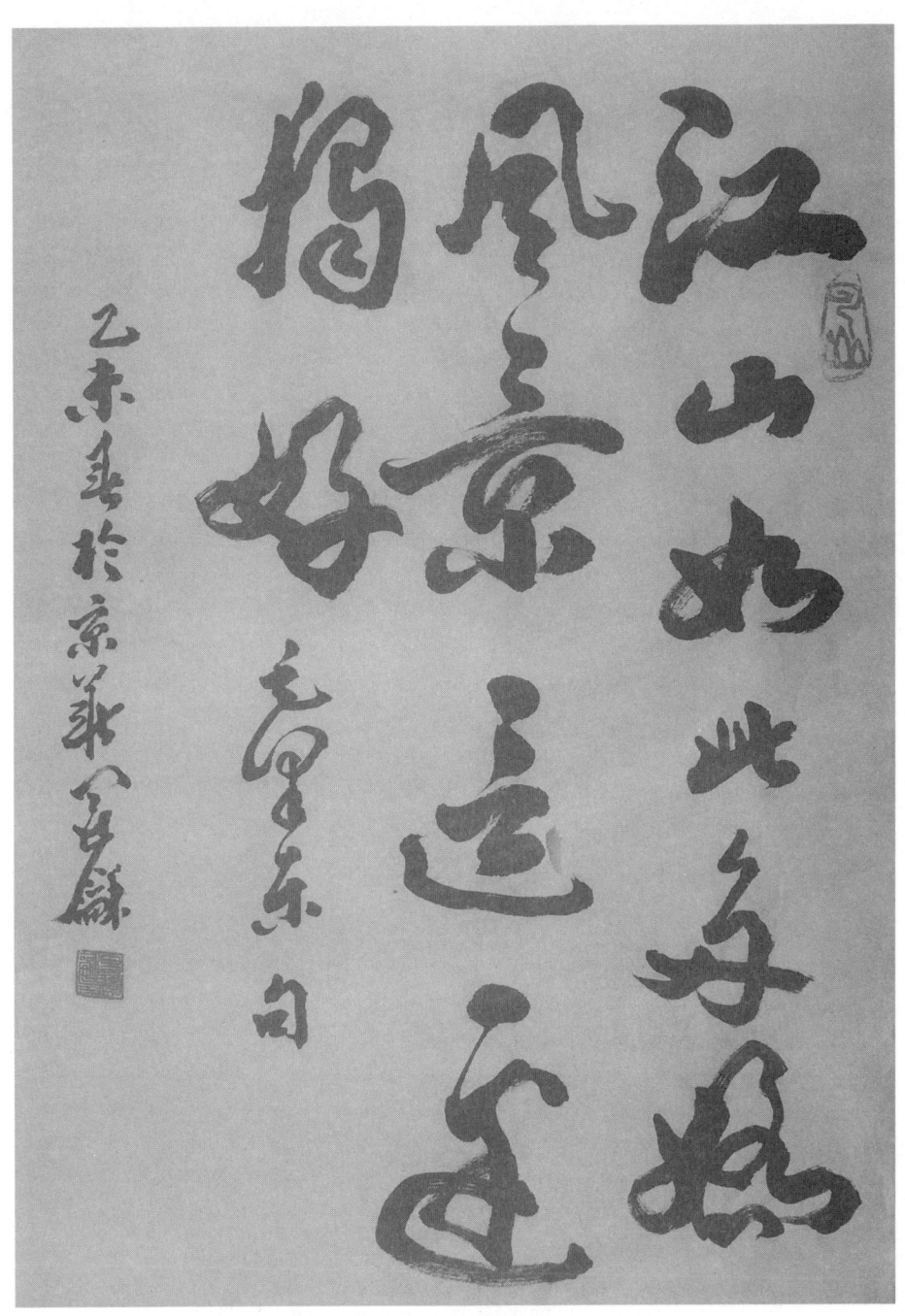

(赠日本友人作品)

乡愁·税缘·国是

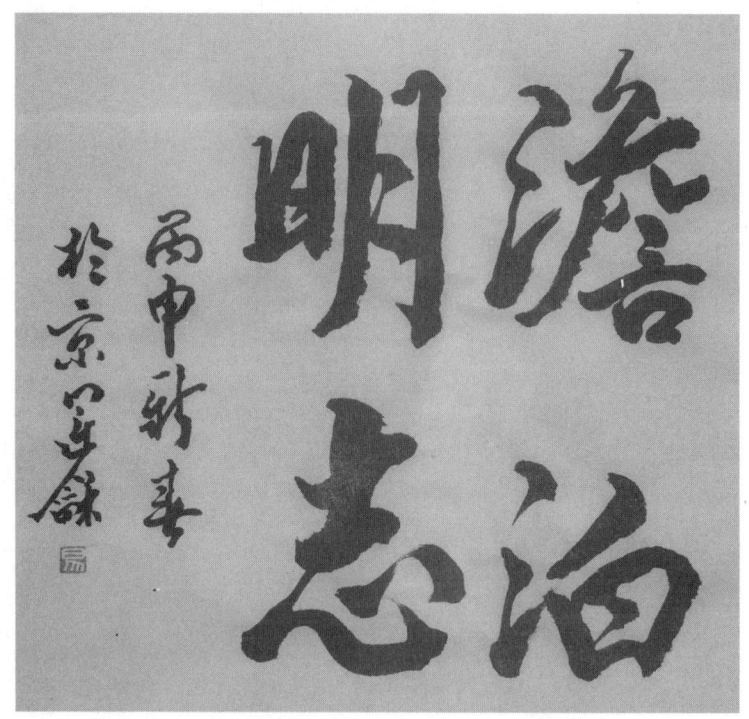

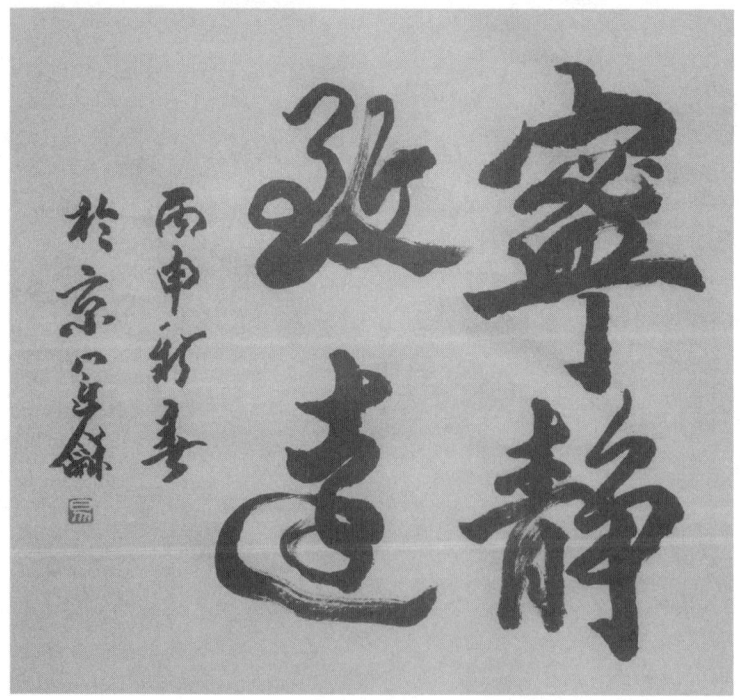

（赠马来西亚友人作品）

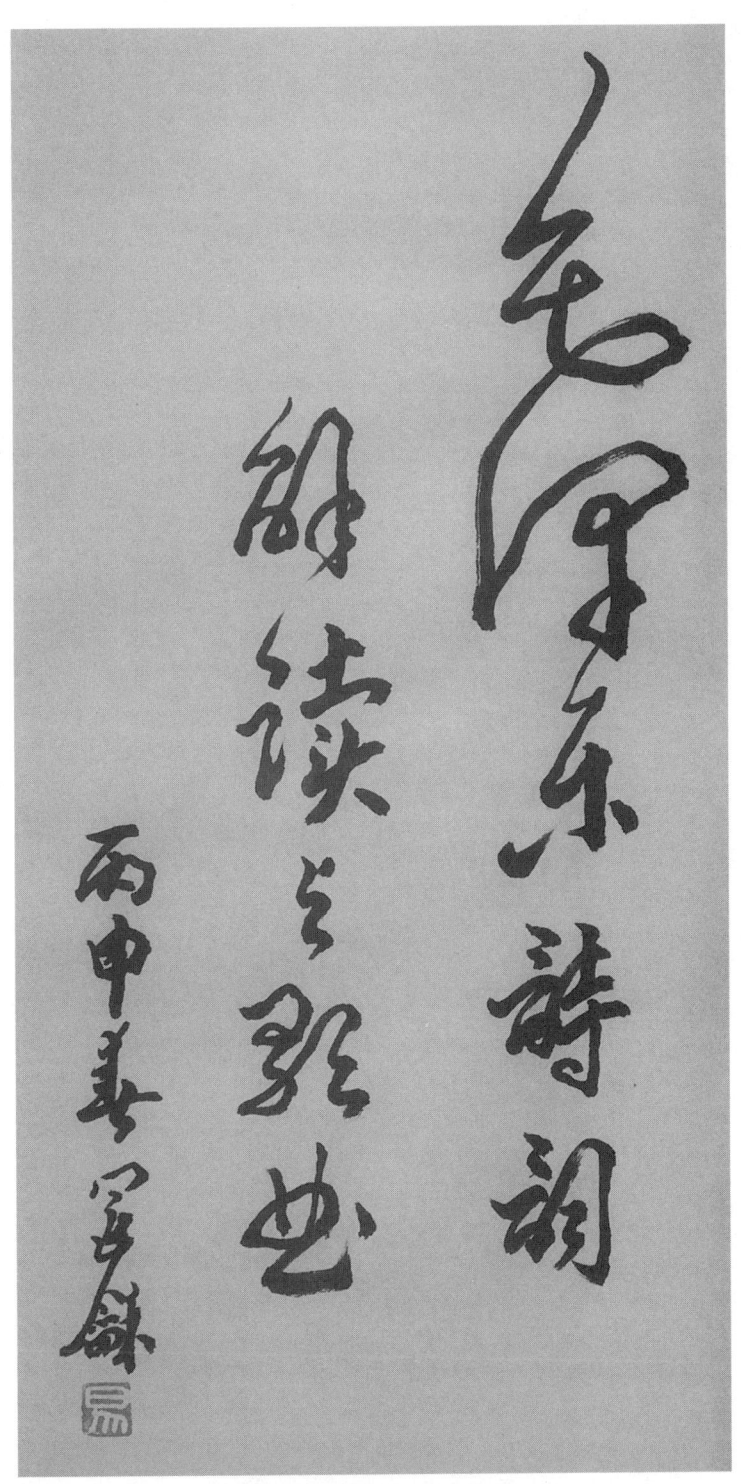

（为《毛泽东诗词解读与歌曲》题签）

乡愁·税缘·国是

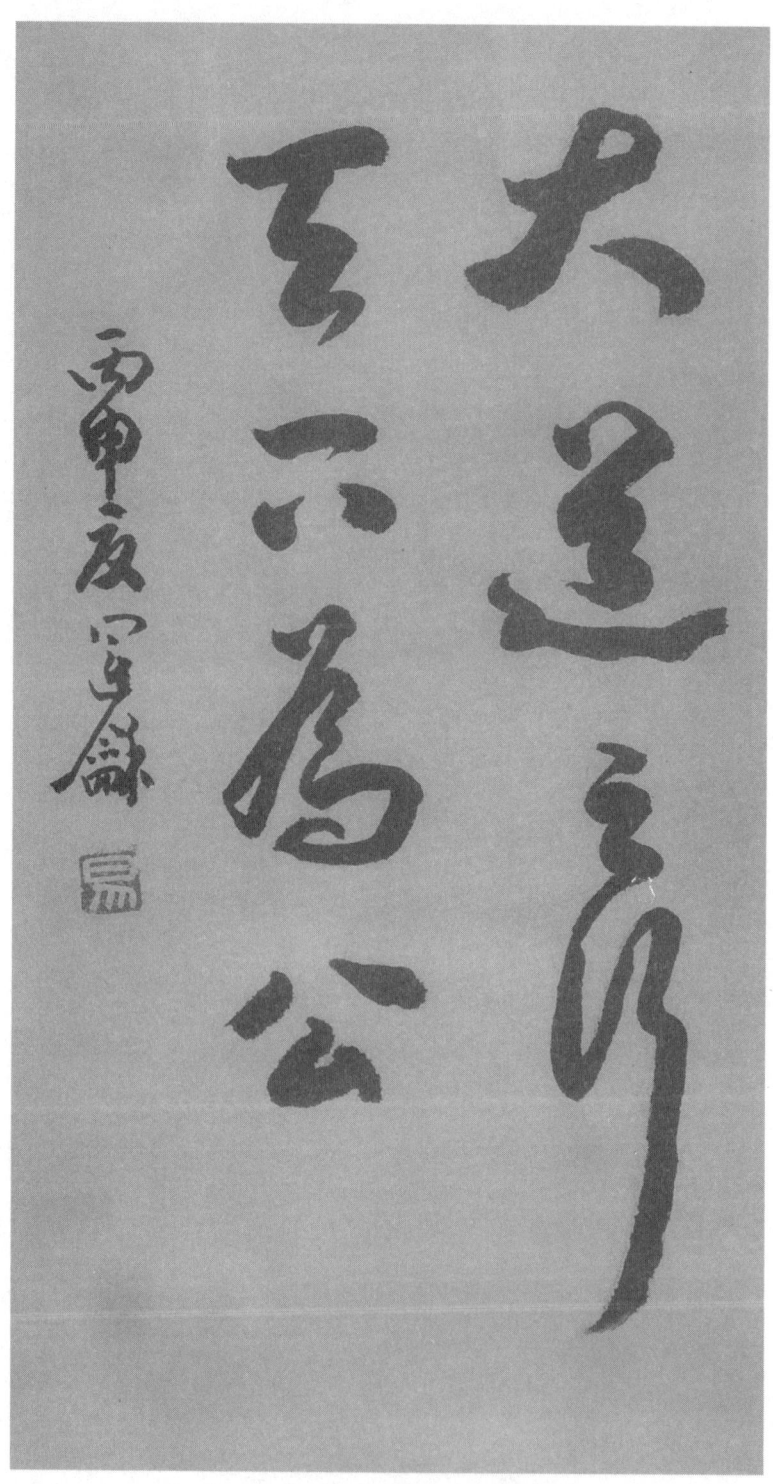

（纪念孙中山先生诞辰150周年作品）

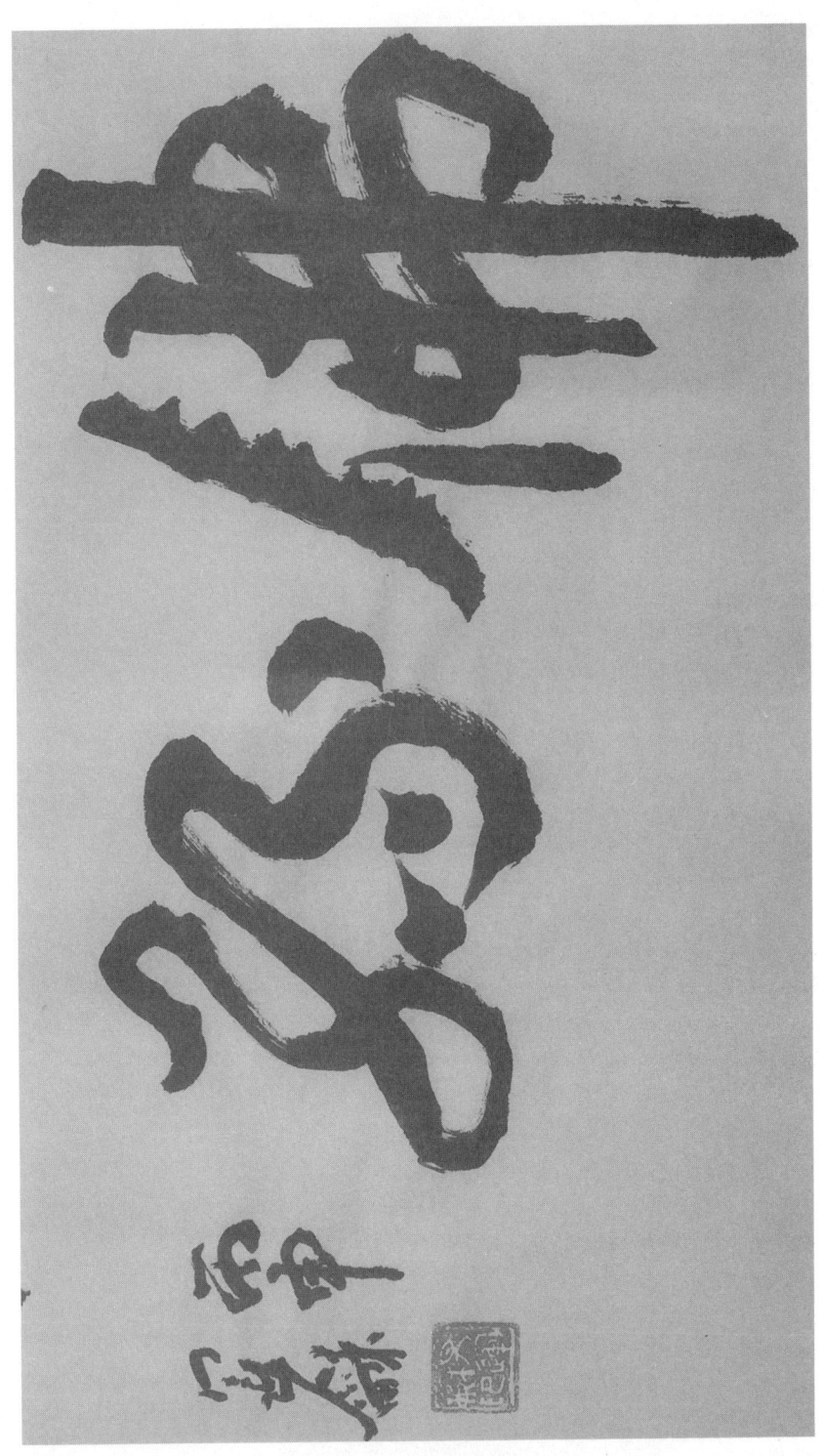

（赠台湾朋友作品）

乡愁·税缘·国是

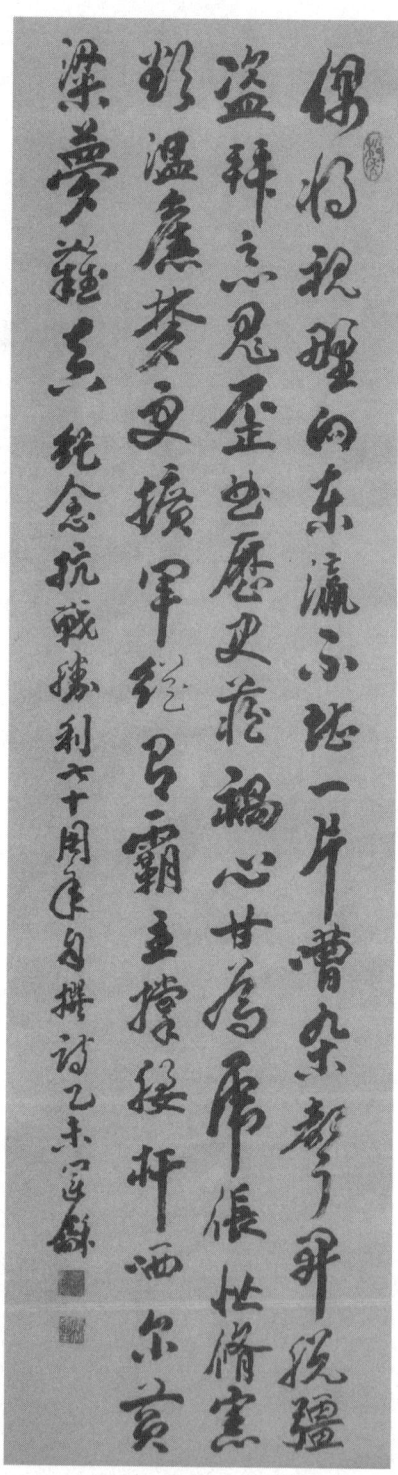

（自撰诗《痴人旧梦》）

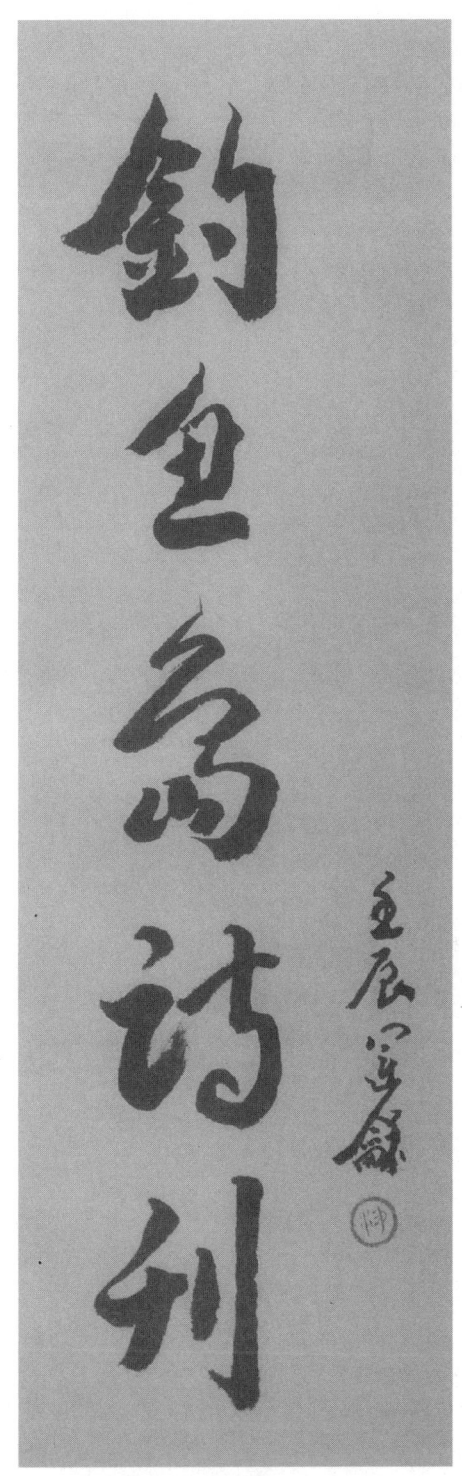

（为《钓鱼岛诗刊》题签）

乡愁·税缘·国是

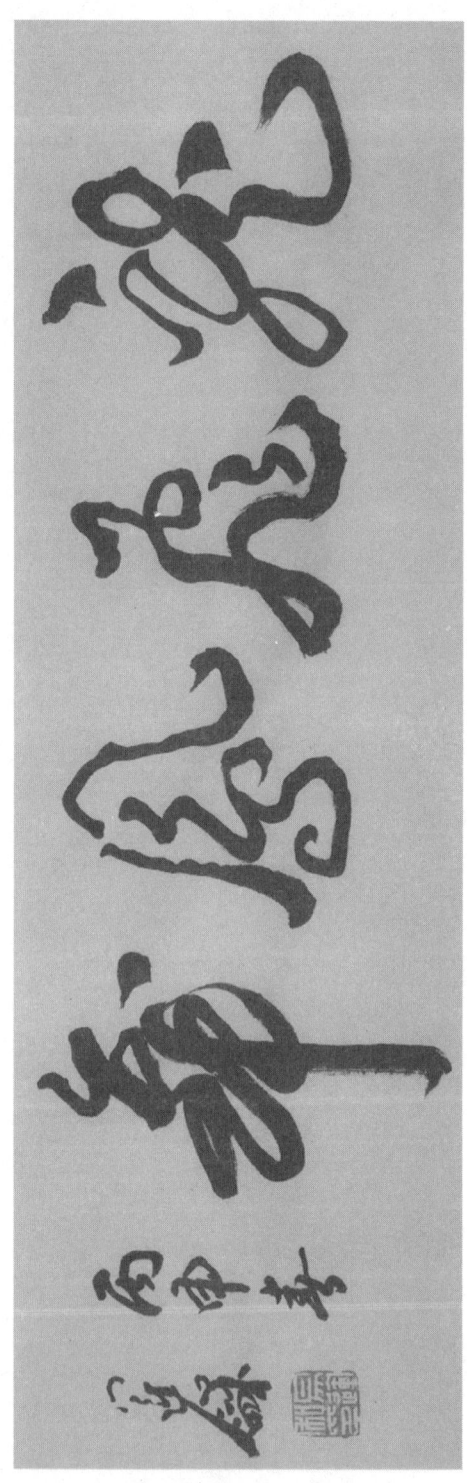

（赠韩国友人作品）

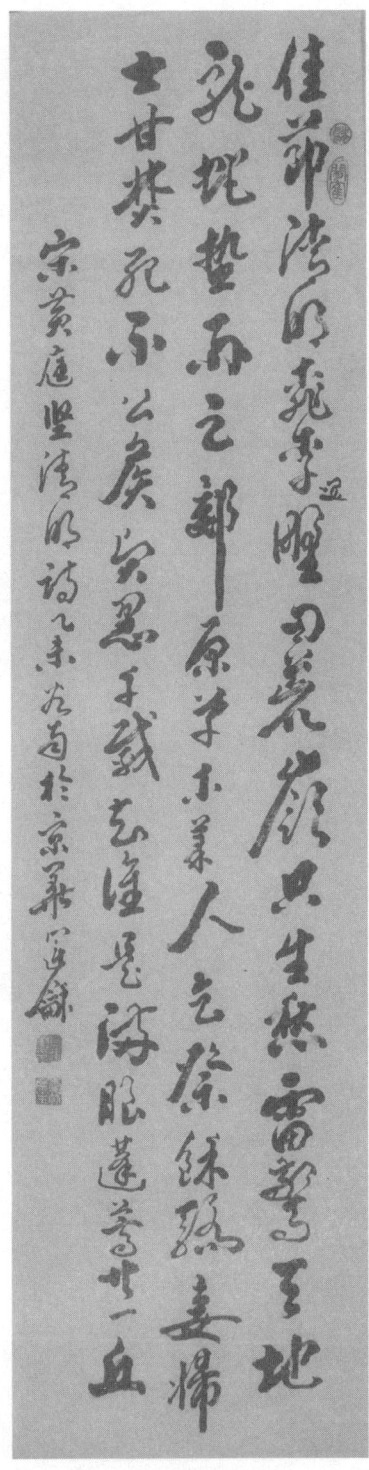

(书黄庭坚诗)

乡愁·税缘·国是

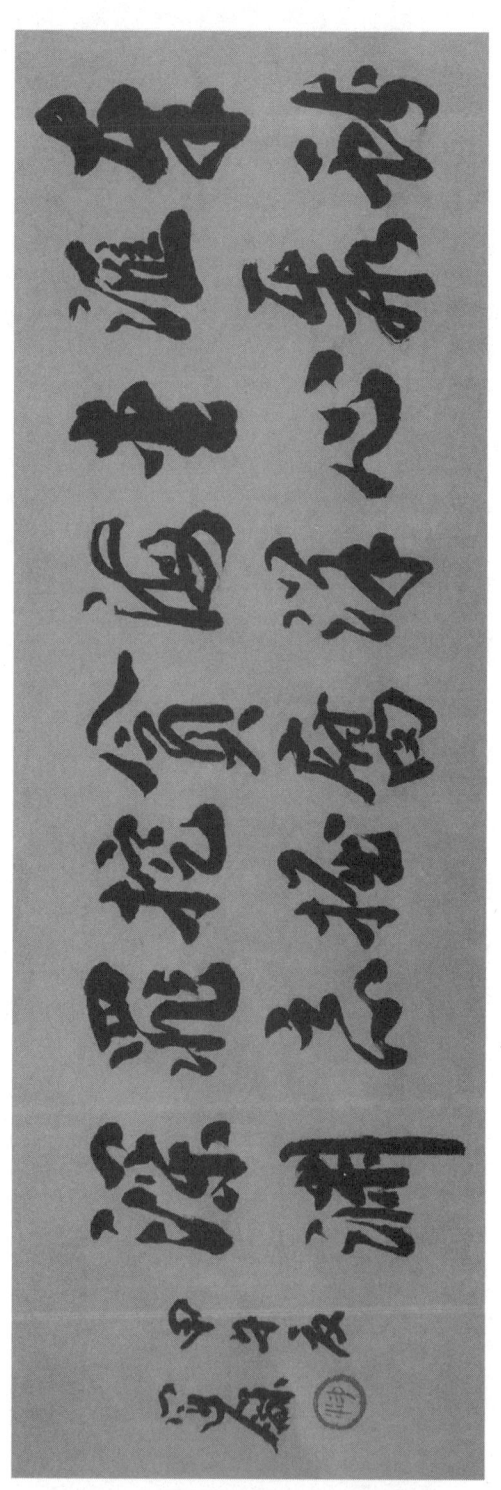

（获中央国家机关"最喜爱书法"荣誉作品自撰句）

中国道路闪金光麾壹旁程变辉煌四面宏献展信念炎黄复兴此镇带钢拳挺地席卷正风潮正纪纲国运兴隆呈钧利河铁风气派也 挥毫自撰诗纪念抗战胜利七十周年 吴敦

（自撰诗《中国道路》）

乡愁·税缘·国是

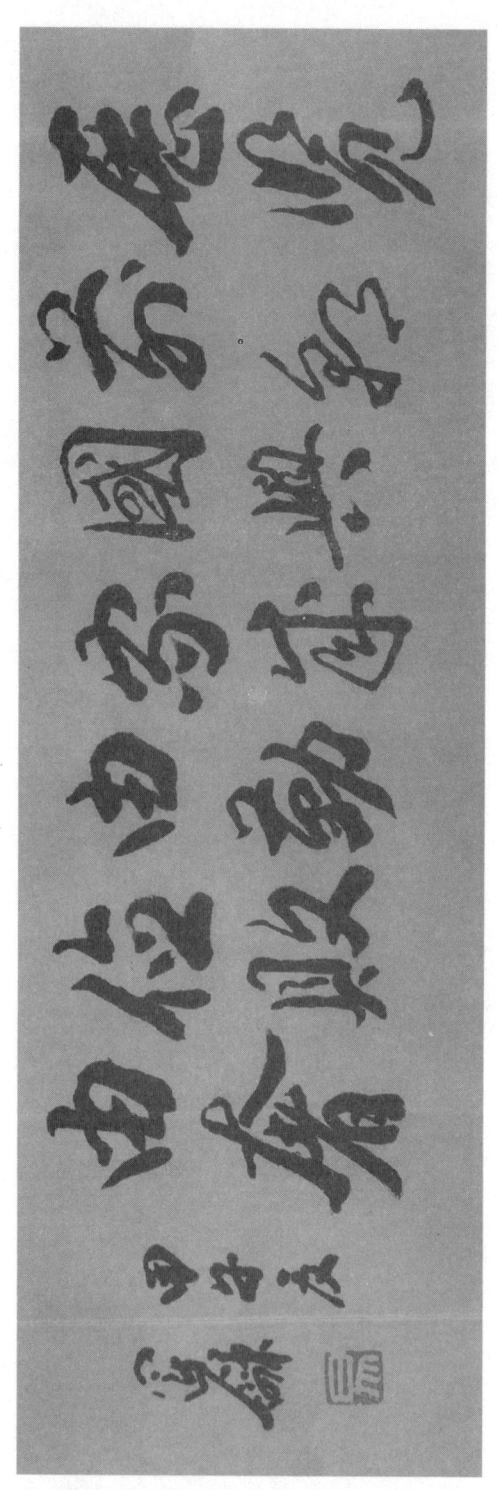

（获中央国家机关"最喜爱书法"荣誉作品）

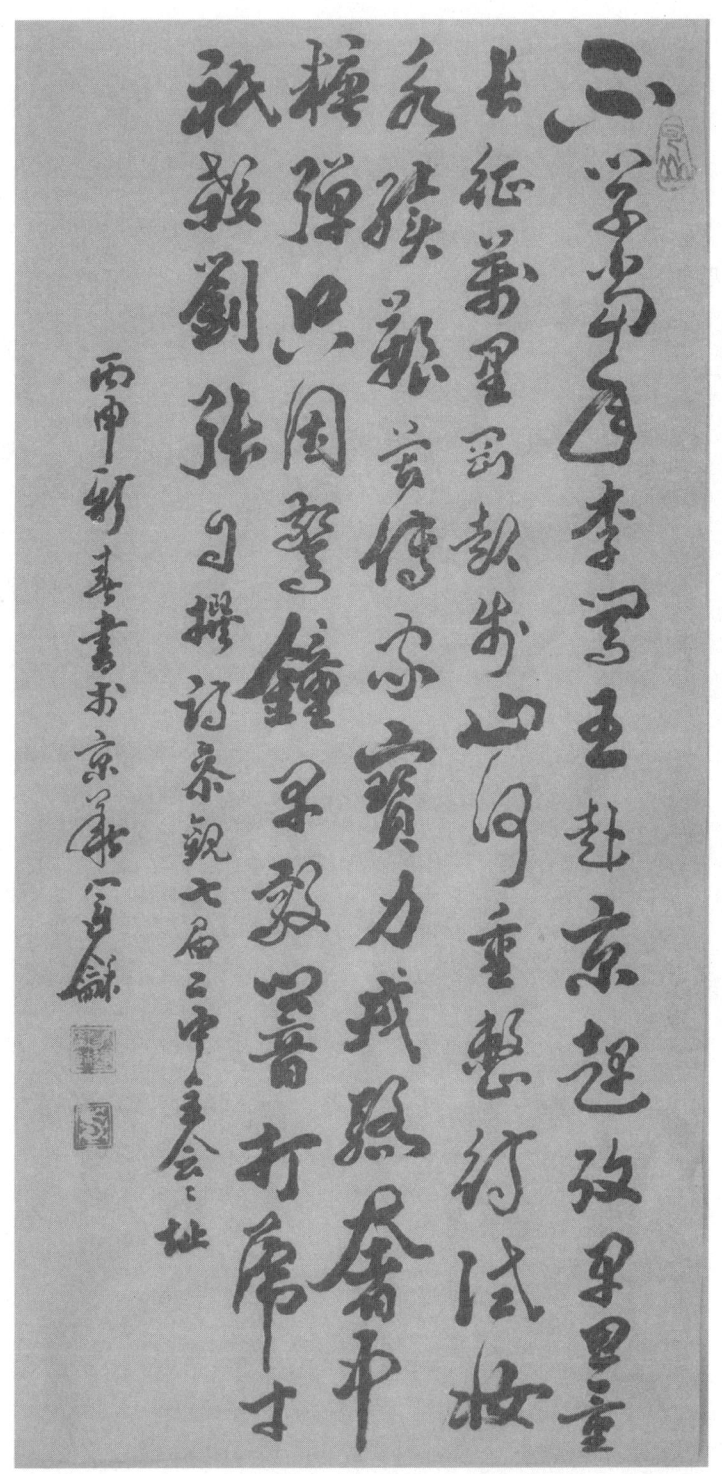

（自撰诗《参观七届二中全会会址》）

乡愁·税缘·国是

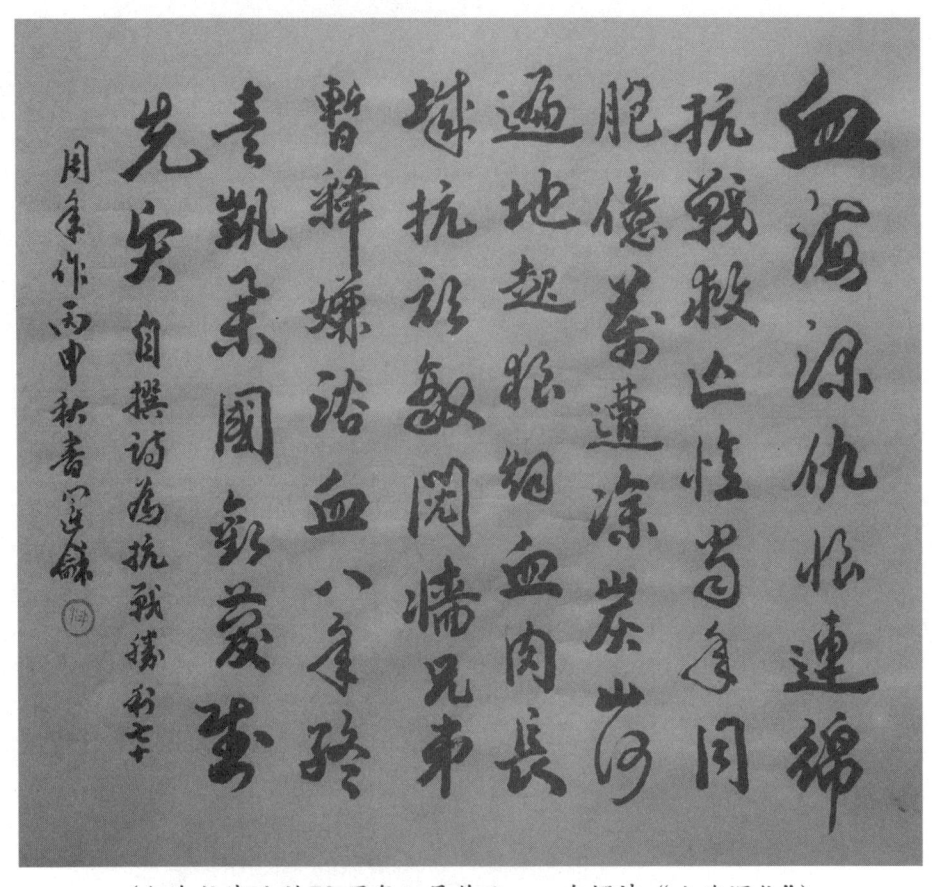

（纪念抗战胜利70周年入展作品——自撰诗"血海深仇"）

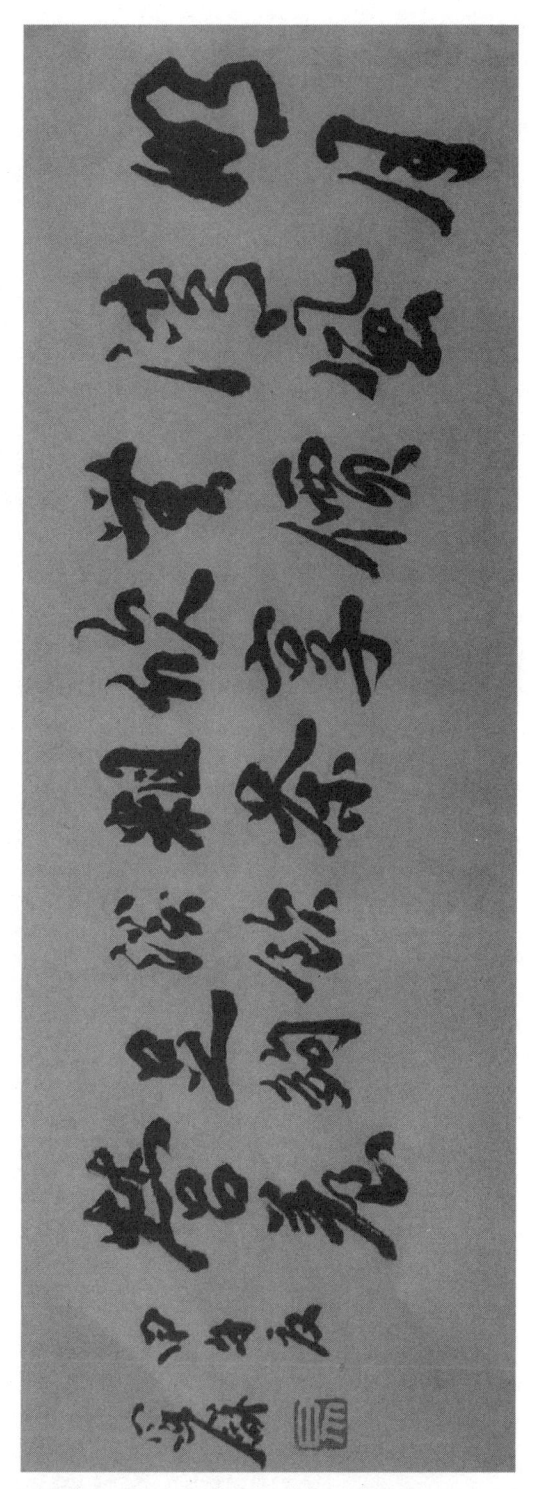

（获中央国家机关"最喜爱书法"荣誉作品——自撰句）

乡愁·税缘·国是

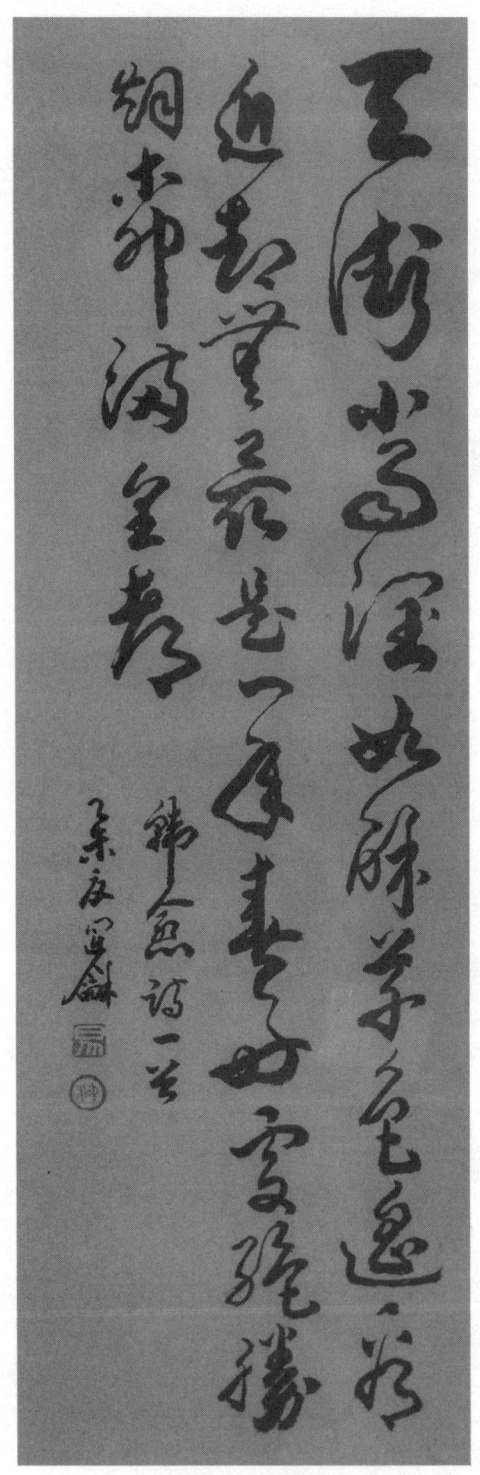

（赠德国友人作品）

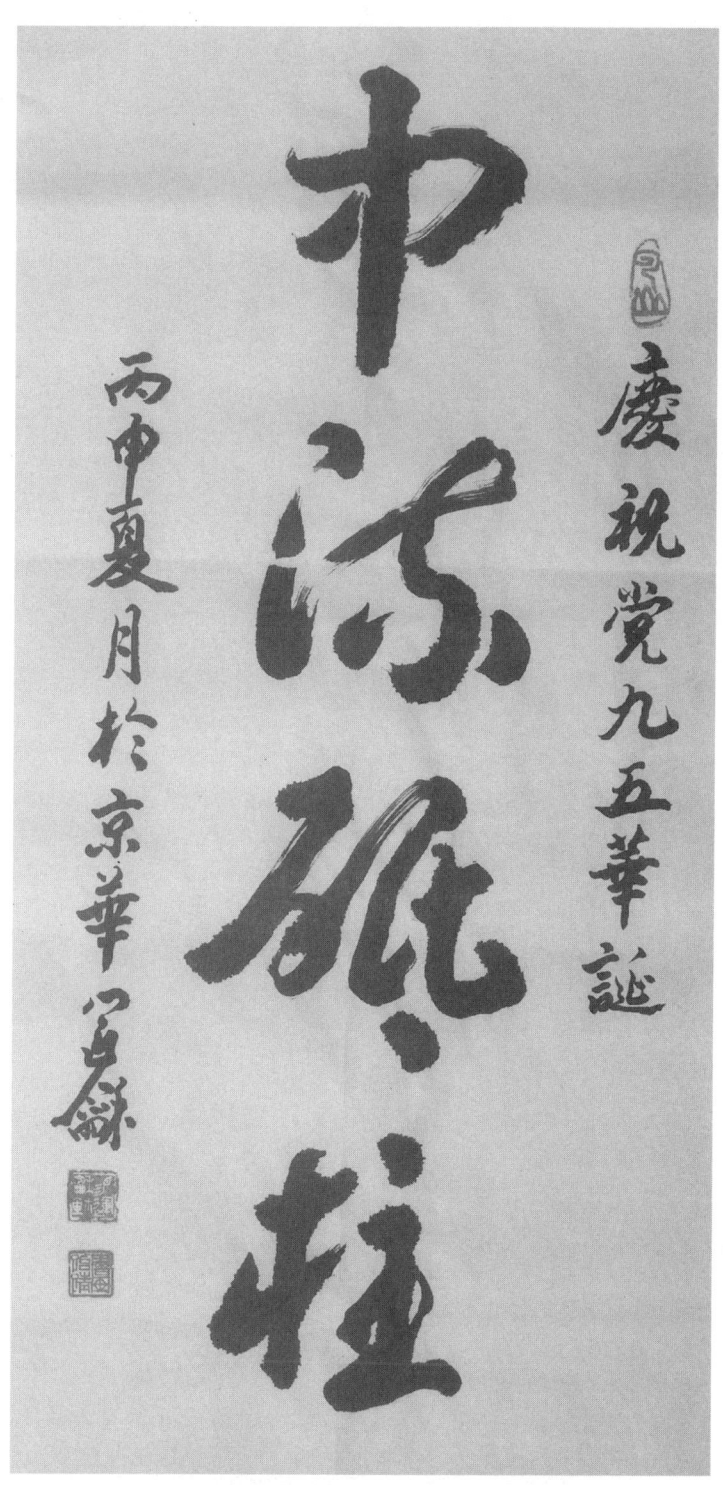

（庆祝建党95周年书画展入展作品）

乡愁·税缘·国是

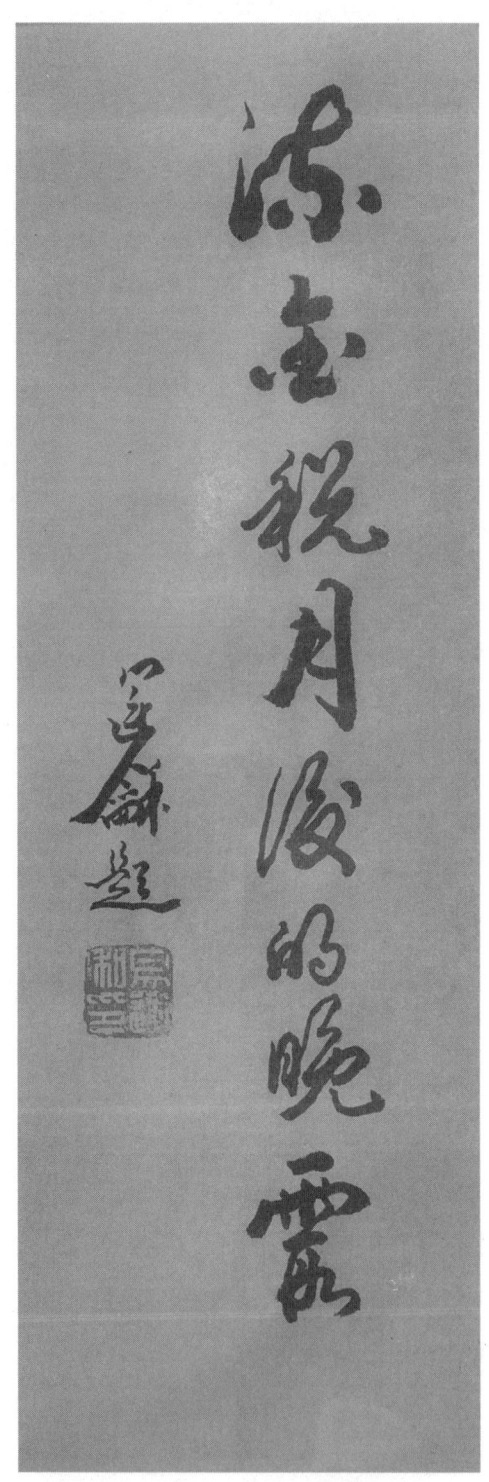

（为税务系统朋友所著诗词集题签）

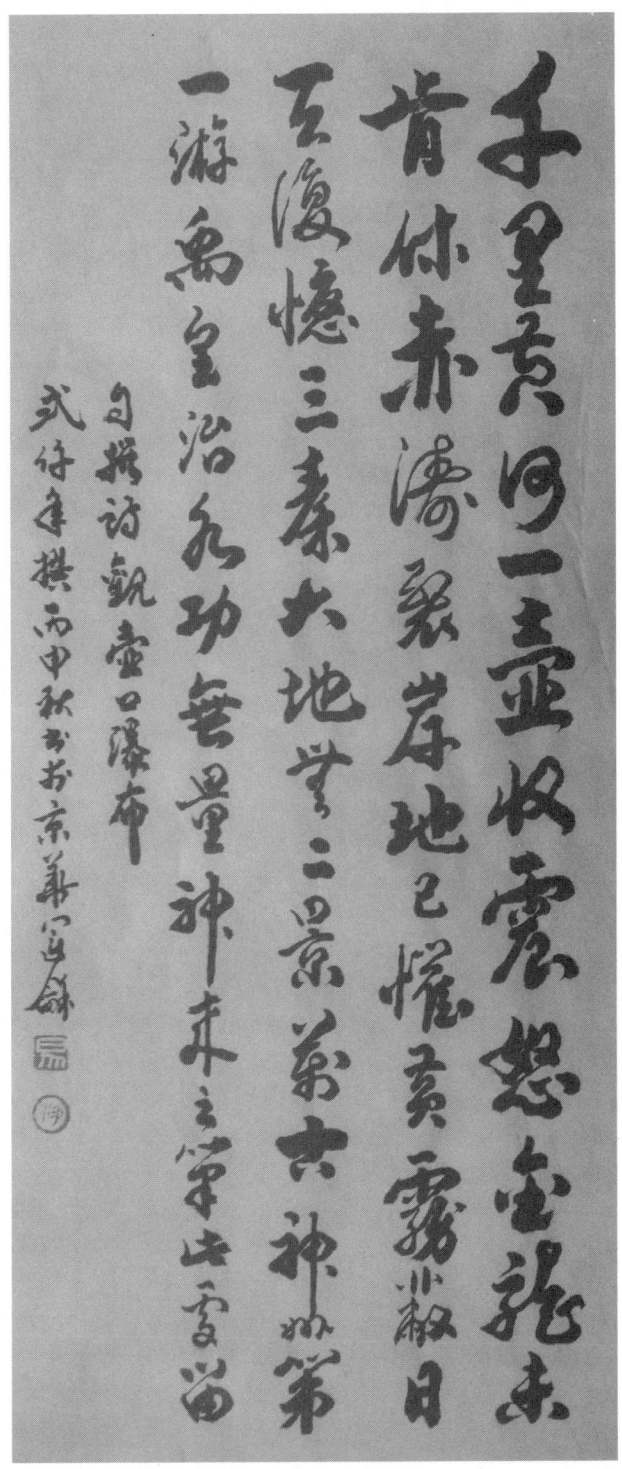

（自撰诗"观壶口瀑布"）

乡愁·税缘·国是

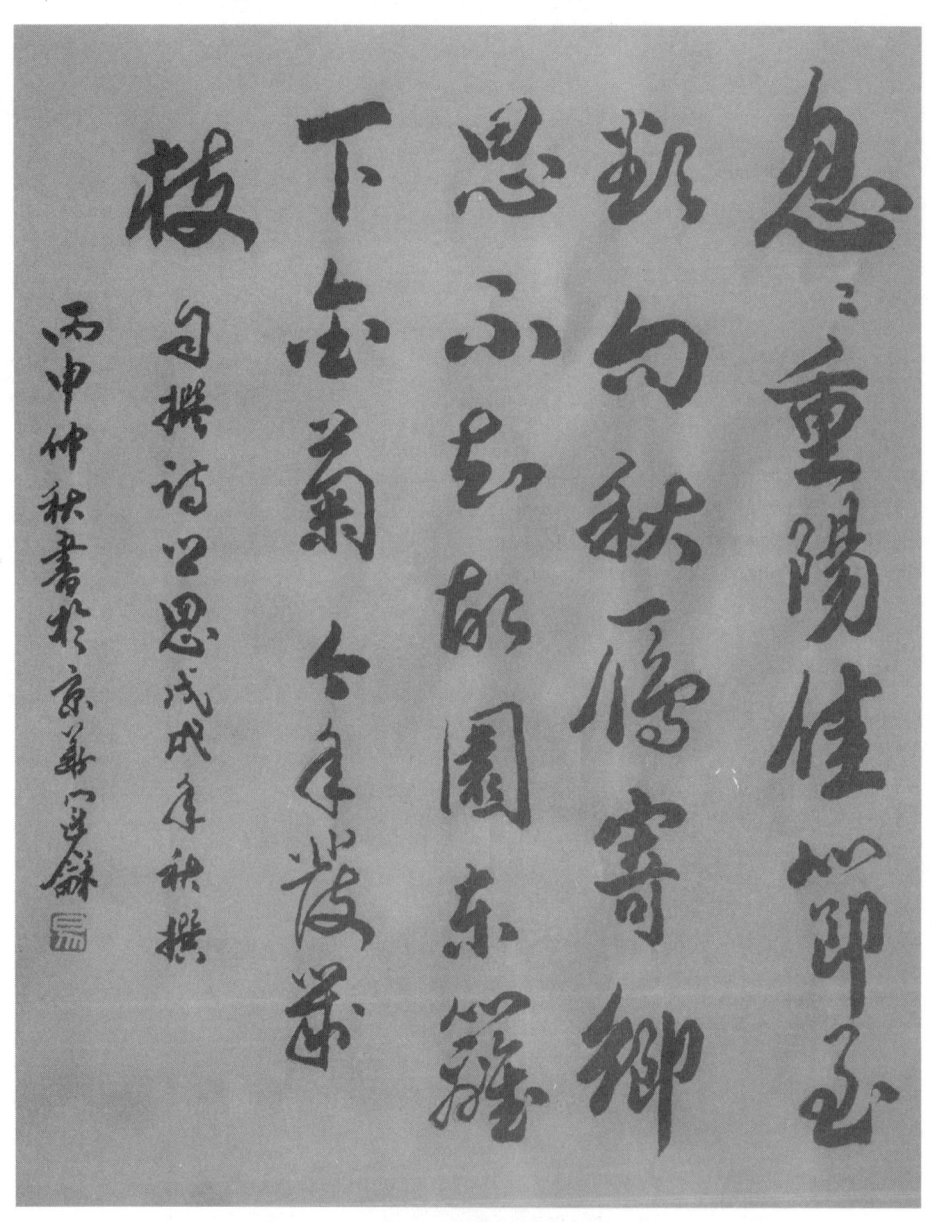

（自撰诗"乡思"）

(草书"岳阳楼记")

乡愁·税缘·国是

水陆草木之花，可爱者甚蕃。晋陶渊明独爱菊。自李唐来，世人盛爱牡丹。予独爱莲之出淤泥而不染，濯清涟而不妖，中通外直，不蔓不枝，香远益清，亭亭净植，可远观而不可亵玩焉。予谓菊，花之隐逸者也；牡丹，花之富贵者也；莲，花之君子者也。噫！菊之爱，陶后鲜有闻；莲之爱，同予者何人？牡丹之爱，宜乎众矣。

周敦颐《爱莲说》

（书"爱莲说"）

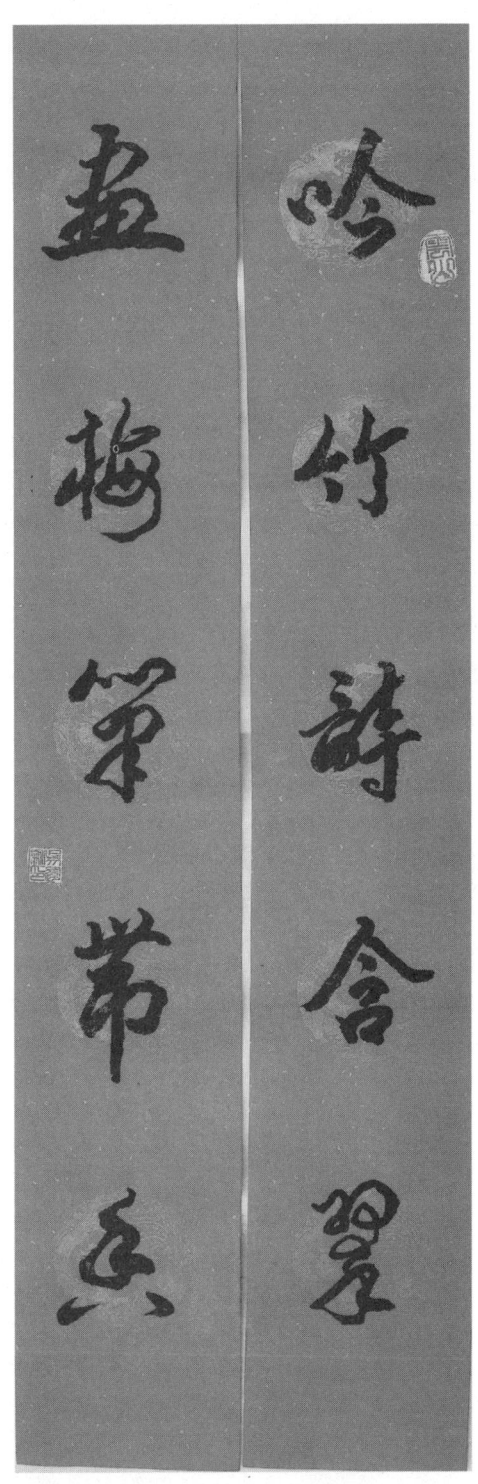

（为朋友新置别墅书）

乡愁·税缘·国是

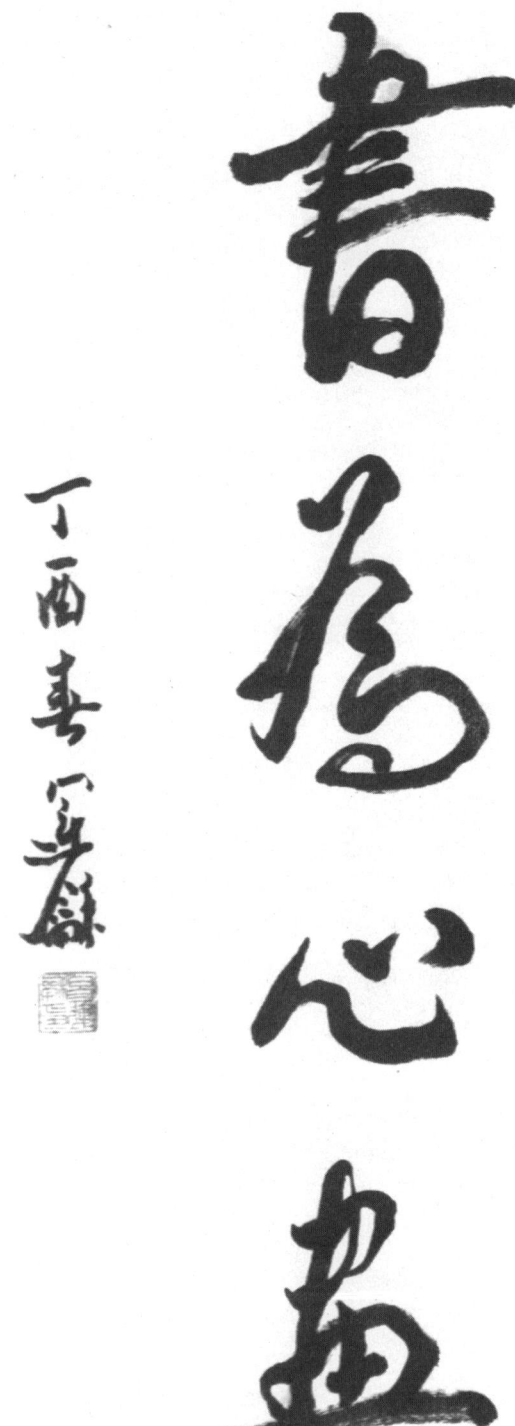

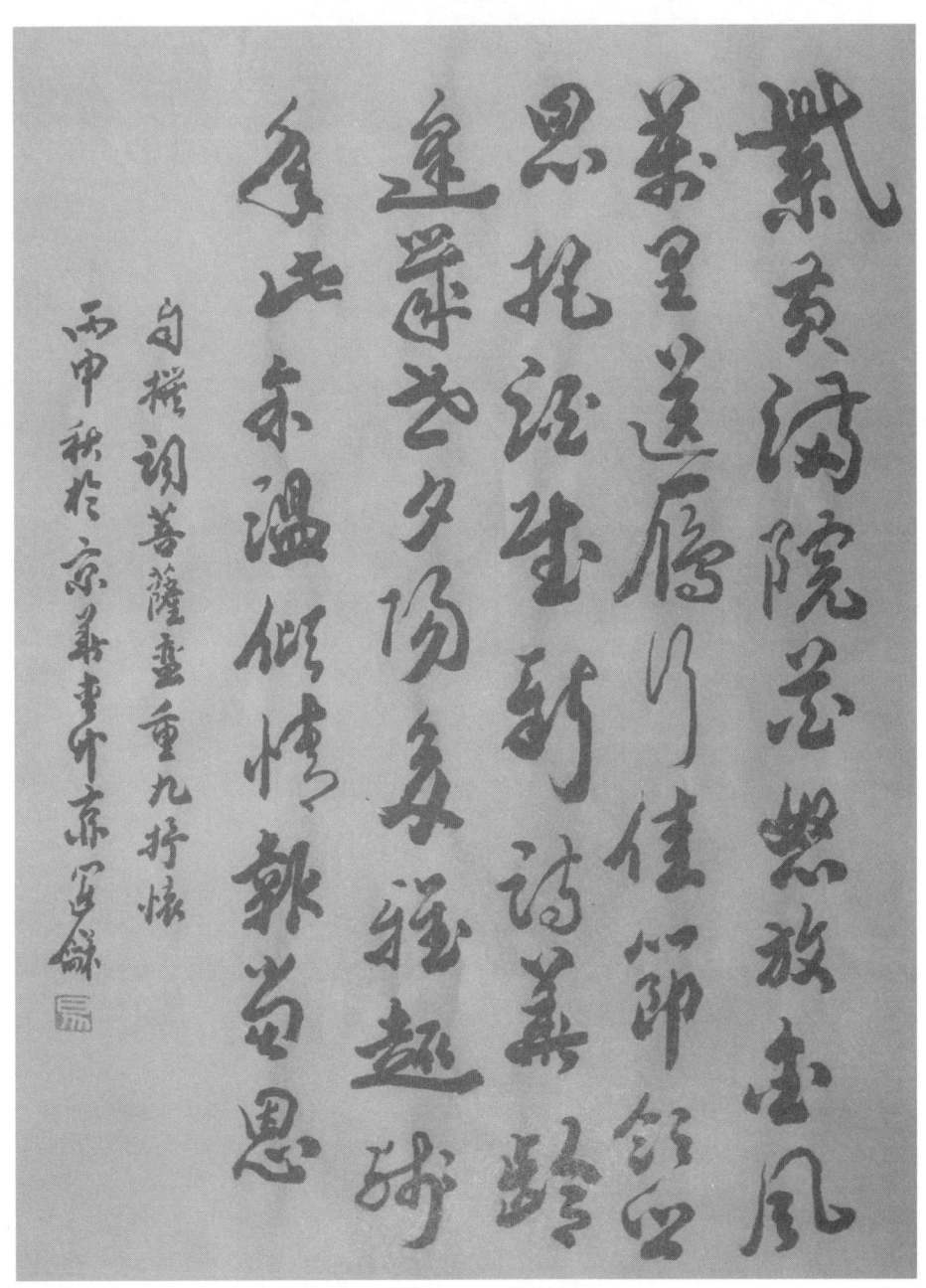

（自撰诗"重九"）

乡愁·税缘·国是

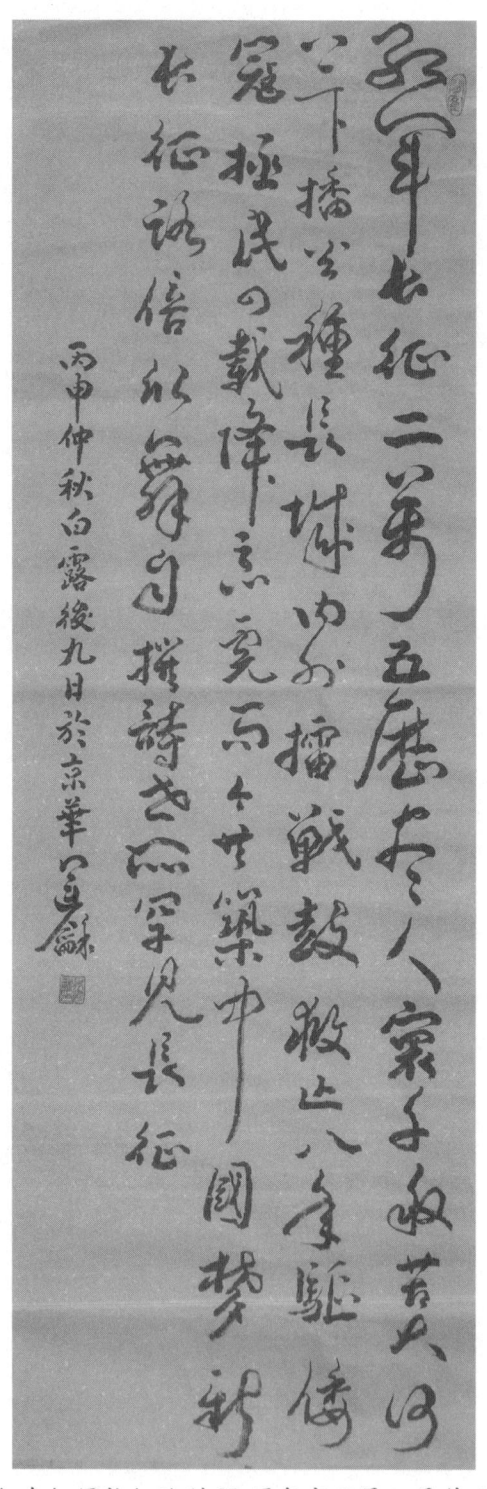

（纪念红军长征胜利80周年书画展入展作品）

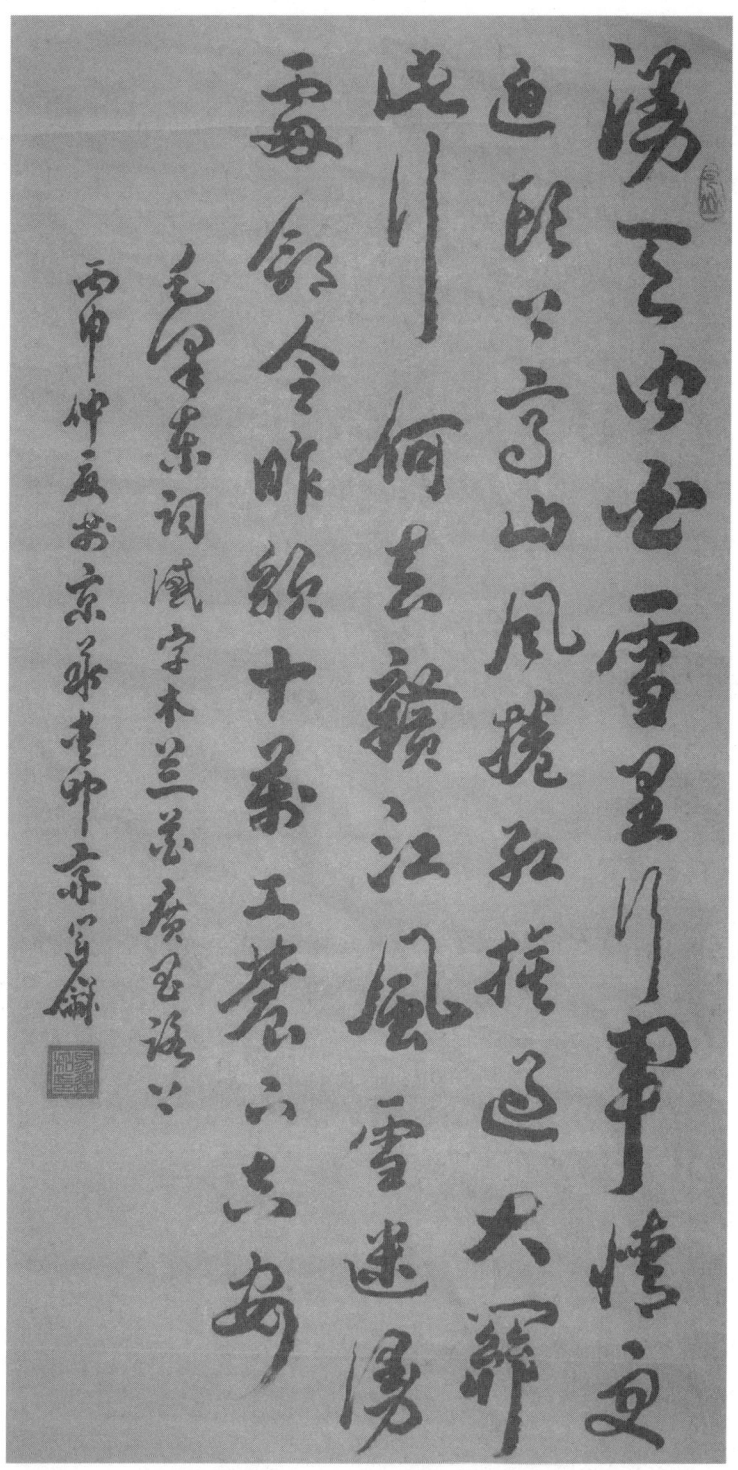

（纪念长征胜利80周年书画展入展作品）

乡愁·税缘·国是

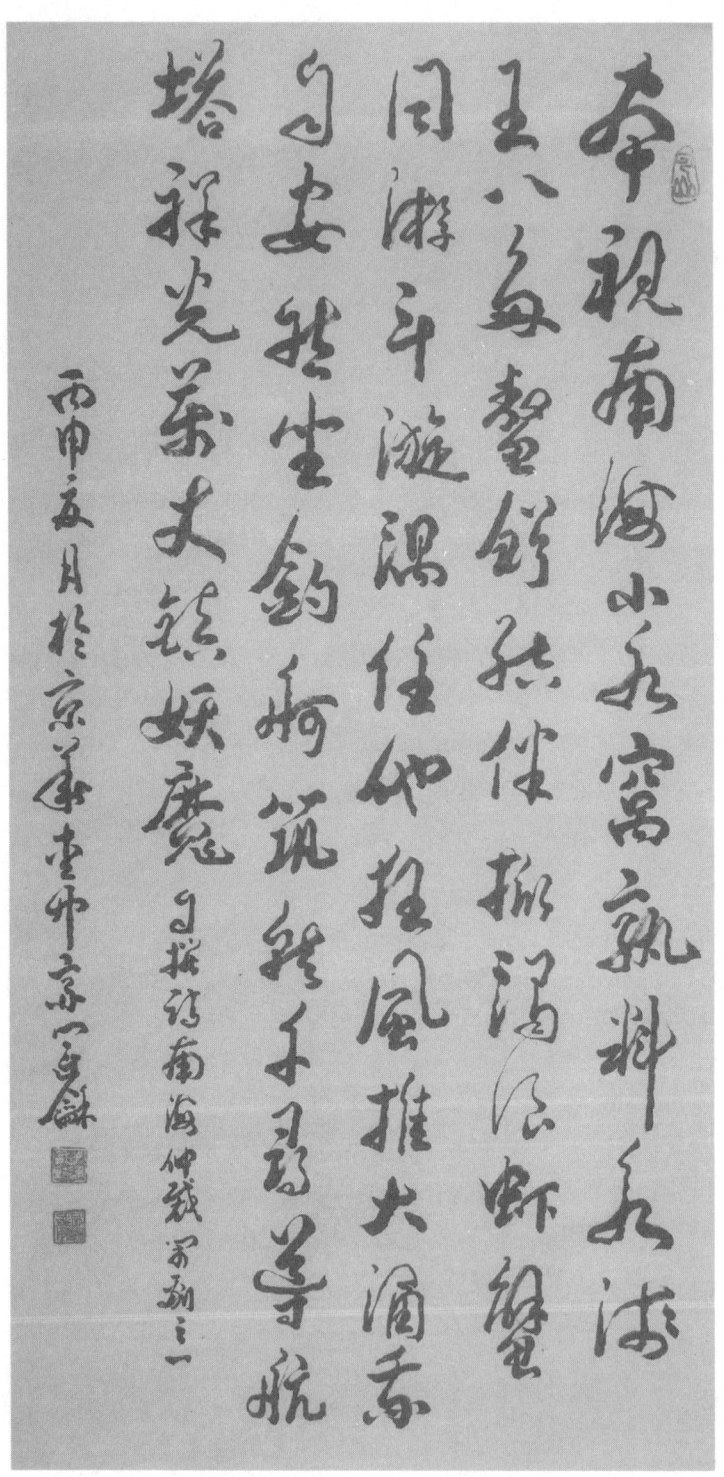

（纪念红军长征胜利80周年书画展入展作品——自撰诗"南海仲裁闹剧"之一）

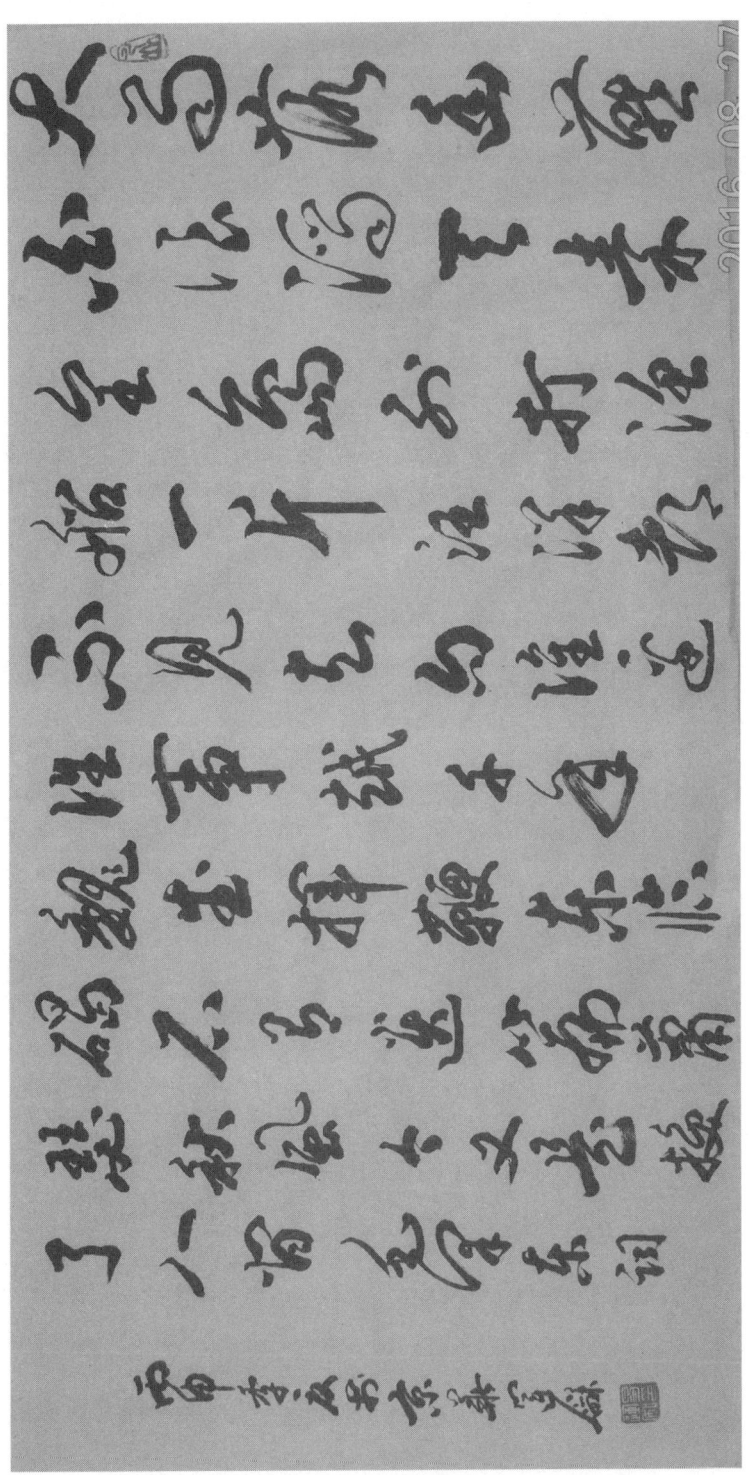

（纪念红军长征胜利80周年书画展入展作品）

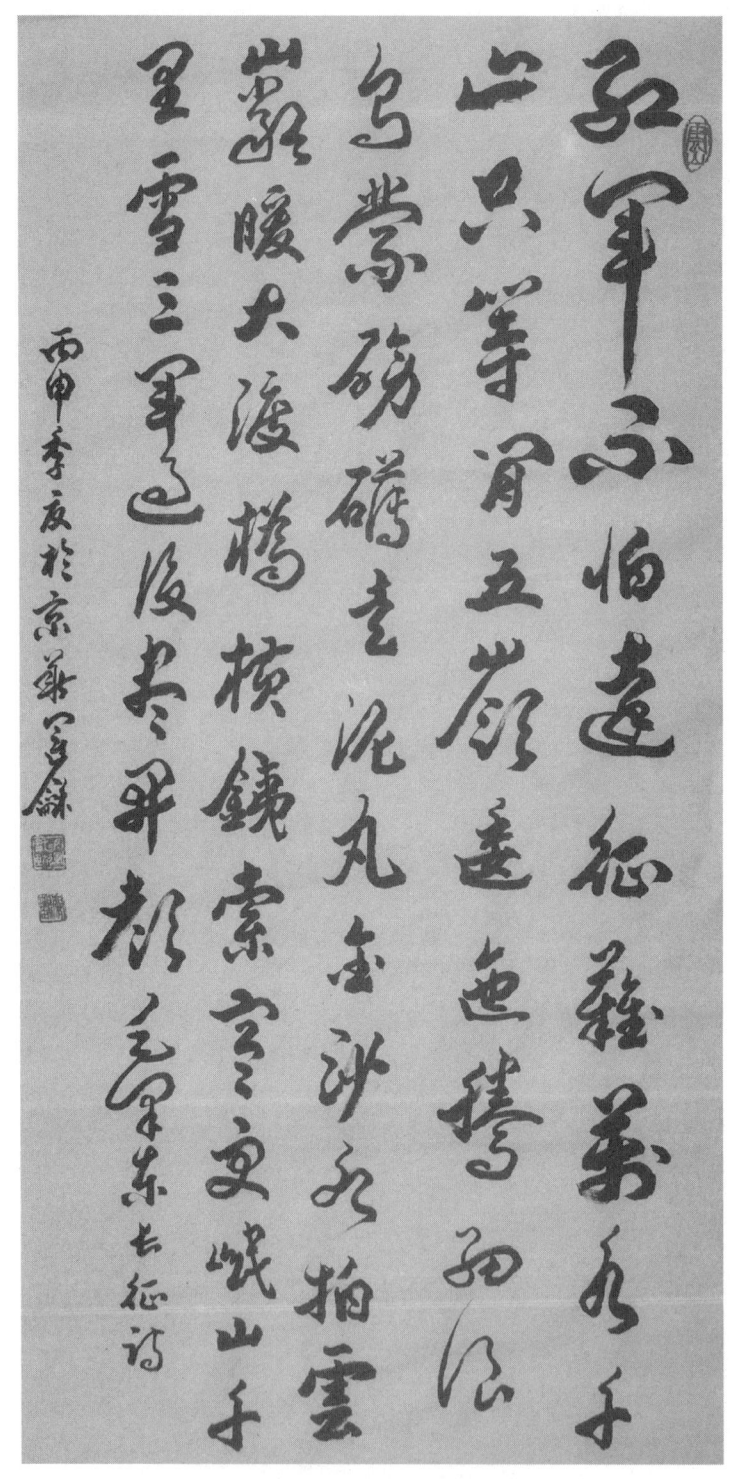

(纪念红军长征胜利书画展入展作品)

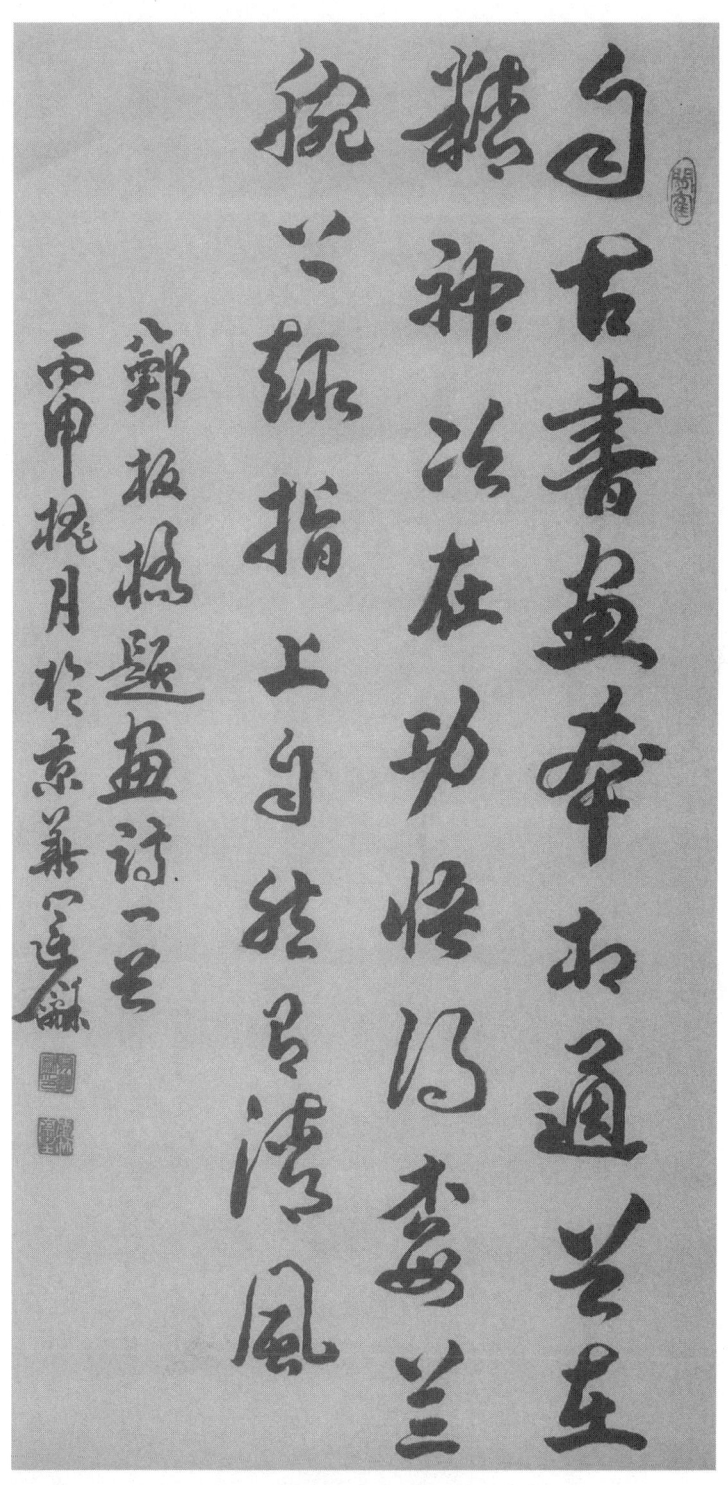

(赠荷兰友人作品)

乡愁·税缘·国是

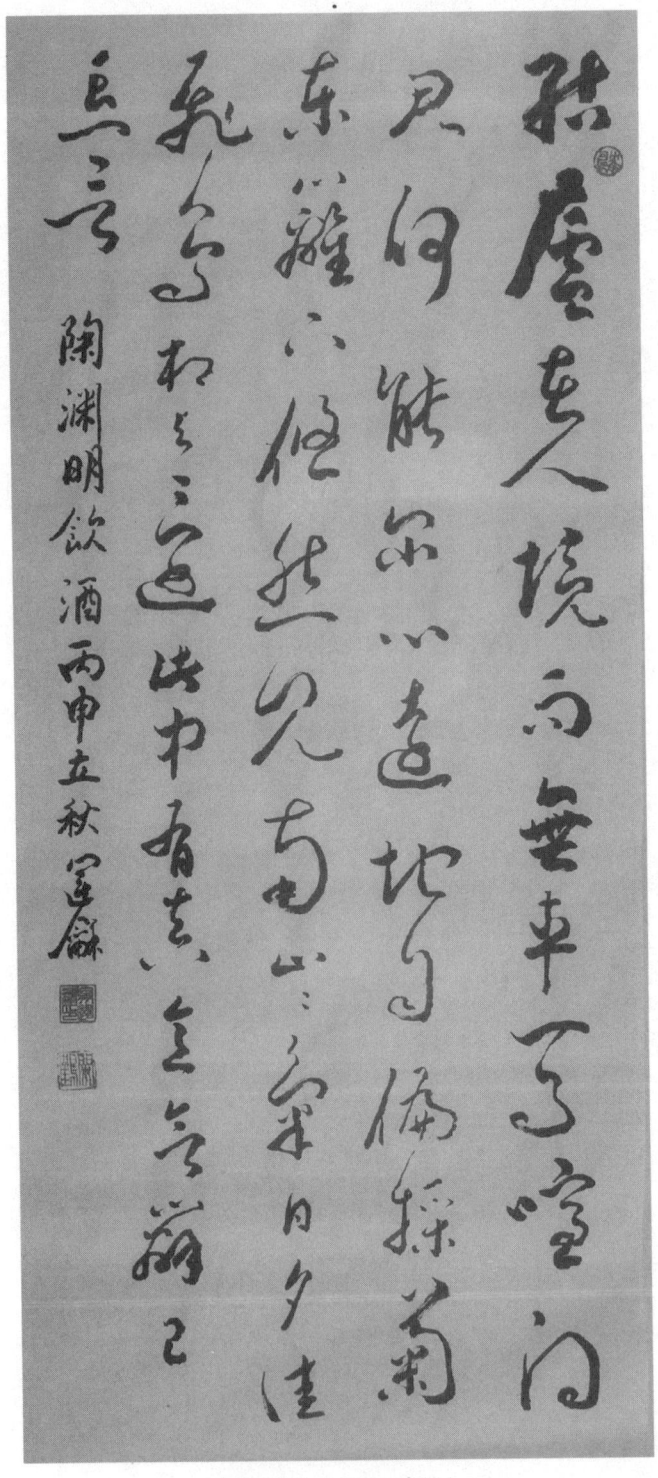

（赠新西兰友人作品）

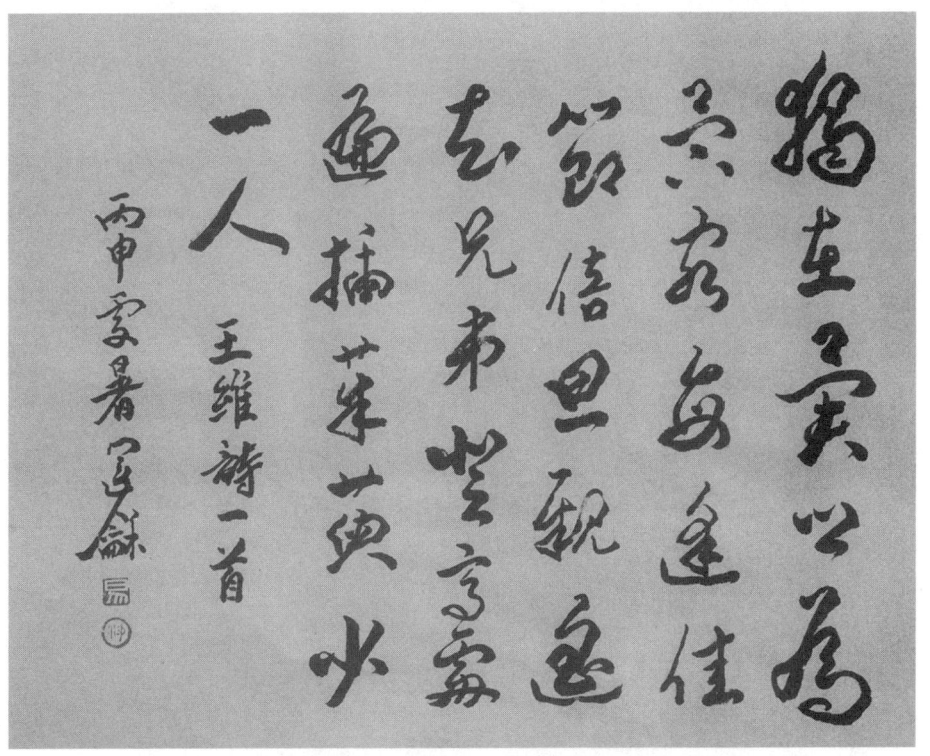

（重阳节赠税总机关一位老同志作品）

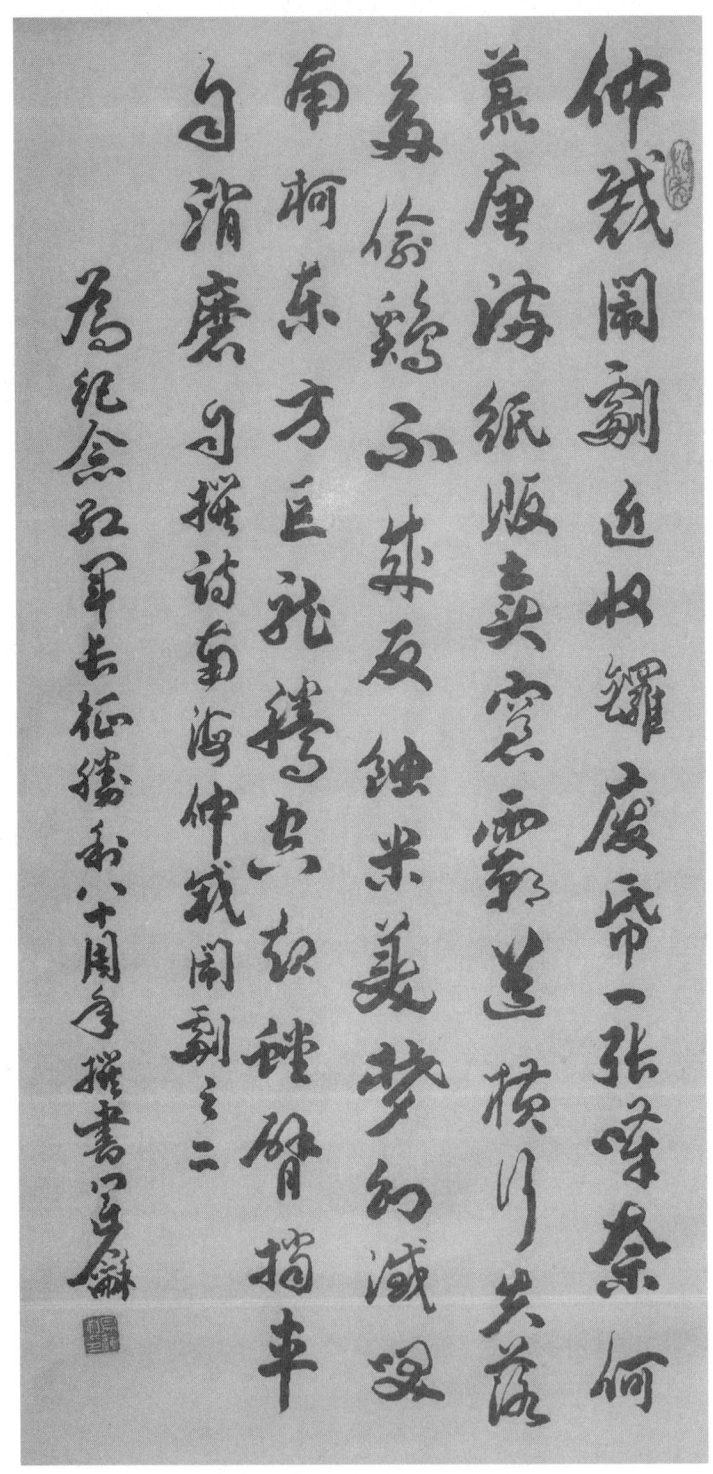

（自撰诗"南海仲裁闹剧"之二）

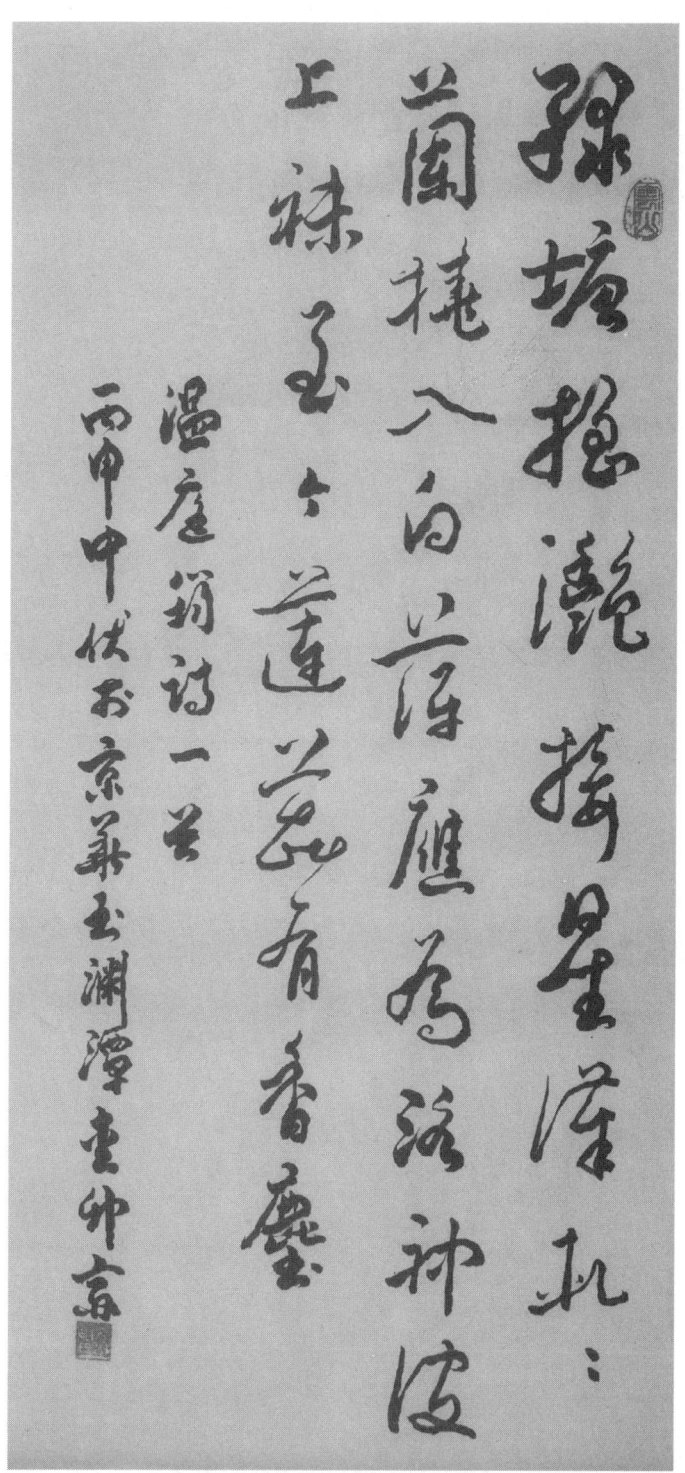

（赠越南友人作品）

乡愁·税缘·国是

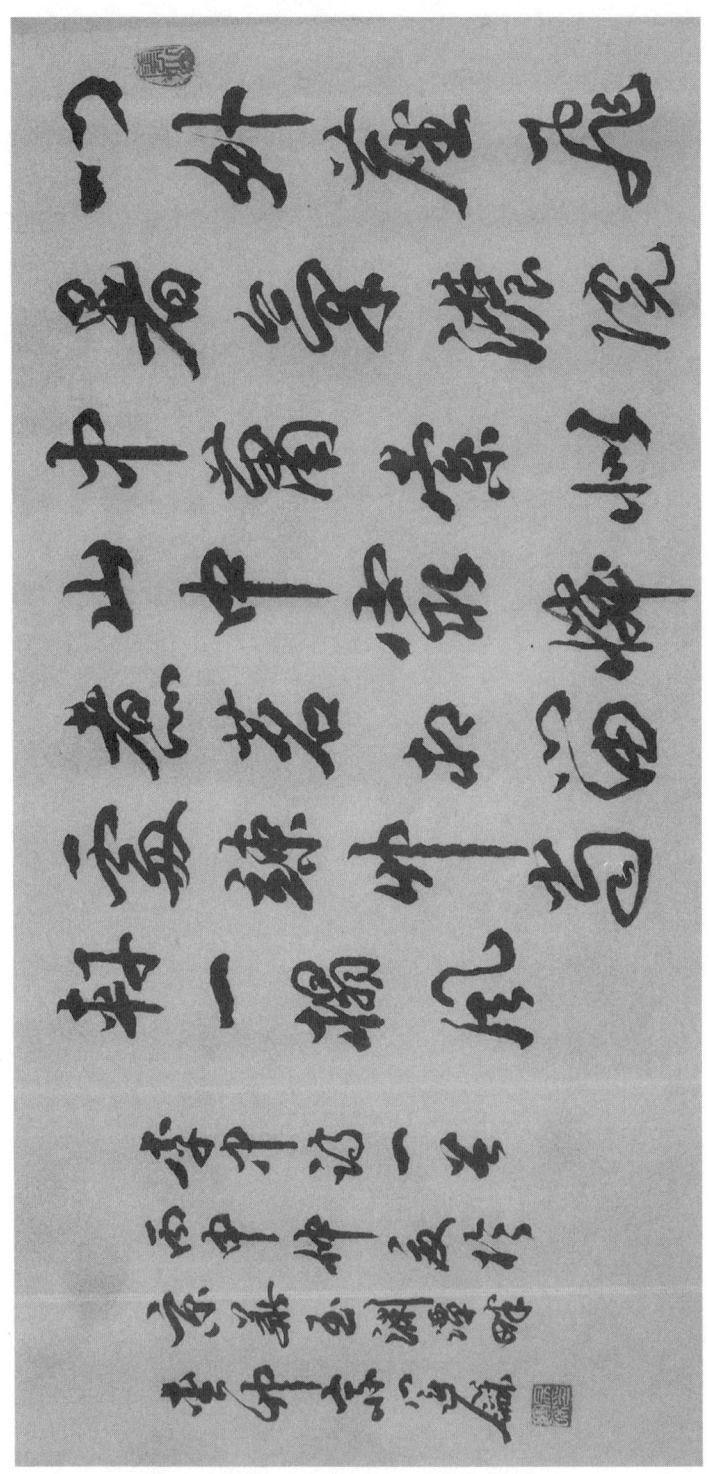

（赠日本友人作品）

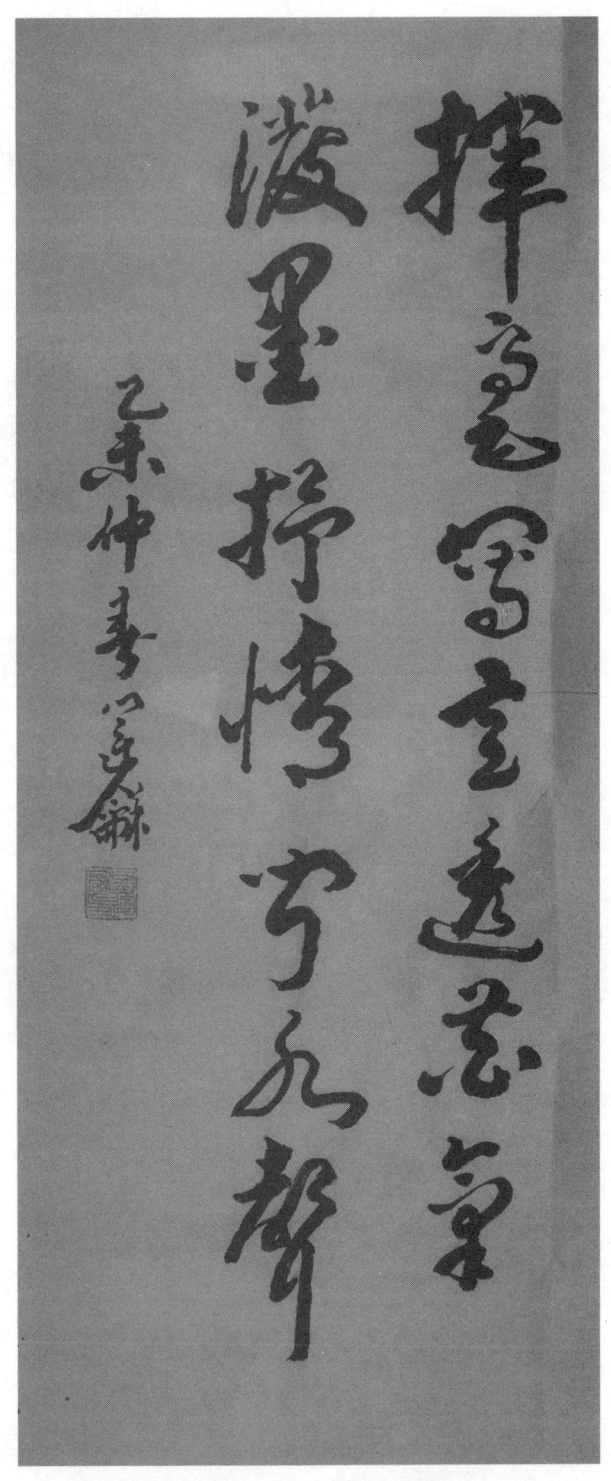

（为税务系统朋友所编著书籍题签）

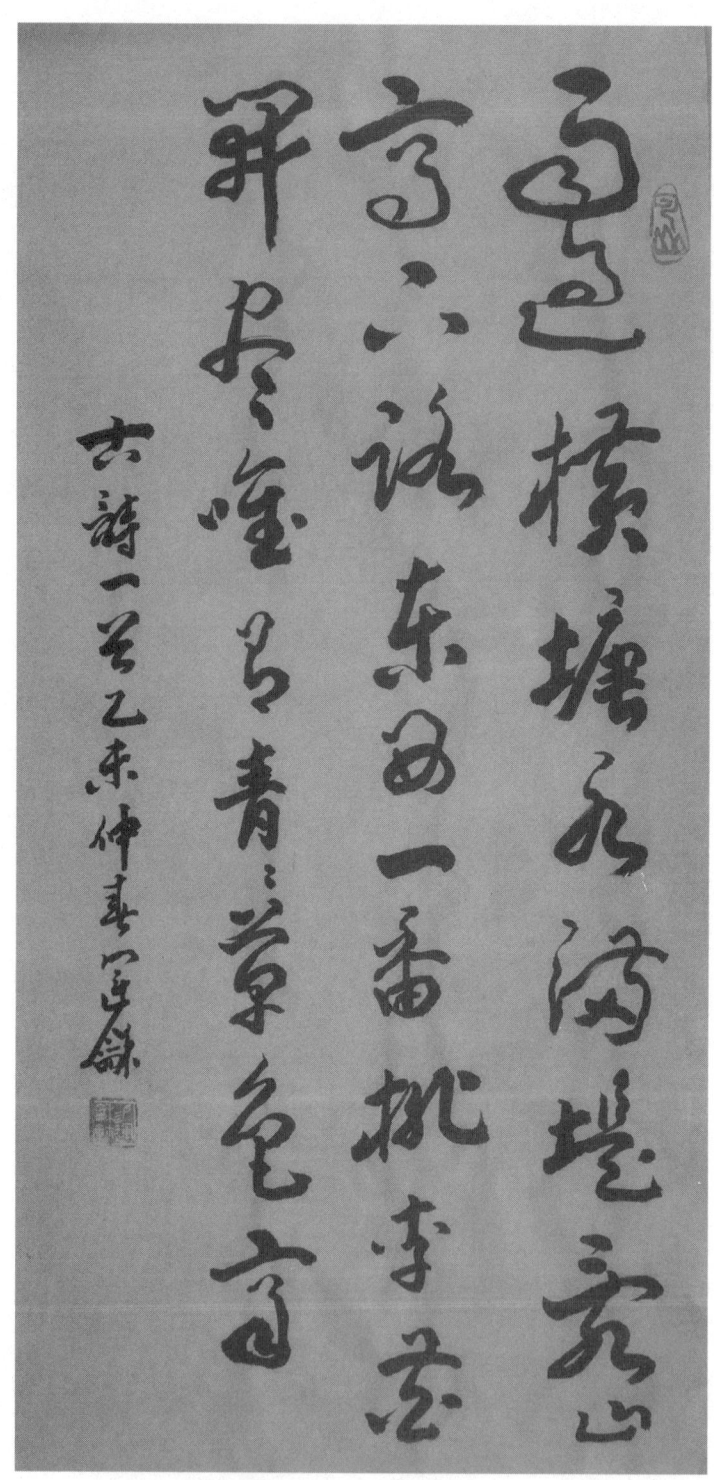

(赠台湾朋友作品)

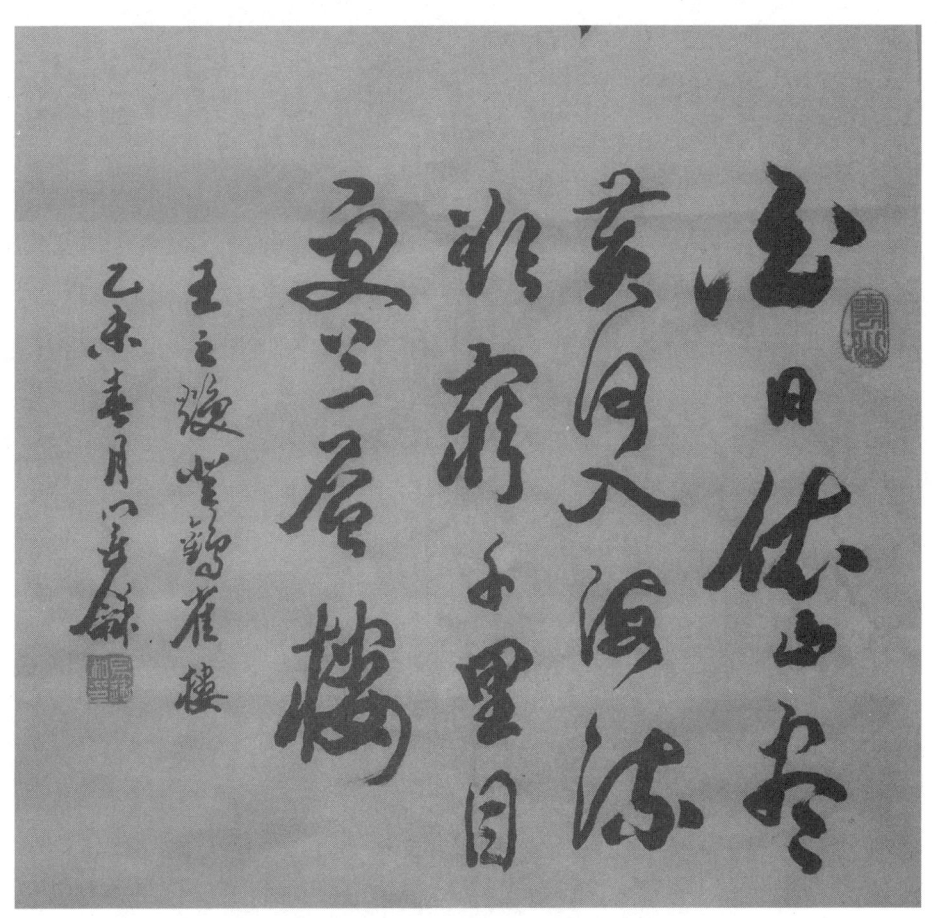

(赠法国友人作品)

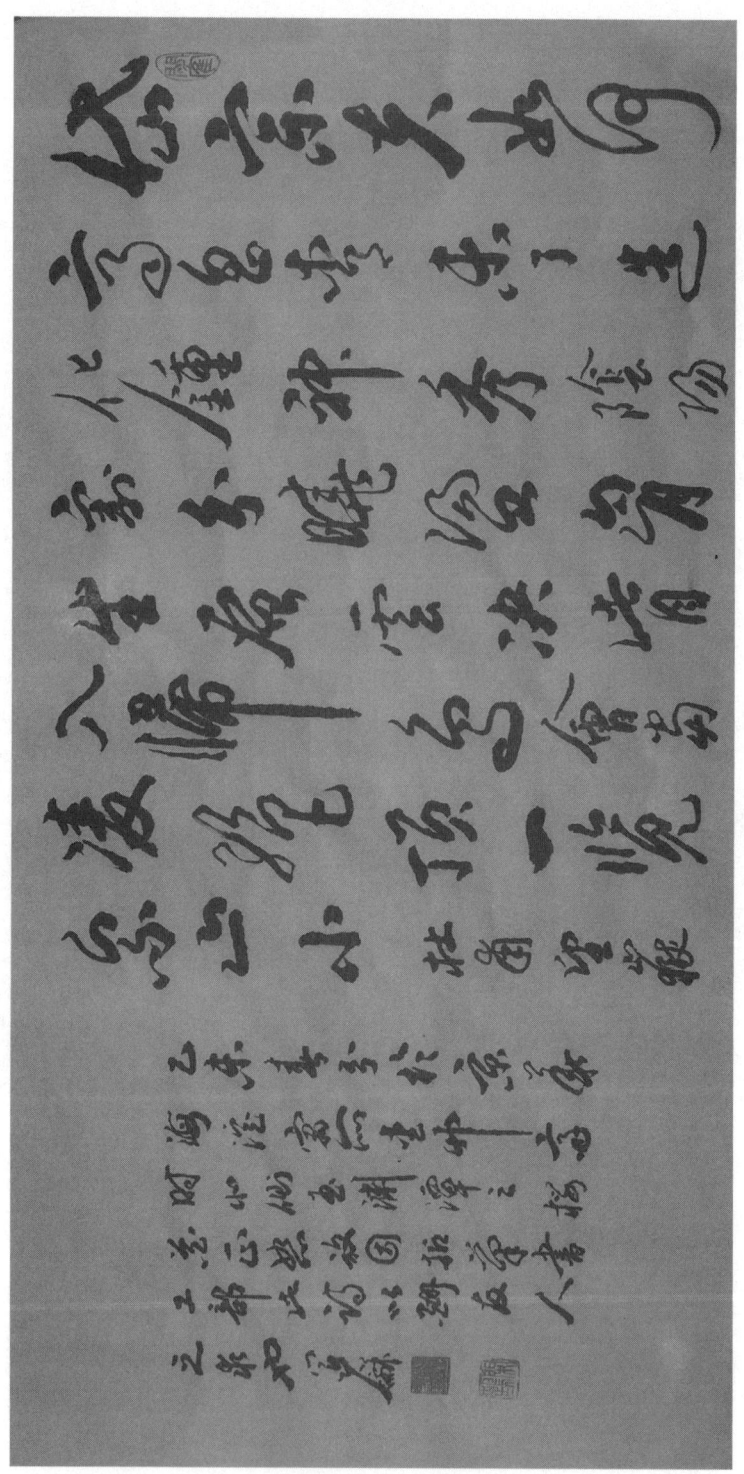

(赠俄罗斯友人作品)

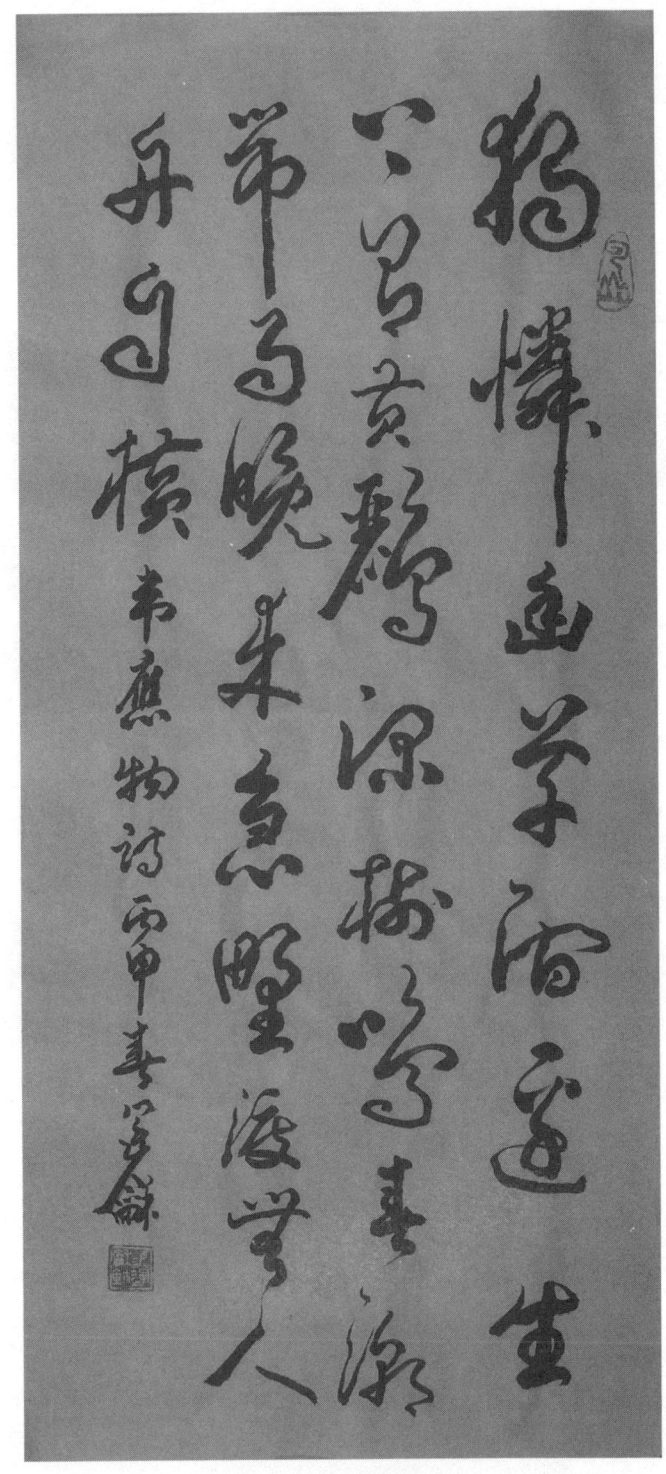

（为朋友诗词专著书）

乡愁·税缘·国是

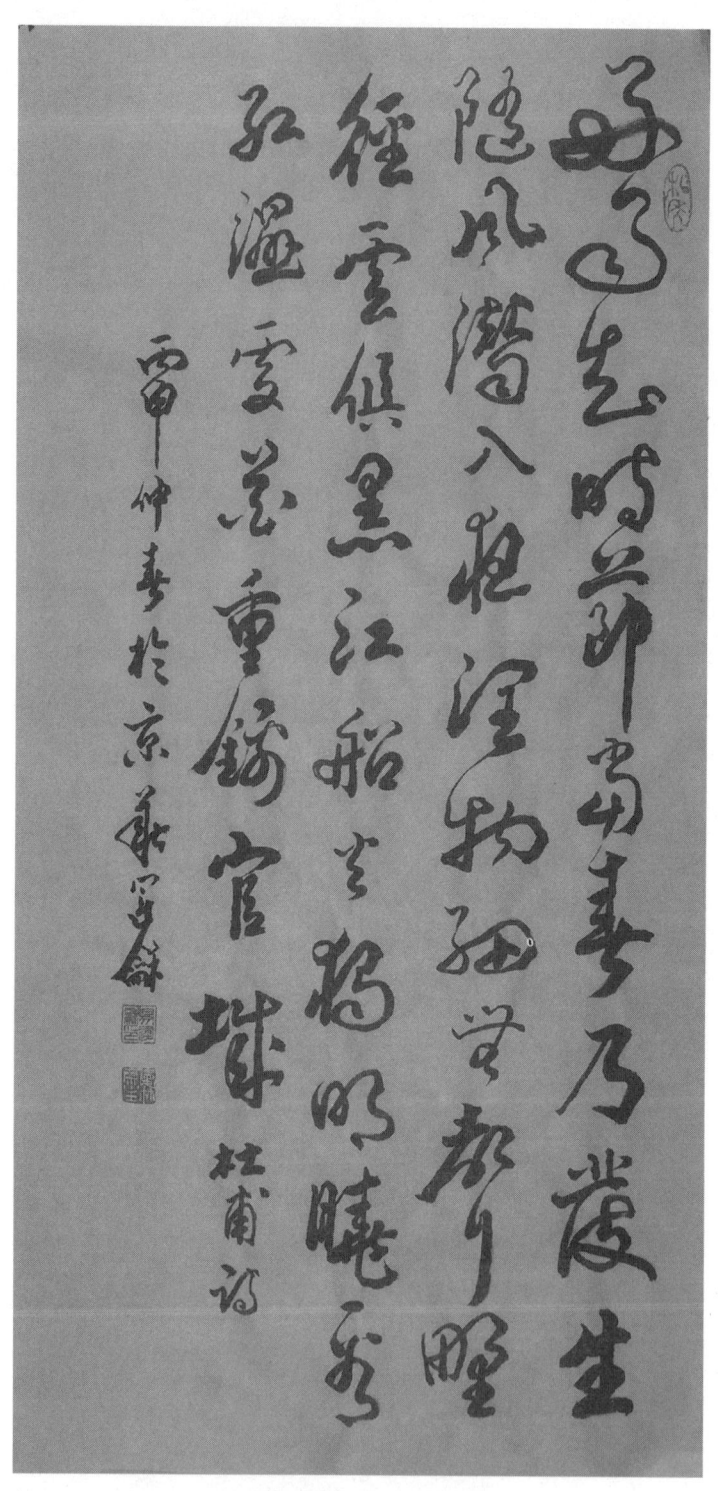

（赠英籍华人朋友作品）

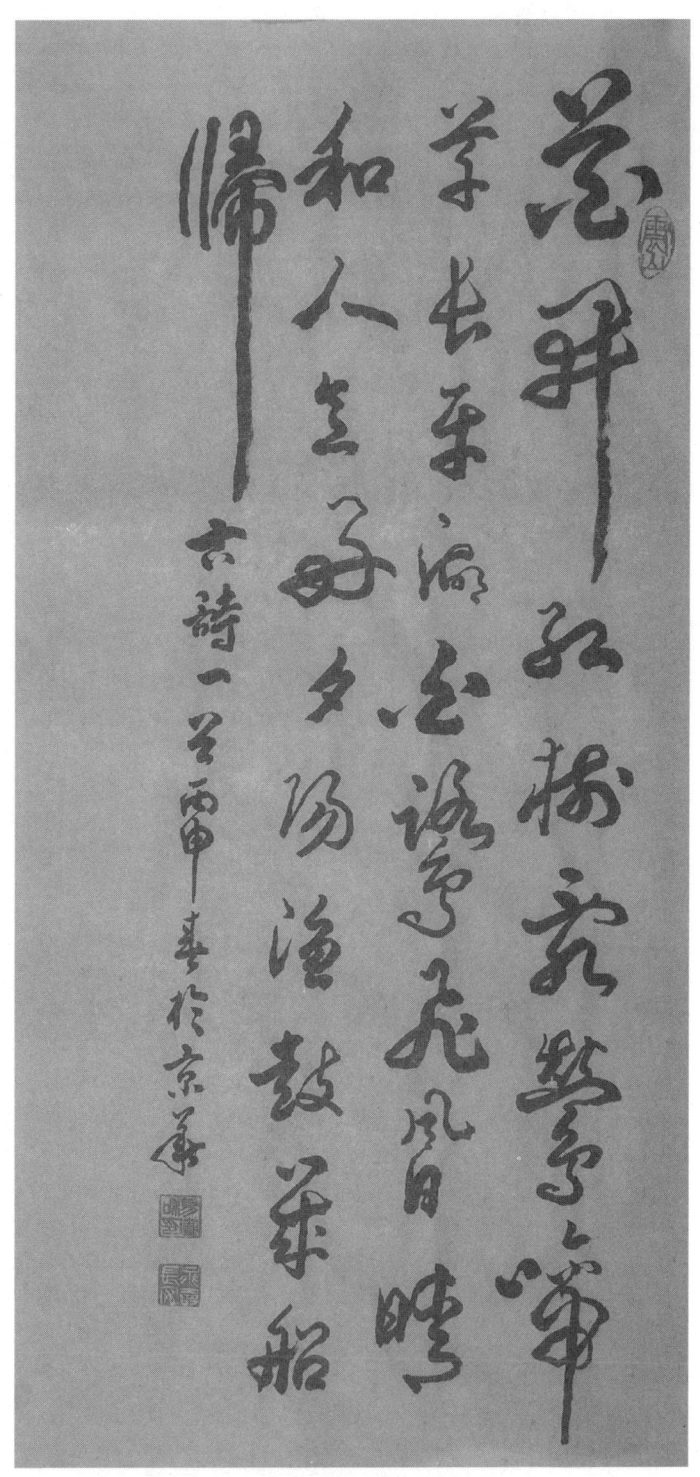

（赠柬埔寨友人作品）

乡愁·税缘·国是

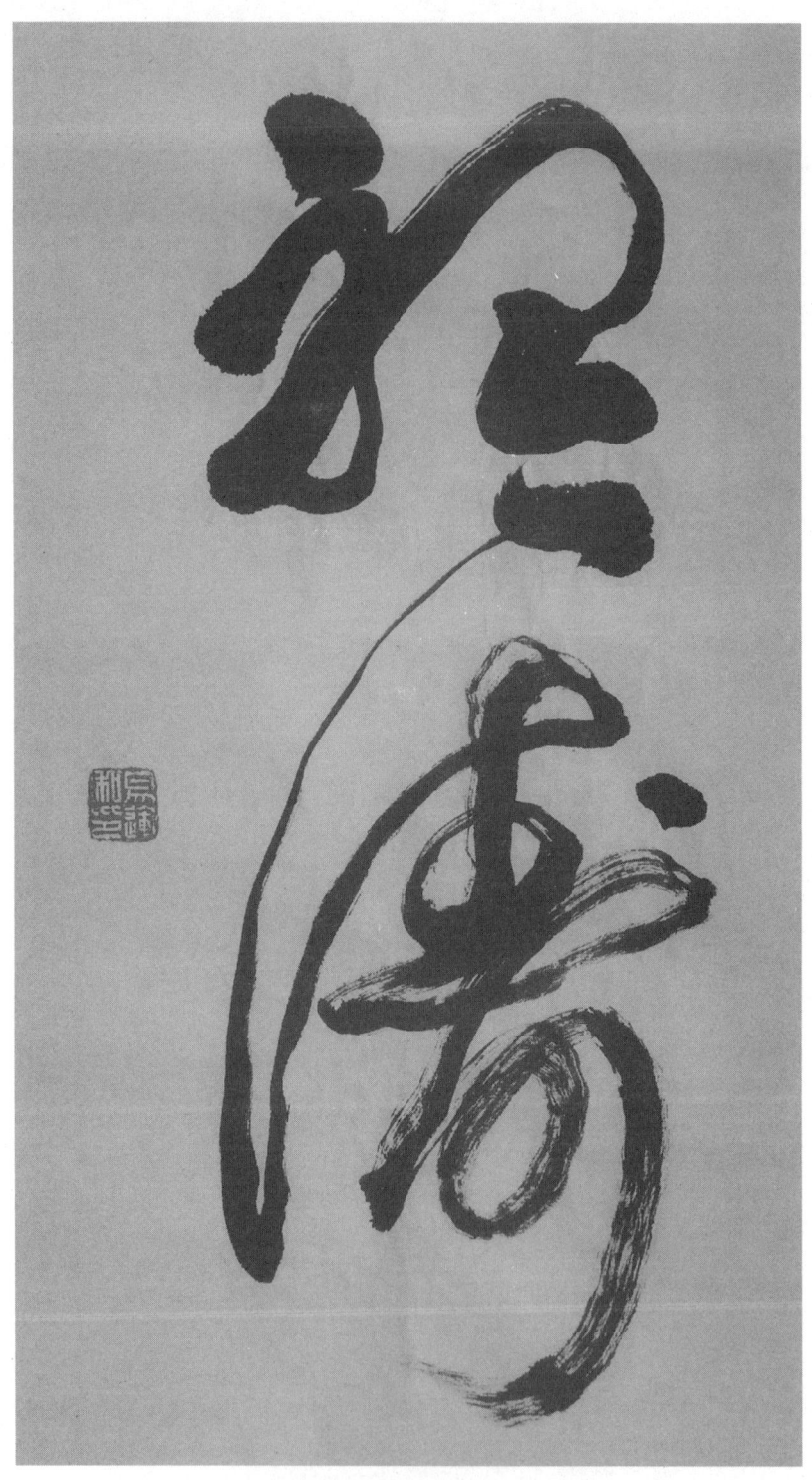

（赠台湾朋友作品）

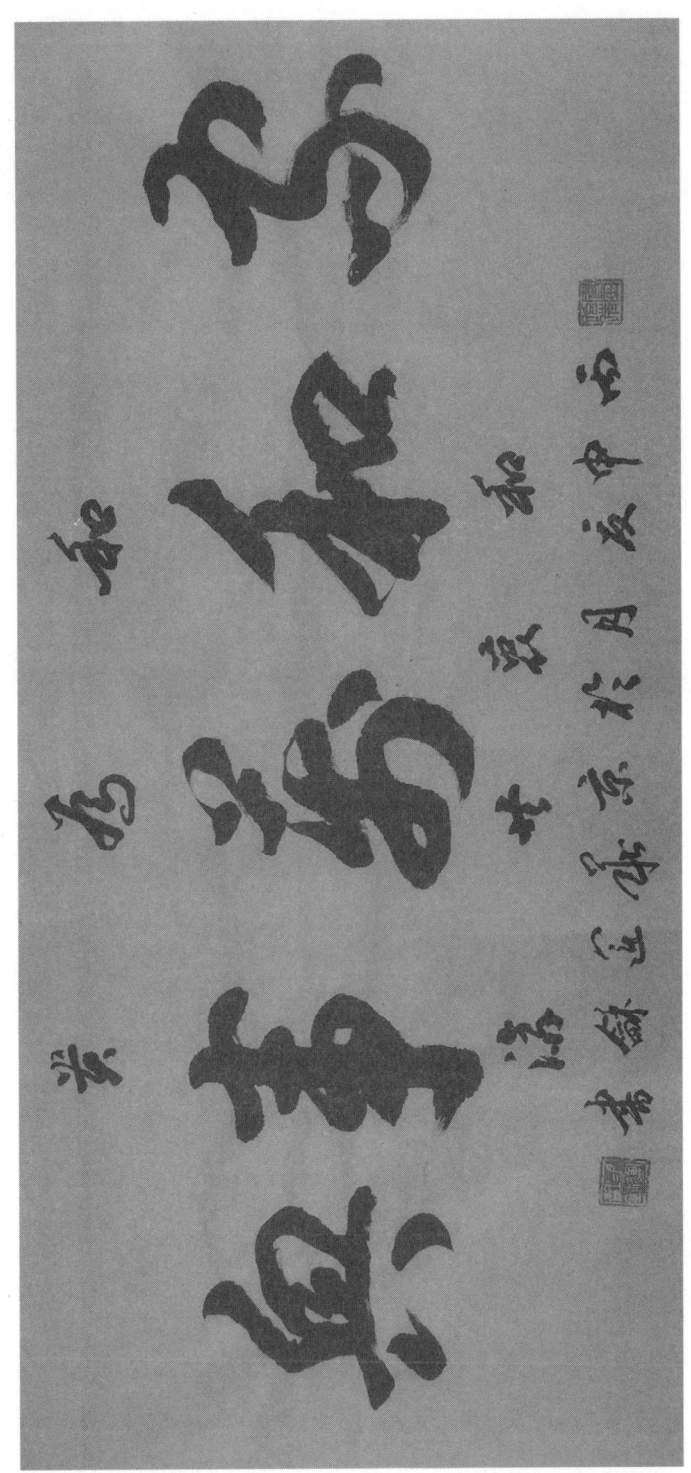

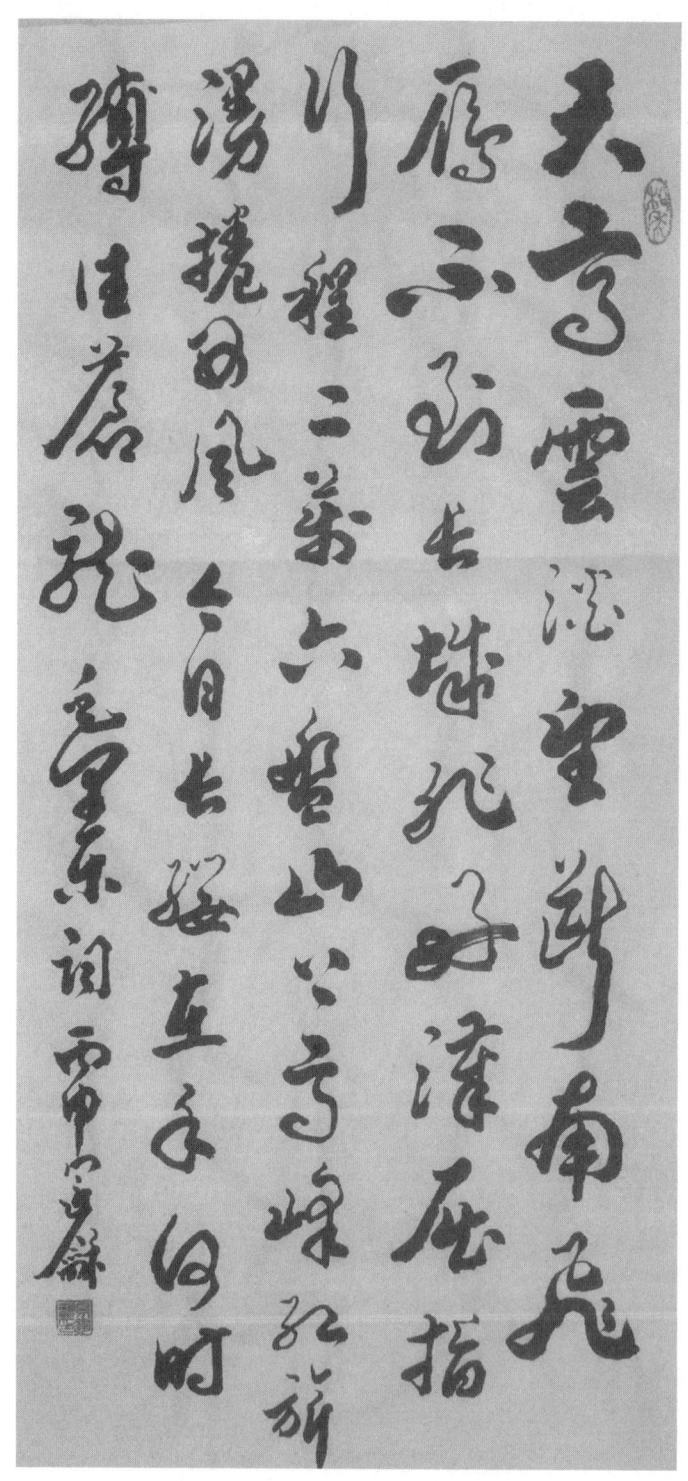

（纪念建党95周年书画展入展作品）

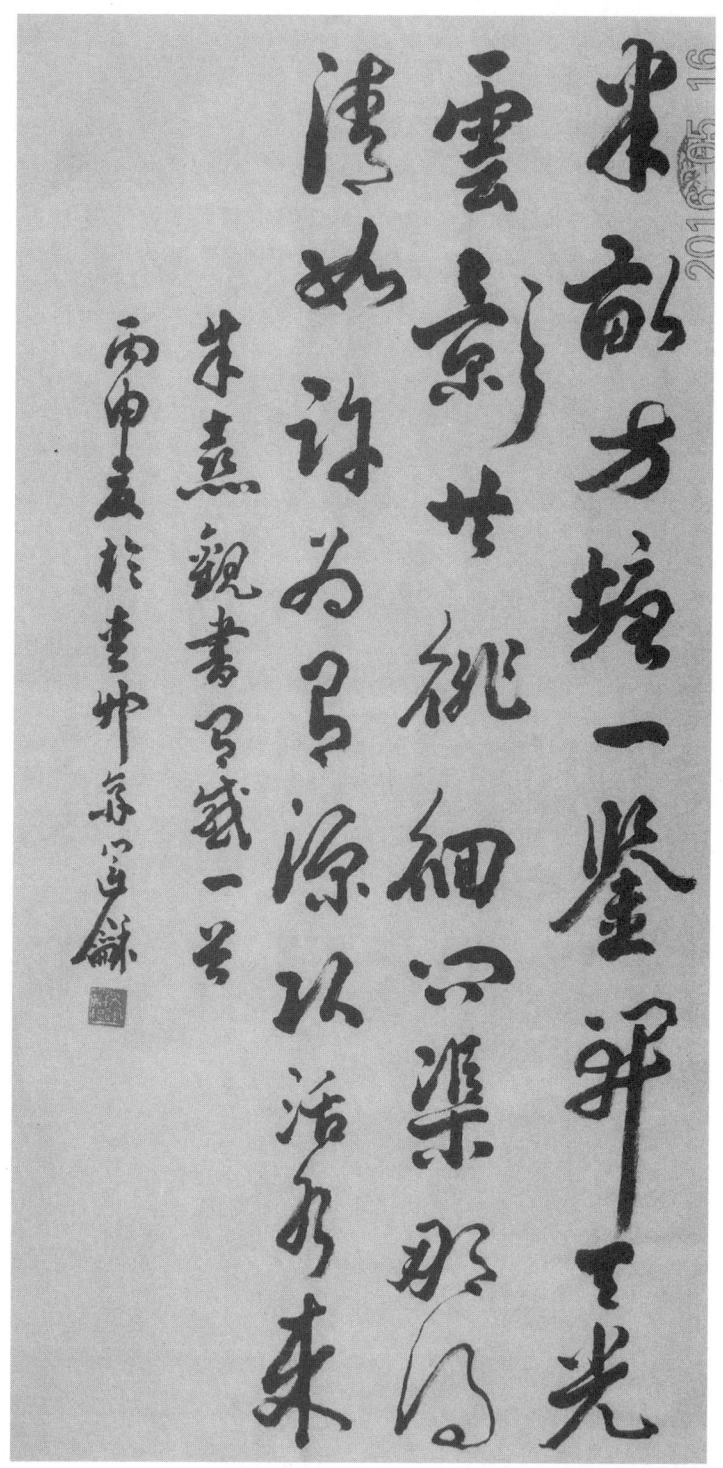

（赠香港特别行政区友人作品）

乡愁·税缘·国是

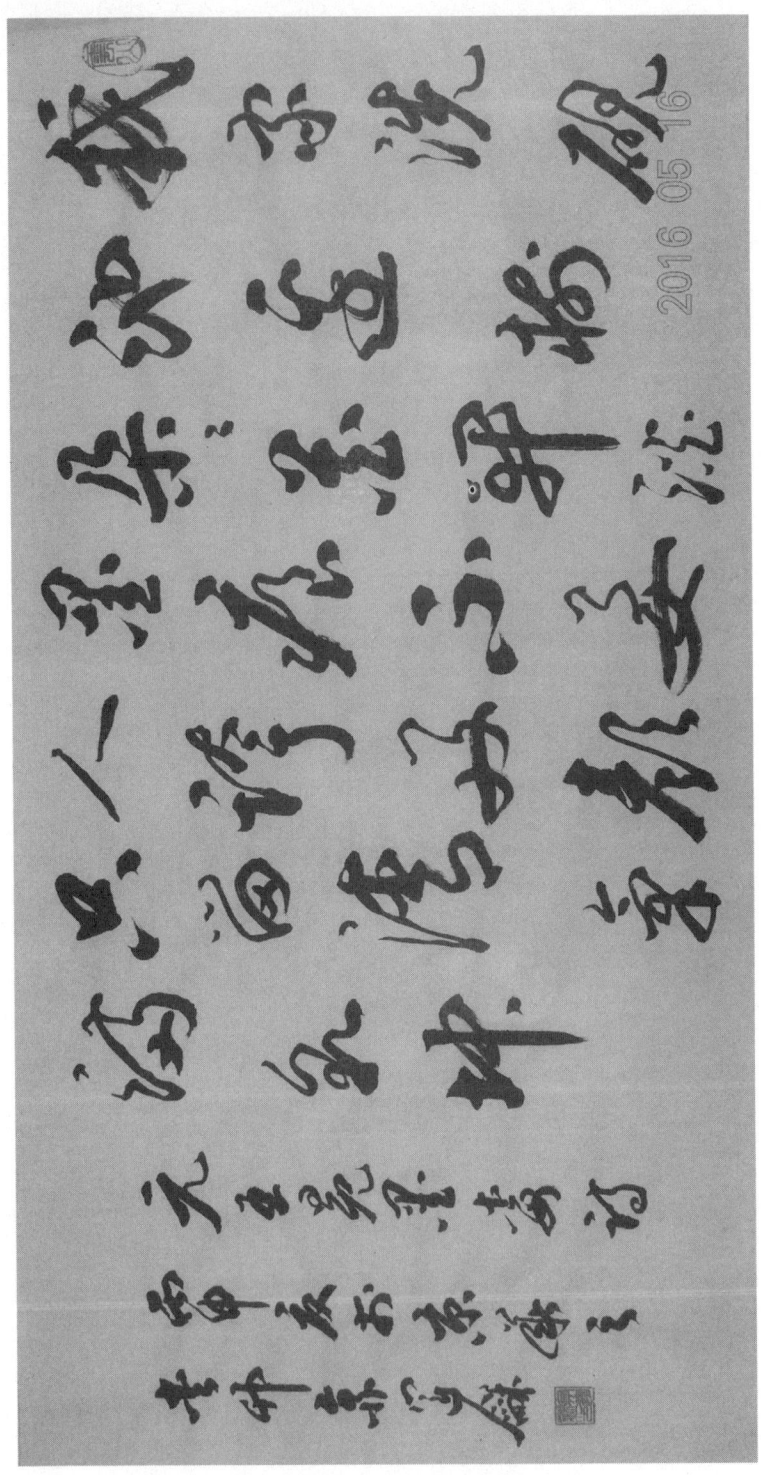

（赠韩国友人作品）

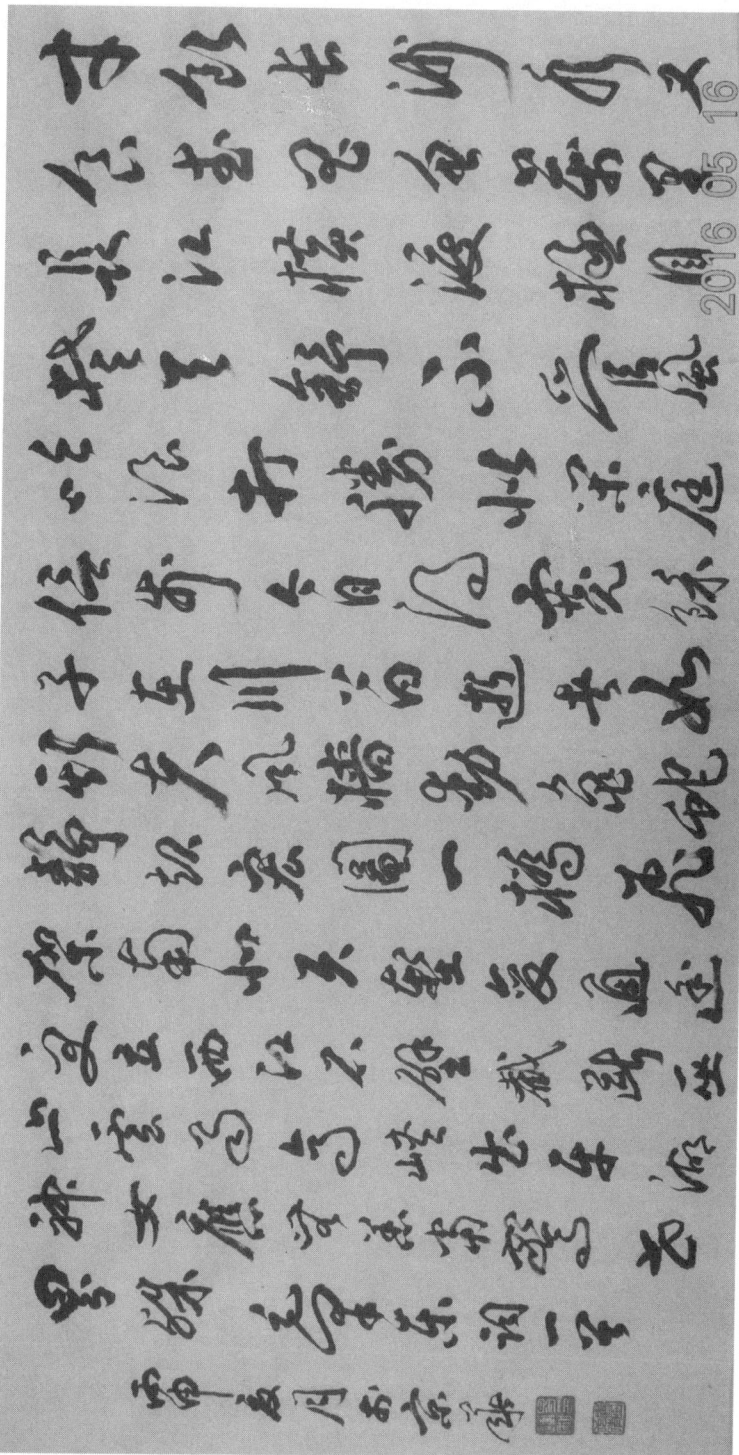

(赠税务同仁作品)

乡愁·税缘·国是

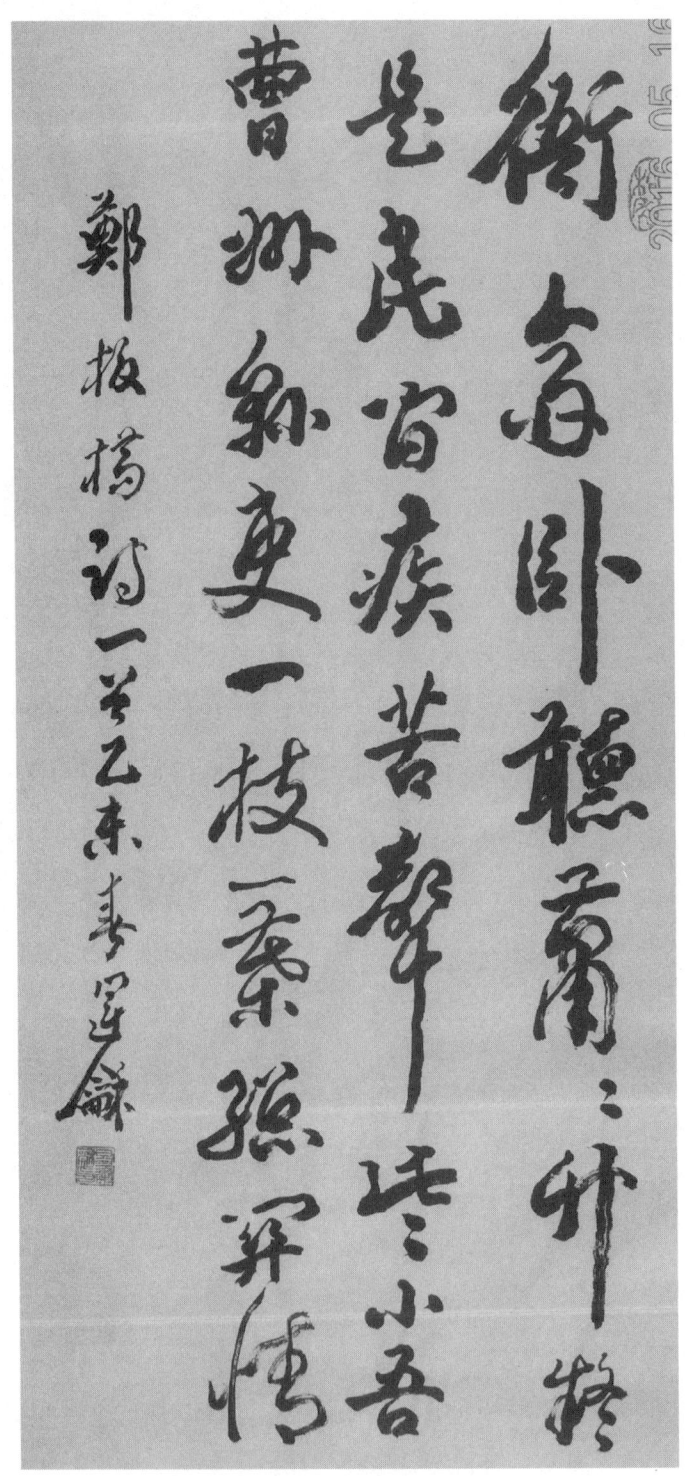

（赠一位仕途正顺朋友作品）

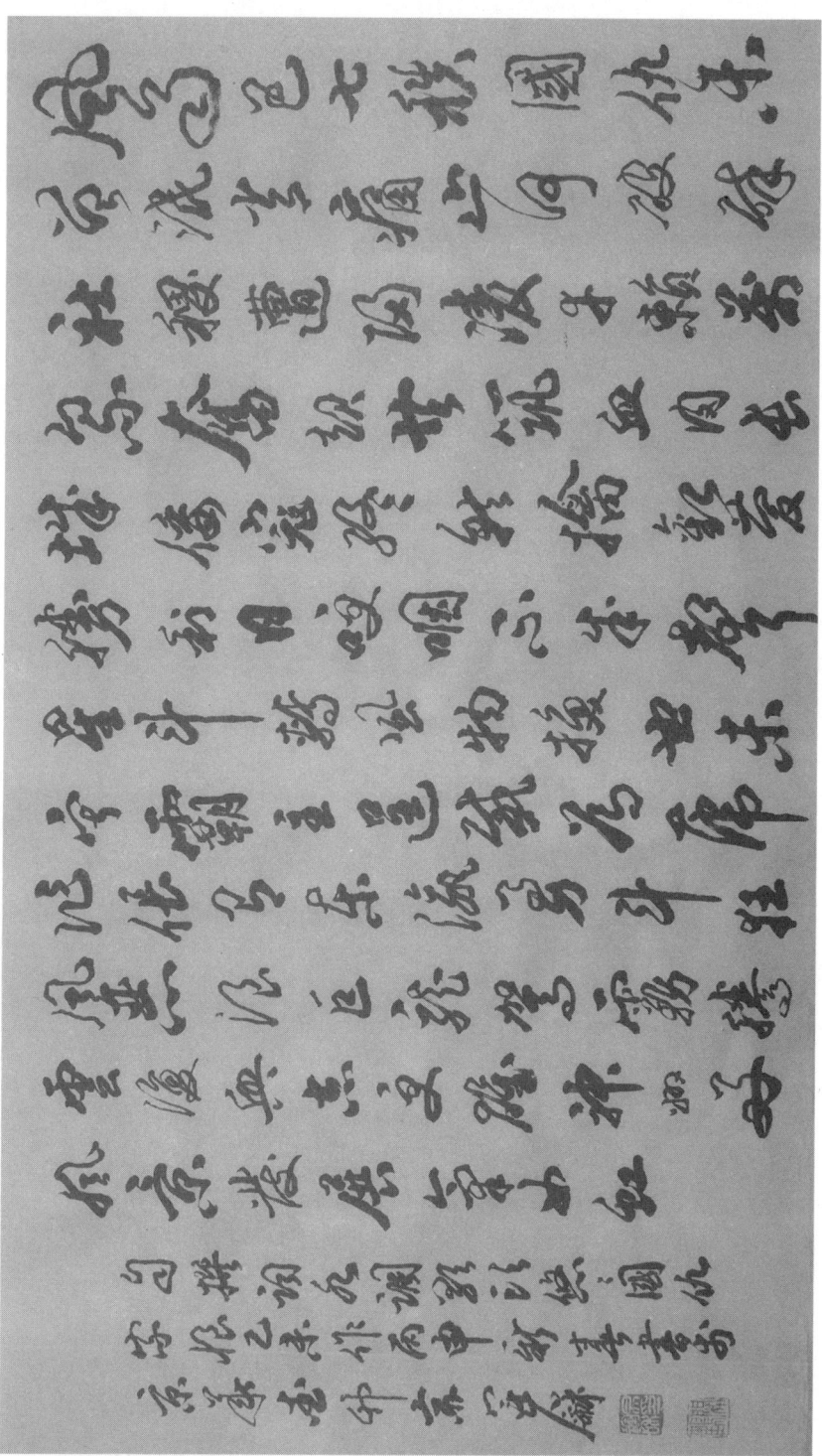

（自撰词"水调歌头·悠悠国恨家仇"）

乡愁·税缘·国是

（为姐姐80寿辰书）

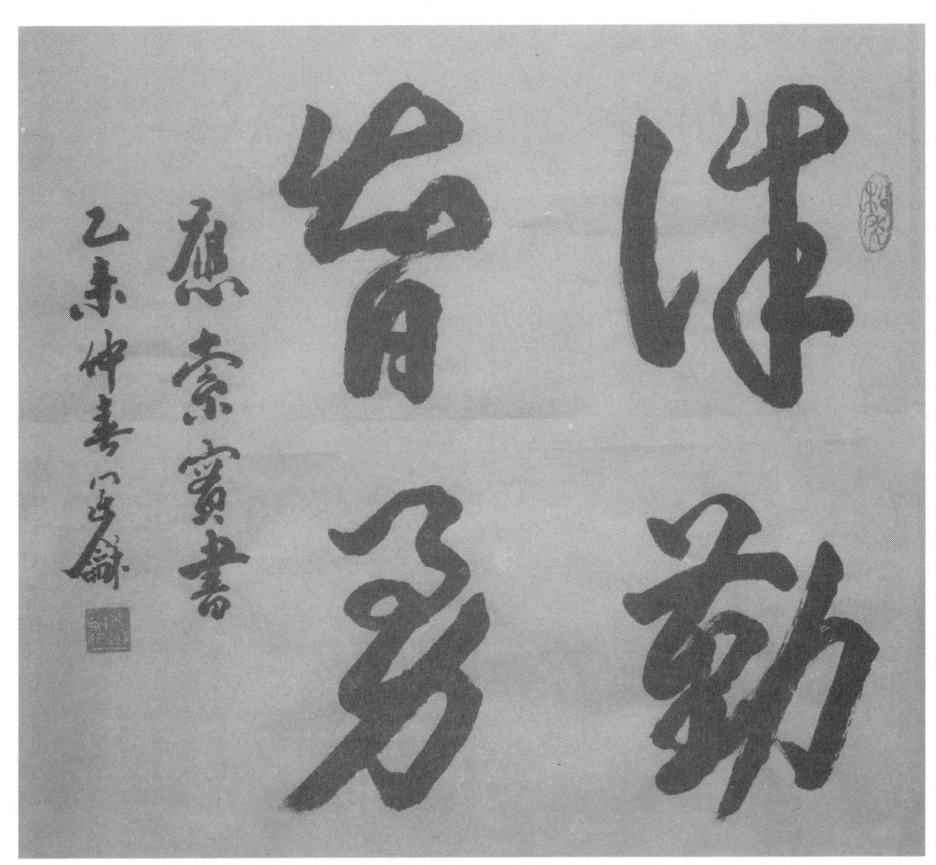

（应朋友之求为其书写的家风书法作品）

乡愁·税缘·国是

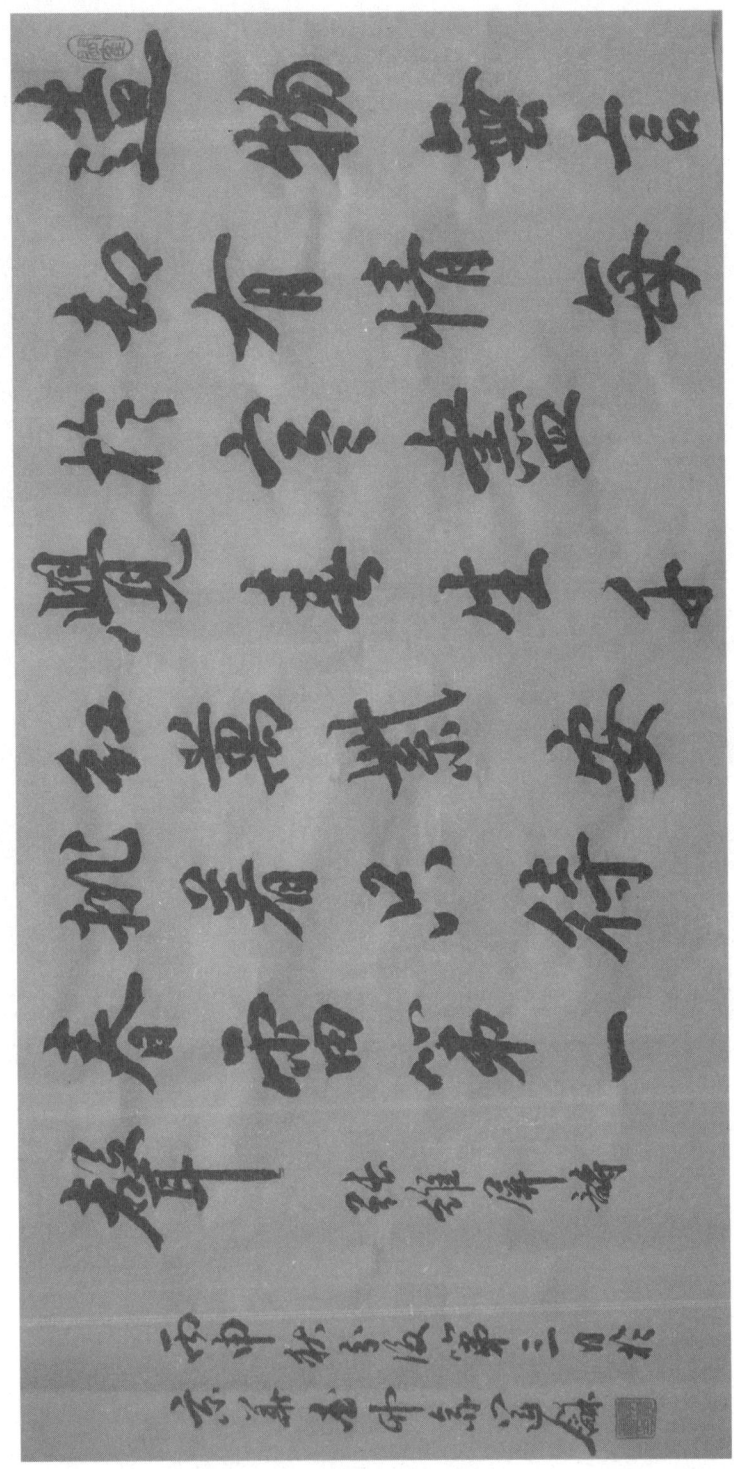

（为晚辈后俊书）

跋

迄今为止，我编著出版的学术、业务、报告文学、自传、诗词、书法、辞典等各类书籍算来已有十几本。但都是交给出版社后审查无政治方面的问题就万事大吉，出版社与本人不会再有往来的商议切磋和沟通了。唯有这个《乡愁·税缘·国是》的集子，孟林不但从各个方面审阅，从书名到每一篇的题目，都以他一个资深编审的独到见地和细心，反复细斟慢酌，多次电话和面谈中同我交流切磋，提出了难得的建议，让我心悦诚服地接受采纳。从这里我看到了一个资深编审人的责任较真和付出的心血，使我由衷钦佩。

当下社会中的浮躁功利应付慵懒之风比比皆是，孟林却能始终坚守他的从容沉静责任和付出，更是难能可贵。他的这种精神，我想是我们为实现"两个一百年"奋斗目标和中华民族伟大复兴的中国梦所应倡导的。衷心感谢我的这位忘年之交和湖南小老乡。在这个集子即将付梓之际又写下这段话，我自认为并非是多余和啰唆。

2010 年 3 月 20 日北京

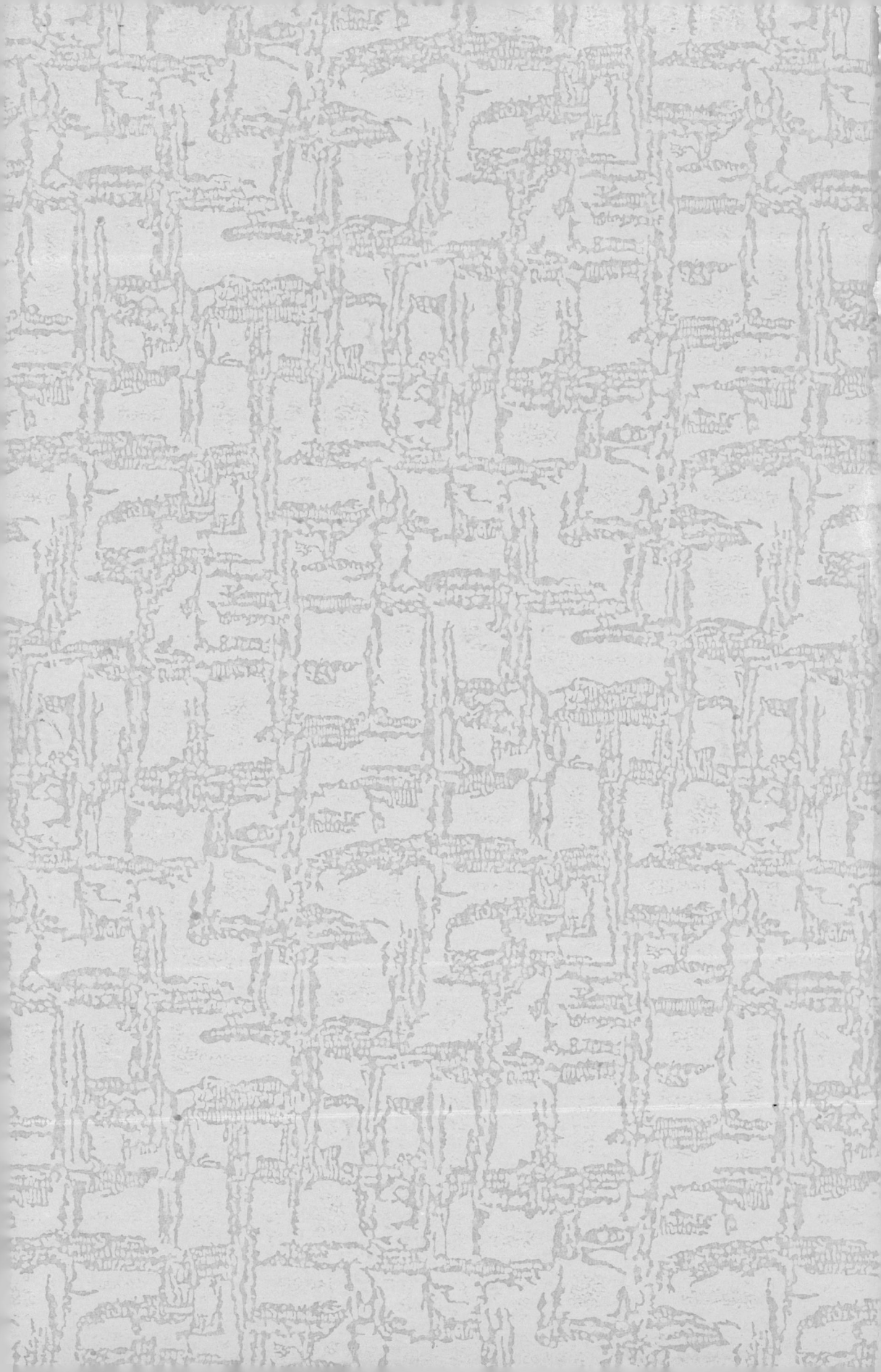